A todos los chicos de los que me enamoré

2 9 JAN 2015

A todos los chicos de los que me enamoré

JENNY HAN

Traducción de Marta Becerril Albornà

YOUNG ADULT

S

DESTINO INFANTIL Y JUVENIL, 2014
infoinfantilyjuvenil@planeta.es
www.planetadelibrosinfantilyjuvenil.com
www.planetadelibros.com
Editado por Editorial Planeta, S. A.

Título original: *To All The Boys I've Loved Before*
© del texto: Jenny Han, 2014
© de la traducción: Marta Becerril Albornà, 2014
© Editorial Planeta S. A., 2014
Avda. Diagonal, 662-664, 08034 Barcelona
Primera edición: mayo de 2014
Segunda impresión: septiembre de 2014
ISBN: 978-84-08-12844-1
Depósito legal: B. 10.834-2014
Impreso por Huertas Industrias Gráficas, S. A.
Impreso en España – Printed in Spain

El papel utilizado para la impresión de este libro es cien por cien libre
de cloro y está calificado como **papel ecológico**.

A todos los chicos de los que me enamoré
JENNY HAN

Para mi hermana Susan:
para siempre, las chicas Han

Me gusta rescatar cosas. No se trata de cosas importantes como las ballenas, personas o el medio ambiente. Son naderías. Campanas de porcelana de las que venden en las tiendas de recuerdos. Moldes de galleta que no vas a usar nunca porque ¿quién va a querer una galleta con forma de pie? Cintas para el pelo. Cartas de amor. De entre todas las cosas que guardo, se podría decir que mis cartas de amor son mi posesión más preciada.

Guardo mis cartas en una sombrerera de color verde azulado que mi madre me compró en una tienda *vintage* en el centro. No son cartas que me hayan escrito; de ésas no tengo ninguna. Éstas son las que yo he escrito. Hay una por cada chico del que me he enamorado: cinco en total.

Cuando escribo, me muestro tal como soy. Escribo como si él nunca fuese a leerla. Porque no lo hará nunca. Todos mis pensamientos secretos, todas mis observaciones minuciosas, todo lo que he ido guardando en mi interior, lo vierto todo en la carta. Cuando termino, la sello, añado el destinatario y entonces la guardo en mi sombrerera verde.

No son cartas de amor en el sentido más estricto de la palabra. Mis cartas son para cuando ya no quiero seguir estando enamorada. Son una despedida. Porque después de escribir la carta, ya no me posee un amor que todo lo consume. Puedo comer cereales y no pensar si él también prefiere trozos de plátano por encima de sus Cheerios. Puedo cantar una canción de amor sin dedicársela a él. Si el amor es como estar poseído, quizá mis cartas de amor sean como un exorcismo. Mis cartas me liberan. O, al menos, es lo que se supone que deberían hacer.

1

Josh es el novio de Margot, pero podría decirse que toda mi familia está un poco enamorada de él. No soy capaz de asegurar quién de nosotros lo está más. Antes de ser el novio de Margot, era sólo Josh. Siempre estuvo ahí. Digo siempre, aunque supongo que no es cierto. Se mudó a la casa de al lado hace cinco años, pero tengo la sensación de que siempre ha estado ahí.

Mi padre quiere a Josh porque es un chico y mi padre está rodeado de chicas. Lo digo en serio: se pasa el día rodeado de mujeres. Mi padre es ginecólogo, y resulta que también es padre de tres hijas, así que no hay más que chicas, chicas y más chicas todo el día. También le gusta Josh porque éste es aficionado a los cómics y le acompaña a pescar. Mi padre intentó llevarnos a pescar una vez y yo lloré porque los zapatos se me ensuciaron de barro, Margot lloró porque se le mojó el libro y Kitty lloró porque seguía siendo prácticamente un bebé.

Kitty quiere a Josh porque juega a cartas con ella y no se aburre. O al menos, finge no aburrirse. Llegan a acuerdos entre ellos: «Si gano la próxima mano, tienes que prepararme un sándwich tostado de mantequilla de cacahuete crujiente, sin corteza». Kitty es así. Al final, seguro que no queda mantequilla de cacahuete crujiente y Josh dirá: «Mala suerte, escoge otra cosa». Pero Kitty insistirá hasta el agotamiento y Josh saldrá a comprar un poco. Josh es así.

Si tuviese que explicar por qué lo quiere Margot, creo que quizá respondería que porque todos lo queremos.

Estamos en el salón; Kitty está pegando fotos de perros en un pedazo gigante de cartón. Está rodeada de papelitos y de retales. Canturreando para sí, dice:

—Cuando papi me pregunte qué quiero por Navidad, le responderé: «Escoge una de estas razas y estaremos en paz».

Margot y Josh están en el sofá; yo estoy tumbada en el suelo, viendo la tele. Josh ha preparado un gran bol de palomitas y estoy entregada a él, un puñado de palomitas tras otro.

Aparece un anuncio de perfume: una chica corre por las calles de París con un vestido de espalda descubierta de color orquídea, fino como un pañuelo de papel. ¡Qué no daría por ser esa chica del vestido liviano como el papel correteando por París en primavera! Me incorporo de repente y me atraganto con una palomita. Entre tos y tos, exclamo:

—¡Margot, encontrémonos en París para las vacaciones de primavera!

Ya me imagino a mí misma revoloteando con un macarrón de pistacho en una mano y uno de frambuesa en la otra.

A Margot se le iluminan los ojos.

—¿Crees que papá te dará permiso?

—Claro que sí: es un viaje cultural. Tendrá que dármelo.

Pero también es verdad que nunca he viajado sola en avión. Ni tampoco he viajado al extranjero. ¿Margot y yo nos encontraríamos en el aeropuerto o tendría que encontrar la pensión yo sola?

Josh debe de notarme la súbita preocupación en la cara, porque dice:

—No te preocupes. Seguro que tu padre te dará permiso si yo te acompaño.

Me animo al instante.

—¡Sí! Podemos dormir en una pensión y tomar pasteles y queso en todas las comidas.

—¡Podemos visitar la tumba de Jim Morrison! —añade Josh.

—¡Podemos ir a una *parfumerie* y encargar nuestros perfumes personalizados! —exclamo, y Josh suelta un bufido de risa.

—Mmm, estoy casi seguro de que eso de encargar perfumes personalizados en una *parfumerie* costaría lo mismo que una estancia de una semana en una pensión —comenta y le da un empujoncito con el codo a Margot—. Tu hermana sufre delirios de grandeza.

—Es la más sofisticada de las tres —asiente Margot.

—¿Y yo, qué? —gimotea Kitty.

—¿Tú? Tú eres la chica Song menos sofisticada. Por las noches tengo que suplicarte que te laves los pies, por no hablar de ducharte —respondo en tono burlón.

Las facciones de Kitty se arrugan y se pone roja.

—No hablaba de eso, pájaro dodo. Hablaba de París.

Me la quito de encima con ligereza.

—Eres demasiado pequeña para quedarte en una pensión.

Kitty gatea hasta Margot y se sienta en su regazo, a pesar de que tiene nueve años, y por lo tanto es muy mayor como para sentarse en el regazo de alguien.

—Margot, tú me dejarás ir, ¿verdad?

—Quizá podrían ser unas vacaciones familiares. Podríais ir tú y Lara Jean, y también papá —responde Margot, y le da un beso en la mejilla.

Frunzo el ceño. Ése no es el viaje a París que me había imaginado. Por encima de la cabeza de Kitty, Josh articula en silencio: «Lo hablamos luego», y yo levanto discretamente los pulgares a modo de respuesta.

Es de noche. Josh se ha ido hace rato. Kitty y papá están dormidos. Nosotras estamos en la cocina. Margot está sentada a la mesa con su ordenador; yo estoy sentada a su lado, haciendo bolas de masa de galleta y cubriéndolas de canela y de azúcar. Las hago para recuperar el favor de Kitty. Antes, cuando fui a darle las buenas noches, Kitty se dio la vuelta y no quiso hablar conmigo porque está convencida que la dejaré fuera del viaje a París. Mi plan consiste en dejar las galletas recién horneadas en un plato junto a su almohada para que se despierte con su aroma.

Margot ha estado súper callada y, de repente, sin venir a cuento, levanta la vista de la pantalla y dice:

—Esta noche he roto con Josh. Después de la cena.

La bola de masa de galleta se me cae de entre los dedos y aterriza en el bol de azúcar.

—Había llegado el momento —añade. No tiene los ojos enrojecidos; no ha estado llorando. Al menos, eso creo. Su tono de voz es tranquilo y monocorde. Cualquiera que la viese pensaría que Margot está bien. Porque Margot siempre está bien, incluso cuando no lo está.

—No sé por qué teníais que romper. El hecho de que te marches a la universidad no significa que debáis romper.

—Lara Jean, me marcho a Escocia, no a la Universidad de Virginia. Saint Andrews está a seis mil kilómetros de distancia. ¿Qué sentido tendría? —me pregunta, mientras se sube las gafas.

No puedo creer lo que dice.

—El sentido es que se trata de Josh. Josh, ¡el chico que te quiere más de lo que ningún chico haya querido nunca a ninguna chica!

Margot pone los ojos en blanco. Cree que estoy siendo melodramática, pero no es cierto. Es la verdad, así es lo mucho que ama Josh a Margot. Nunca se fijaría en ninguna otra chica.

De repente, dice:

—¿Sabes lo que me dijo mamá una vez?

—¿Qué?

Por un momento, me olvido completamente de Josh, porque no importa lo que esté haciendo, tanto si Margot y yo estamos en mitad de una discusión como si está a punto de atropellarme un coche, siempre me detendré a escuchar una historia sobre mamá. Cualquier detalle, cualquier recuerdo que Margot conserve, yo también quiero tenerlo. De todos modos, soy más afortunada que Kitty. Ésta no guarda ningún recuerdo de mamá que no le hayamos dado nosotras. Le hemos contado tantas historias y tantas veces que ahora le pertenecen.

—¿Os acordáis de cuando...? —comienza. Y entonces cuenta la historia como si hubiese estado allí de verdad y no hubiese sido un bebé por aquel entonces.

—Me dijo que intentase no ir a la universidad si tenía novio. Dijo que no quería que fuese la chica que llora al teléfono cuando habla con su novio y que dice que no a las cosas en lugar de decir que sí.

Supongo que Escocia es el sí de Margot. Distraída, tomo una cucharada de masa de galleta y me la meto en la boca.

—No deberías comerte cruda la masa de galleta —me advierte Margot.

No le hago ningún caso.

—Josh nunca sería un lastre. Él no es así. ¿Te acuerdas de cuando decidiste presentarte a las elecciones para el consejo de estudiantes y se convirtió en tu director de campaña? ¡Es tu fan número uno!

Después de oír mi comentario, Margot hace un puchero y yo me levanto y me arrojo a sus brazos. Echa la cabeza atrás y me sonríe.

—Estoy bien —dice, pero no lo está. Sé que no lo está.

—Todavía no es demasiado tarde, ¿sabes? Puedes ir hacia allá ahora mismo y decirle que has cambiado de opinión.

Margot niega con la cabeza.

—Ya está hecho, Lara Jean —contesta. La suelto y cierra el portátil—. ¿Cuándo terminarás la primera tanda? Tengo hambre.

Le echo un vistazo al temporizador magnético de la nevera.

—Faltan cuatro minutos.

Vuelvo a sentarme y replico:

—Me da igual lo que digas, Margot. No habéis terminado. Le quieres demasiado.

Margot niega con la cabeza.

—Lara Jean —empieza, en su típico tono paciente,

como si yo fuese una niña y ella una anciana sabia de cuarenta y dos años.

Agito una cucharada de masa de galleta bajo su nariz, y Margot titubea un momento y abre la boca. Se lo doy de comer como si fuese un bebé.

—Espera y verás. Josh y tú volveréis a estar juntos en un día, o puede que dos.

Incluso mientras lo digo, sé que no es verdad. Margot no es el tipo de chica que rompe y luego vuelve con alguien por capricho; una vez se ha decidido, eso es todo. No se anda por las ramas, no se anda con remordimientos. Como suele decir: cuando se ha terminado, se ha terminado.

Desearía (y he pensado en esto muchas, muchas veces, demasiadas como para contarlas) ser más como Margot. Porque en ocasiones tengo la sensación de que nunca habré terminado.

Luego, después de lavar los platos y de dejar las galletas en la almohada de Kitty, subo a mi habitación. No enciendo la luz. Voy a la ventana. Las luces de Josh siguen encendidas.

2

A la mañana siguiente, Margot prepara el café y yo sirvo los cereales en un bol. Suelto lo que llevo pensando toda la mañana:

—Que lo sepas. Papá y Kitty se van a llevar un disgusto.

Cuando Kitty y yo nos estábamos cepillando los dientes un rato antes me sentí tentada de irme de la lengua, pero Kitty seguía enfadada conmigo por lo del día anterior, así que mantuve la boca cerrada. Ni siquiera mencionó las galletas, aunque sé que se las había comido porque en el plato sólo quedaban migajas.

Margot suelta un gran suspiro.

—¿Así que debo quedarme con Josh por papá, Kitty y tú?

—No, sólo era un comentario.

—Tampoco vendrá mucho por aquí cuando me haya marchado.

Frunzo el ceño. No se me había ocurrido que Josh dejaría de venir una vez Margot se hubiese ido. Venía de visita mucho antes de que se convirtiesen en pareja, así que no entiendo por qué iba a dejar de venir a partir de ahora.

—Puede que venga. Quiere mucho a Kitty.

Margot aprieta el botón de encendido de la cafetera. La estoy observando súper minuciosamente porque Margot siempre ha sido la encargada de preparar el café y yo nunca lo he hecho y, ahora que se marcha (sólo quedan seis días), más me vale saber cómo lo hace. De espaldas a mí, dice:

—Puede que ni se lo cuente.

—Mmm, creo que se darán cuenta cuando no esté en el aeropuerto, Gogo. —Ése es el apodo que le he puesto a Margot. Gogo, como en las botas de las gogós—. ¿Cuántos vasos de agua has puesto? ¿Y cuántas cucharadas de café?

—Te lo apuntaré todo en el cuaderno —me asegura Margot.

Tenemos un cuaderno junto a la nevera. Idea de Margot, claro. Contiene todos los números de teléfono importantes, el horario de papá y el del transporte compartido de Kitty.

—Acuérdate de añadir el número de la tintorería nueva.

—Hecho.

Margot trocea un plátano para los cereales. Todas las rodajas son perfectas.

—Además, Josh tampoco nos habría acompañado al aeropuerto. Ya sabes lo que opino de las despedidas.

Margot hace una mueca, como si dijera: «¡Puf, sentimientos!».

Lo sé perfectamente.

Cuando Margot decidió irse a una universidad de Escocia, me sentí traicionada. A pesar de que sabía que el momento se aproximaba, porque era obvio que Margot se iría a una universidad lejana. Y era obvio que se marcharía a Escocia para ir a la universidad a estudiar antropología, porque es Margot, la chica de los mapas, los libros de viaje y los planes. Era evidente que algún día nos iba abandonar.

Sigo estando enfadada con ella, pero sólo un poquito. Sólo un poquitín. Sé que ella no tiene la culpa, pero se marcha muy lejos, y siempre dijimos que seríamos las chicas Song para siempre. Margot primero, yo en medio, y mi hermana Kitty, al final. En su certificado de nacimiento, es Katherine; para nosotras es Kitty.

De vez en cuando, la llamamos Gatita, porque es el apodo que le puse al verla después de nacer: parecía un gatito flacucho y sin pelo.

Somos las tres chicas Song. Antes éramos cuatro. Mi madre, Eve Song. Evie para mi padre, mamá para nosotras, Eve para todos los demás. Song es (era) el apellido de mi madre. Nuestro apellido es Covey. Pero la razón de que seamos las chicas Song y no las chicas Covey es que mi madre acostumbraba a decir que sería una chica Song de por vida y Margot dijo que, en ese caso, nosotras también deberíamos serlo. Song es el segundo nombre de todas y, de todos modos, parecemos más Song que Covey. Al menos, Margot y yo; Kitty se parece más a papá: tiene el pelo de un castaño claro como él. La gente dice que soy la que más se parece a mamá, pero yo creo que es Margot, con sus pómulos altos y ojos oscuros. Ya han pasado seis años y a veces parece que fue ayer cuando estaba aquí y, otras veces, parece que nunca lo estuvo, que sólo fue un sueño.

Esa mañana fregó el suelo; resplandecía, y todo olía a limones y a limpio. El teléfono sonó en la cocina, fue corriendo a contestar y resbaló. Se golpeó la cabeza en el suelo y quedó inconsciente, pero luego se despertó y se encontraba bien. Fue su intervalo de lucidez. Así es como lo llaman. Poco después dijo que le dolía la cabeza, fue a echarse un rato en el sofá y ya no despertó.

Margot fue quien la encontró. Tenía doce años. Se ocupó de todo: llamó a urgencias; llamó a papá, y me dijo que cuidase de Kitty, que entonces sólo tenía tres años. Le encendí el televisor a Kitty en el cuarto de los juguetes y me senté con ella. Eso fue todo lo que hice. No sé qué habría hecho si Margot no hubiese estado allí. Aunque Margot sólo tiene dos años más que yo, la admiro más que a nadie.

Los demás adultos se admiran cuando descubren que papá es un padre viudo. «¿Cómo lo consigue? ¿Cómo se las arregla él solo?» La respuesta es Margot. Ella ha sido la organizadora desde el principio, todo etiquetado y programado y ordenado en filas iguales.

Margot es una buena chica, y supongo que Kitty y yo seguimos sus pasos. Nunca he mentido, ni me he emborrachado, fumado un cigarrillo o siquiera tenido un novio. A veces bromeamos con papá y le recordamos lo afortunado que es de que seamos tan buenas, pero la verdad es que nosotras somos las afortunadas. Es un gran padre. Y se esfuerza mucho. No siempre nos comprende, pero lo intenta, y eso es lo que cuenta. Las tres chicas Song tenemos un pacto tácito: hacerle la vida lo más fácil posible a papá. Aunque quizá no sea tan tácito; ¿cuántas veces he escuchado a Margot decir: «Shh, silencio, papá está echándose una siesta antes de volver al hospital» o «No molestes a papá con eso, hazlo tú misma»?

Le pregunté a Margot cómo pensaba que serían las cosas si mamá no hubiese muerto. ¿Pasaríamos más tiempo con su lado de la familia y no sólo Acción de Gracias y el día de Año Nuevo? O si...

Margot no le ve el sentido a hacerse preguntas. Vivimos como vivimos. No tiene sentido preguntarse qué habría pasado. Nadie podría darte las respuestas. Me esfuerzo, de verdad que lo hago, pero me cuesta mucho aceptar este modo de pensar. Siempre me estoy preguntando por los «¿y si...?», por los caminos no seguidos.

Margot y papá bajan al mismo tiempo. Margot le sirve a papá una taza de café solo y yo le sirvo a Kitty un tazón de cereales. Se lo pongo delante y ella aparta la cara y saca un yogur de la nevera. Se lo lleva al salón para comérselo delante de la tele. Es decir, sigue enfadada.

—Luego me pasaré por Costco, así que preparad una lista de todo lo que necesitáis —comenta papá mientras toma un buen sorbo de café—. Creo que compraré filetes para cenar. Podemos prepararlos a la barbacoa. ¿Compro uno también para Josh?

Vuelvo la cabeza de un bandazo en dirección a Margot. Ésta abre la boca y vuelve a cerrarla. Al final, responde:

—No, sólo para nosotros, papá.

Le lanzo una mirada reprobadora, pero no me hace caso. Nunca había visto a Margot acobardarse, pero supongo que, en asuntos del corazón, es imposible prever cómo va a comportarse alguien.

3

Son los últimos días de verano y nuestros últimos días con Margot. Quizá no esté tan mal que haya roto con Josh: así podemos pasar más tiempo juntas como hermanas. Estoy segura de que Margot pensó en ello. Seguro que formaba parte del plan.

Estamos saliendo del vecindario cuando vemos pasar a Josh corriendo. El año pasado se apuntó al equipo de atletismo y ahora no hace más que correr. Kitty grita su nombre, pero las ventanillas del coche están subidas y él finge que no la oye.

—Da la vuelta —le ordena a Margot—. Quizá quiera acompañarnos.

—Hoy es una día sólo para las chicas Song —le explico.

Pasamos el resto de la mañana en Target, comprando cosas de última hora como combinados de frutos secos para el vuelo o desodorante y gomas para el pelo. Dejamos que Kitty empuje el carrito para que pueda hacer eso de tomar carrerilla y después subirse al carro como si montase en una cuadriga. Margot sólo le permite hacerlo un par de veces antes de obligarla a parar para que no moleste a los demás clientes.

Luego regresamos a casa y preparamos ensalada de pollo con uvas verdes para la comida, y enseguida nos dan las cinco y es hora de llevar a Kitty a su encuentro de natación. Preparamos un *picnic* para cenar que consiste en sándwiches de queso y jamón y macedonia y traemos el portátil de Margot para ver películas porque las competiciones de natación pueden durar hasta la noche. También hacemos una pancarta que dice: «¡Ánimo, Kitty!», en la que dibujo un perro. Papá se pierde el encuentro porque está ayudando a nacer a un bebé. La verdad es que, como excusa, resulta inmejorable. (Fue una niña y la bautizaron Patricia Rose en honor de sus dos abuelas. Papá siempre averigua el nombre y el segundo nombre para mí. Es lo primero que le pregunto cuando llega a casa después de un parto.)

Kitty está tan entusiasmada por haber ganado dos medallas de oro y una de plata que se olvida de preguntar por Josh hasta que estamos en el coche de regreso a casa. Está en el asiento trasero, lleva la toalla envuelta en la cabeza como si fuese un turbante y se ha colgado las medallas de las orejas como si fuesen pendientes. Se inclina hacia delante y pregunta:

—¡Eh! ¿Cómo es que Josh no ha venido a mi competición?

Veo que Margot está dudando, así que respondo en su lugar. Tal vez sólo haya una cosa que se me dé mejor que a Margot: mentir.

—Esta noche tenía que trabajar en la librería. Pero le apetecía mucho venir.

Margot alarga el brazo por encima del compartimento central y me aprieta suavemente la mano en señal de gratitud.

—¡Era la última competición regular! Me prometió que iría a verme nadar —responde Kitty poniendo morros.

—Ha sido en el último momento. No ha podido dejar el trabajo porque uno de sus compañeros ha tenido una urgencia.

Kitty asiente a regañadientes. Por pequeña que sea, sabe bien lo que son los turnos de urgencia.

—Vamos a tomar un helado —dice Margot de repente.

A Kitty se le iluminan los ojos y los turnos de urgencia imaginarios quedan olvidados.

—¡Sí! ¡Quiero un gofre! ¿Puedo pedir un gofre con dos bolas de helado? Quiero menta y chocolate y cacahuete. No, sorbete arcoíris y doble de caramelo. No espera....

Me doy la vuelta en mi asiento.

—No te vas a terminar las dos bolas y el gofre. Quizá podrías comerte dos bolas en una copa, pero no con un gofre —le digo.

—Sí que puedo. Esta noche puedo. Estoy muerta de hambre.

—Vale, pero más te vale terminártelo todo —la reprendo. Agito el dedo en su cara como si la amenazase y Kitty pone los ojos en blanco y se le escapa una risita. En cuanto a mí, pediré lo de siempre: helado de cereza con trocitos de chocolate en un cucurucho de azúcar.

Margot entra en la zona de autoservicio. Mientras esperamos nuestro turno, digo:

—Apuesto lo que quieras a que en Escocia no tienen helados como éstos.

—Seguramente no —responde.

—No te podrás tomar otros así hasta Acción de Gracias.

Margot no aparta la vista del parabrisas.

25

—Navidades —corrige—. Acción de Gracias dura demasiado poco para venir hasta aquí, ¿recuerdas?

—Acción de Gracias será un rollo —gruñe Kitty.

Me quedo callada. Nunca hemos celebrado Acción de Gracias sin Margot. Siempre prepara el pavo y el guisado de brócoli y las cebollas con nata. Yo preparo las tartas (de calabaza y de nueces) y el puré de patatas. Kitty es la catadora y la que pone la mesa. No sé asar un pavo. Y nuestras dos abuelas estarán allí, y Margot es la favorita de Nana, la madre de papá. Dice que Kitty la agota y que yo soy demasiado soñadora.

De repente, me inunda el pánico y me cuesta respirar y ya no me importan los helados de cereza con trocitos de chocolate. No me imagino Acción de Gracias sin Margot. No puedo siquiera imaginarme el próximo lunes sin ella. Sé que la mayoría de las hermanas se llevan mal, pero estoy más unida a Margot que a nadie en el mundo entero. ¿Cómo podemos ser las chicas Song sin Margot?

4

Chris, mi amiga más antigua, fuma, se enrolla con chicos a quienes apenas conoce y la han expulsado del instituto dos veces. Una vez tuvo que presentarse ante un tribunal por absentismo escolar. Antes de conocer a Chris no sabía qué era el absentismo. Para vuestra información, es cuando te saltas tantas clases que acabas teniendo problemas con la ley.

Estoy casi segura de que si Chris y yo nos hubiésemos conocido ahora, no seríamos amigas. Somos completamente distintas. Cuando iba a sexto, a Chris le gustaba el papel de cartas, las fiestas de pijamas y quedarse despierta toda la noche viendo películas de John Hughes, igual que a mí. Para cuando llegamos a octavo, se escabullía de casa mientras mi padre dormía para encontrarse con chicos a los que había conocido en el centro comercial. La traían a casa antes de que se hiciese de día. Yo me quedaba despierta hasta que regresaba, aterrorizada ante la idea de que no llegase antes de que mi padre despertase. Pero siempre llegaba a tiempo.

Chris no es el tipo de amiga a la que llamas por teléfono

todas las noches o con la que tomas el almuerzo todos los días. Es como un gato callejero, viene y va a su gusto. No puede atarse a un lugar o a una persona. En ocasiones, paso días y días sin ver a Chris, y entonces, en mitad de la noche, tocan a la ventana de mi habitación y es Chris, agazapada en la magnolia. Siempre dejo el pestillo de la ventana abierto, por si acaso. Chris y Margot no se soportan: Chris cree que Margot es una estirada, y Margot piensa que Chris es bipolar. Margot piensa que Chris me utiliza; Chris piensa que Margot me controla. Yo creo que es posible que ambas tengan un poco de razón. Pero lo que importa es que Chris y yo nos entendemos, y eso cuenta más de lo que la gente imagina.

Chris me llama de camino a nuestra casa. Dice que su madre se está comportando como una bruja y que viene a pasar un par de horas, y que si tenemos comida.

Chris y yo estamos en el salón compartiendo un bol de ñoquis que han sobrado de la comida cuando Margot llega a casa después dejar a Kitty en la barbacoa que organiza el equipo de natación para celebrar el final de temporada.

—Ah, hola. —Y entonces divisa el vaso de Coca-Cola Light de Chris encima de la mesita del café, sin posavasos—. ¿Te importaría usar un posavasos?

En cuanto Margot desaparece por la escalera, Chris exclama:

—¡Dios! ¿Por qué es tan bruja tu hermana?

Deslizo un posavasos bajo su bebida.

—Piensas que todo el mundo es una bruja.

—Eso es porque lo son.

Chris pone lo ojos en blanco y mira al techo antes de soltar a todo volumen:

—Tiene que quitarse el palo del culo.

Desde su habitación, Margot chilla:

—¡Te he oído!

—¡Ésa era la idea! —responde Chris a gritos, mientras se come el último ñoqui.

Me limito a suspirar.

—Se marchará pronto.

Entre risitas, Chris pregunta:

—¿Y qué va a hacer Joshy? ¿Le encenderá una vela todas las noches hasta que vuelva a casa?

Dudo un poco. No estoy segura de que deba continuar con el secreto, pero estoy convencida de que Margot no quiere que Chris sepa nada de su vida personal. Así pues, me limito a responder:

—No estoy segura.

—Espera un momento. ¿Le ha plantado? —pregunta Chris.

Asiento de mala gana.

—Pero no le digas nada —le advierto—. Todavía está triste.

—¿Margot? ¿Triste? —Chris se mira las uñas—. Margot no tiene emociones humanas normales como el resto de nosotros.

—Es que no la conoces. Además, no todos podemos ser como tú.

Me ofrece una sonrisa llena de dientes. Tiene los incisivos puntiagudos, y eso hace que siempre parezca un poco hambrienta.

—Cierto.

Chris es puro sentimiento. Chilla a la menor ocasión. Dice que a veces tienes que gritar tus sentimientos; si no lo haces, se pudren. El otro día le chilló a una mujer en el supermercado por pisarle el pie de manera accidental. No creo que sus emociones corran ningún peligro de pudrirse.

—No puedo creer que dentro de unos días no vaya a estar aquí —digo y, de repente, me lloran los ojos.

—No se está muriendo, Lara Jean. No hace falta ponerse en plan «Buaaah». —Chris tira de un hilo suelto en sus pantaloncitos cortos rojos. Son tan cortos que se le ve la ropa interior cuando se sienta. Es roja, y le va a conjunto con los pantalones.

»De hecho, creo que esto te irá bien. Ya es hora de que hagas la tuya y dejes de hacer caso de todo lo que te dice la reina Margot. Éste es nuestro año, perra. Ahora es cuando las cosas se ponen interesantes. Morréate con unos cuantos chicos, vive un poco... ¿Lo pillas?

—Vivo lo suficiente —respondo.

—Sí, en el asilo de ancianos —se burla Chris, y le lanzo una mirada asesina.

Margot empezó a trabajar de voluntaria en la Comunidad de Jubilados Belleview cuando se sacó el carnet de conducir. Su trabajo consistía en ayudar a organizar la hora del cóctel para los residentes. Yo la ayudaba de vez en cuando. Disponíamos los cacahuetes y servíamos las bebidas y, a veces, Margot tocaba el piano, aunque lo habitual era que Stormy lo acaparara. Stormy es la diva de Belleview. Es la reina del gallinero. Me gusta escuchar sus historias. Y a miss Mary no se le da muy bien conversar por culpa de la demencia, pero fue ella quien me enseñó a tejer.

Ahora tienen a otro voluntario, pero sé que en Belleview, cuantos más mejor, porque la mayoría de los residentes reciben muy pocas visitas. Debería dejarme caer. Echo de menos ir de visita. No me hace gracia que Chris se burle de ello.

—La gente de Belleview ha vivido más que todas las personas a quienes conocemos juntas. Hay una mujer, Stormy, ¡que formaba parte del servicio que viaja al extranjero a entretener a las tropas! Recibía cientos de cartas al día de los soldados que se habían enamorado de ella. Y un veterano que perdió una pierna ¡le envió un anillo de diamantes!

De repente, Chris parece interesada.

—¿Se lo quedó?

—Sí —admito—. Creo que no fue correcto quedárselo si no tenía intención de casarse con él, pero me lo mostró y era precioso. Era un diamante rosa muy raro. Seguro que ahora vale un montón de dinero.

—Stormy suena increíble —dice Chris a regañadientes.

—Podrías acompañarme a Belleview algún día. Podríamos asistir a la hora del cóctel. Al señor Perelli le encanta bailar con las chicas nuevas. Te enseñará el foxtrot —le sugiero.

Chris pone una mueca de horror, como si le hubiese sugerido pasar el rato en el vertedero de la ciudad.

—No, gracias. ¿Qué tal si te saco yo a bailar? —responde, y señala el piso de arriba con la cabeza—. Ahora que tu hermana se marcha, podemos divertirnos de verdad. Ya sabes que yo siempre me lo paso bien.

Es cierto: Chris siempre se lo pasa bien. A veces, demasiado bien, pero bien al fin y al cabo.

5

La noche antes de la marcha de Margot, las tres estamos en su habitación, ayudándola a hacer los últimos preparativos. Kitty está organizando los artículos de baño de Margot, que mete con cuidado en el estuche transparente. Margot intenta decidir qué abrigo llevarse.

—¿Me llevo el chaquetón y el anorak, o sólo el chaquetón? —me pregunta.

—Sólo el chaquetón. Te lo puedes poner para ir arreglada, o para los días de diario —respondo.

Estoy tumbada en su cama, supervisando los preparativos de las maletas.

—Kitty, asegúrate de que el tapón de la loción esté bien apretado.

—La loción es nueva. ¡Claro que está apretado! —gruñe Kitty, pero lo comprueba de todos modos.

—En Escocia el frío empieza antes que aquí. Creo que me llevaré ambos —resuelve Margot, que dobla el abrigo y lo coloca encima de la maleta.

—¿Por qué me preguntas si ya te habías decidido? Además, dijiste que vendrías a casa por Navidad. ¿Vendrás?

—Sí. Deja de comportarte como una mocosa —me urge Margot.

La verdad es que Margot no está metiendo muchas cosas en el equipaje. No necesita demasiado. Yo en su lugar me habría llevado toda mi habitación, pero Margot no. Su habitación tiene casi el mismo aspecto.

Margot se sienta a mi lado y Kitty se acomoda a los pies de la cama.

—Todo está cambiando —digo con un suspiro.

Margot pone una mueca y me abraza.

—No ha cambiado nada. Somos las chicas Song para siempre, ¿te acuerdas?

Papá está de pie en la entrada de la habitación. Llama a la puerta, a pesar de que está abierta y le vemos con claridad.

—Voy a meter las maletas en el coche —anuncia.

Le observamos desde la cama mientras arrastra una de las maletas escalera abajo y luego sube a por la otra.

—Oh, no, no os levantéis. No quiero molestar —comenta en tono sarcástico.

—No te preocupes, no nos levantamos —respondemos a coro.

Durante la última semana, papá ha estado sumergido en modo limpieza de primavera, a pesar de que no estamos en primavera. Se está deshaciendo de todo: la panificadora que no utilizamos nunca, cedés, mantas viejas y la antigua máquina de escribir de mamá. Lo regalará todo. Un psiquiatra podría relacionar todo esto con la marcha de Margot a la universidad, pero yo no sabría explicar el significado exacto de sus actos. Sea lo que sea, resulta irritante. Ya he tenido que ahuyentarlo dos veces de mi colección de unicornios de cristal.

Apoyo la cabeza en el regazo de Margot.

—Así que vendrás a casa por Navidad, ¿verdad?

—Sí.

—Ojalá pudiese acompañarte. Eres más simpática que Lara Jean —se queja Kitty.

Le doy un pellizco.

—¿Ves? —se jacta.

—Lara Jean será amable siempre y cuando te comportes. Y las dos tenéis que cuidar de papá. Aseguraos de que no trabaja demasiados sábados seguidos. Aseguraos de que lleve el coche a la inspección el mes que viene. Y comprad filtros para el café. Siempre se os olvidan los filtros del café.

—Sí, mi sargento —coreamos Kitty y yo. Examino la expresión de Margot en busca de tristeza o miedo o preocupación, alguna señal de que la asusta marcharse tan lejos, de que nos echará de menos tanto como nosotras a ella. Pero no la encuentro.

Esa noche, las tres dormimos en la habitación de Margot.

Kitty siempre es la primera en caer dormida. Yo permanezco tumbada a oscuras con los ojos abiertos. No puedo dormir. La idea de que mañana por la noche Margot no estará en esta habitación me entristece tanto que apenas puedo soportarlo. Odio los cambios más que nada en este mundo.

Desde las sombras, Margot pregunta:

—Lara Jean..., ¿has estado enamorada alguna vez? Enamorada de verdad.

Me pilla desprevenida. No tengo ninguna respuesta preparada. Intento pensar en alguna, pero ya está hablando otra vez.

—Desearía haberme enamorado más de una vez. Creo

que deberías enamorarte al menos dos veces en el instituto —dice en tono melancólico. Luego deja escapar un suspiro diminuto y se duerme. Margot siempre se duerme así, un suspiro soñador y ya está de camino a Nunca Jamás: así de fácil.

Me despierto en mitad de la noche y Margot no está. Kitty está hecha un ovillo a mi lado, pero Margot no. La oscuridad es total; sólo la luz de la luna se filtra a través de las cortinas. Me levanto de la cama y voy a la ventana. Me quedo sin aliento. Ahí están: Josh y Margot, de pie en el camino de entrada. Margot aparta la mirada de Josh, hacia la luna. No se están tocando. Hay tanto espacio entre los dos que resulta evidente que Margot no ha cambiado de opinión.

Suelto la cortina y regreso a la cama. Kitty ha invadido mi espacio. La empujo unos centímetros para dejar sitio a Margot. Desearía no haber visto esa escena. Era demasiado íntima. Demasiado real. Debía pertenecerles sólo a ellos. Si pudiese borrarla de mi mente, lo haría.

Me tumbo de lado. ¿Qué se debe de sentir al tener un chico que te quiere hasta tal punto que llora por ti? Y no un chico cualquiera. Josh. Nuestro Josh.

En respuesta a su pregunta: sí, creo que he estado enamorada de verdad. Aunque solamente una vez. De Josh. Nuestro Josh.

6

Así fue como Margot y Josh se convirtieron en pareja. En cierto modo, el primero en decírmelo fue Josh.

Ocurrió hace dos años. Estábamos sentados en la biblioteca durante nuestra hora libre. Yo estaba haciendo los deberes de matemáticas; Josh me ayudaba porque se le dan bien las mates. Teníamos las cabezas dobladas sobre la página, tan cerca que olía el jabón que había utilizado esa mañana. Irish Spring.

Y entonces, dijo:

—Necesito un consejo. Me gusta una chica.

Por un segundo, pensé que era yo. Pensé que iba a decir que era yo. Tenía la esperanza de que lo dijese. Era a principios de curso. Habíamos pasado todo el mes de agosto juntos, a veces con Margot, pero casi siempre solos, porque Margot tenía prácticas en la plantación Montpelier tres días a la semana. Nadamos mucho. Lucía un bronceado fantástico gracias a la natación. Así que, por una décima de segundo, creí que iba a decir mi nombre.

Pero entonces vi cómo se sonrojaba, con la mirada perdida en el espacio, y supe que no se refería a mí.

Hice una lista mental de todas las chicas posibles. Era una lista corta. Josh no tenía muchas amigas. Tenía a su amigo del alma, Jersey Mike, que se mudó de Nueva Jersey cuando íbamos a la escuela, y a su otro amigo del alma, Ben, y ya está.

Podría ser Ashley, del equipo de voleibol. Una vez la señaló como la chica más guapa de su curso. En defensa de Josh, le obligué a ello. Le pregunté quién era la chica más guapa de cada curso. De entre las de mi clase, escogió a Genevieve. No me sorprendió, pero aun así noté que se me encogía un poco el corazón.

Podría ser Jodie, la universitaria de la librería. Josh hablaba a menudo de lo lista que era, y de lo sofisticada que era porque había estudiado en la India y ahora era budista. ¡Ja! Yo era mitad coreana; fui yo quien le enseñó a Josh a comer con palillos. Probó el kimchi por primera vez en *mi* casa.

Estaba a punto de preguntárselo cuando la bibliotecaria nos hizo callar, así que volvimos a concentrarnos en los deberes. Josh no volvió a sacar el tema y yo no pregunté. Sinceramente, prefería no saberlo. No era yo, y eso era lo único que me importaba.

No se me ocurrió en ningún momento que pudiese ser Margot. No la veía como el tipo de chica que podía gustarle. Ya la habían invitado a salir antes, cierto tipo de chicos. Chicos inteligentes que eran sus compañeros en clase de química y sus oponentes en las elecciones del consejo estudiantil. Visto en perspectiva, no resulta tan sorprendente que a Josh le gustase Margot, dado que él encajaba en ese tipo de chico.

Si me preguntasen qué aspecto tiene Josh, diría que es normal. Tiene el aspecto de alguien a quien se le dan bien los ordenadores, el tipo de chico que se refiere a los cómics como novelas gráficas. Pelo castaño. Pero no de un castaño especial, sino un castaño normal. Ojos verdes que se tornan turbios en el centro. Es más bien flacucho, pero fuerte. Lo sé porque una vez me torcí el tobillo junto al antiguo campo de béisbol y me llevó a caballito hasta casa. Tiene pecas que le hacen parecer más joven de lo que es. Y un hoyuelo en la mejilla izquierda. Siempre me ha gustado ese hoyuelo. Si no lo tuviera, su rostro sería demasiado serio.

Lo que me resultó más sorprendente e increíble fue que a Margot también le gustase. No por el tipo de persona que es Josh, sino por el tipo de persona que es Margot. Nunca me había mencionado que le gustase ningún chico, ni una sola vez. La caprichosa era yo; la casquivana, como diría mi abuela . Margot, no. Margot estaba por encima de esas cosas. Su existencia se desarrollaba en un plano superior donde esas cosas (los chicos, el maquillaje y la ropa) carecían de importancia.

Ocurrió de repente. Margot llegó tarde del instituto ese día de octubre. Tenía las mejillas sonrosadas a causa del frío aire montañoso, se había trenzado el pelo y llevaba una bufanda en torno al cuello. Había estado trabajando en un proyecto en el instituto, era la hora de cenar y yo estaba cocinando pollo a la parmesana y espaguetis con salsa de tomate.

Entró en la cocina y anunció:

—Tengo algo que contaros.

Los ojos le hacían chiribitas. Recuerdo que se estaba desenrollando la bufanda del cuello.

Kitty estaba haciendo los deberes en la mesa de la cocina, papá estaba de camino a casa y yo revolvía la salsa.

—¿Qué? —preguntamos Kitty y yo.

—Josh dice que le gusto.

Margot se encogió de hombros con gesto satisfecho. Los hombros casi le llegaron a las orejas.

Me quedé muy quieta. A continuación, solté la cuchara de madera en la salsa.

—¿Josh, Josh? ¿Nuestro Josh?

No me atrevía siquiera a mirarla. Temía que se diese cuenta.

—Sí. Hoy me ha esperado a la salida de clase para decírmelo. Dice... —Margot sonrió, emocionada—. Dice que soy la chica de sus sueños. ¿Os lo podéis creer?

—Vaya —respondí. Intenté transmitirle felicidad con esa palabra, pero no sé si lo conseguí. Lo único que sentía era desesperación. Y envidia. Una envidia tan profunda y tenebrosa que parecía asfixiarme. Así que volví a intentarlo, esta vez con una sonrisa.

—Vaya, Margot.

—Vaya —repitió Kitty—. ¿Así que ahora sois novio y novia?

Contuve el aliento a la espera de su respuesta.

Margot tomó un pellizco de parmesano y se lo metió en la boca.

—Creo que sí.

Y entonces sonrió, y su mirada se tornó tierna y líquida. Comprendí que a ella también le gustaba. Y mucho.

Esa noche escribí mi carta para Josh.

Querido Josh...

Lloré mucho. Y así fue como terminó. Terminó antes incluso de tener mi oportunidad. Lo importante no era que Josh hubiese escogido a Margot, sino que Margot le había escogido a él.

Ése era el fin. Lloré a mares. Escribí mi carta. Lo dejé todo atrás. No he vuelto a pensar en él de esa forma desde entonces. Están *HEUPEO*. Hechos el uno para el otro.

Sigo estando despierta cuando Margot regresa a la cama, pero cierro los ojos rápido y finjo dormir. Kitty está acurrucada a mi lado.

Me parece oír un sorbido y miro a Margot de reojo. Está de espaldas a nosotras. Le tiemblan los hombros. Está llorando.

Margot no llora nunca.

Ahora que he visto a Margot llorar por él, estoy más convencida que nunca: estos dos no han terminado.

7

Al día siguiente, llevamos a Margot al aeropuerto. Una vez fuera, cargamos las maletas en un portaequipajes. Kitty intenta subirse encima para bailar, pero papá la hace bajar enseguida. Margot insiste en entrar sola, como dijo que haría.

—Margot, al menos déjame que te acompañe a facturar el equipaje. Quiero ver cómo cruzas el control de seguridad —dice papá, mientras intenta maniobrar el portaequipaje en torno a Margot.

—No me va a pasar nada. Ya he volado sola en avión. Sé cómo hacerlo —repite. Se pone de puntillas y le da un abrazo a papá—. Llamaré en cuanto llegue, te lo prometo.

—Llama todos los días —susurro. El nudo que tengo en la garganta no para de crecer y se me escapan unas cuantas lágrimas. Esperaba no llorar porque sabía que Margot no lo haría y llorar sola es patético, pero no puedo evitarlo.

—Ni se te ocurra olvidarte de nosotras —le advierte Kitty.

El comentario hace sonreír a Margot.

—Eso es imposible.

Nos abraza una vez más. Me deja a mí para el final. Como sabía que haría.

—Cuida bien de papá y de Kitty. Ahora estás a cargo.

No quiero soltarla, así que la abrazo más fuerte. Sigo esperando una señal, una indicación de que nos echará de menos tanto como nosotros a ella. Y entonces se pone a reír y la suelto.

—Adiós, Gogo —digo, y me enjugo las lágrimas con el filo de la camiseta.

Los tres la observamos mientras empuja el carrito hasta el mostrador de facturación. Estoy llorando a lágrima viva, secándome las lágrimas con el dorso del brazo. Papá nos rodea con el brazo a Kitty y a mí.

—Esperaremos hasta que esté en la fila para pasar el control de seguridad.

Cuando termina de facturar el equipaje, se da la vuelta y nos mira a través de las puertas de cristal. Levanta una mano, se despide y se dirige a la fila del control de seguridad. Contemplamos cómo se aleja, pensando que quizá se vuelva una vez más, pero no lo hace. Ya parece muy lejana. Margot, la chica de las matrículas de honor, siempre competente. Cuando me llegue la hora de marcharme, dudo mucho que sea tan fuerte como Margot. Pero, ahora en serio, ¿quién lo es?

Lloro durante todo el camino de vuelta a casa en el asiento trasero del coche. Kitty me dice que soy más niña que ella, me agarra de la mano y la aprieta con fuerza, y sé que ella también está triste.

A pesar de que Margot no es una persona ruidosa, en casa parece reinar el silencio. En cierto modo está vacía.

¿Cómo será cuando me marche dentro de dos años? ¿Qué van hacer papá y Kitty? No soporto la idea de que lleguen a una casa vacía y oscura sin Margot y sin mí. Quizá no me marche muy lejos; tal vez incluso pueda vivir en casa, al menos durante el primer semestre. Creo que eso sería lo correcto.

8

Esa misma tarde, Chris me llama por teléfono y me dice que me encuentre con ella en el centro comercial. Quiere mi opinión sobre una chaqueta de piel y, para ver el efecto completo, tengo que verla en persona. Estoy orgullosa de que me pida mi opinión de sastre y me sentaría bien salir de casa y no seguir estando triste, pero conducir sola hasta el centro comercial me pone nerviosa. Yo (y todo el mundo, en realidad) me considero una conductora asustadiza.

Le pregunto si puede enviarme una foto, pero Chris me conoce demasiado bien.

—Nop. Arrastra el culo hasta aquí, Lara Jean. No aprenderás a conducir mejor hasta que hagas de tripas corazón y te decidas a hacerlo.

Así que eso es lo que hago: conduzco el coche de Margot al centro comercial. Tengo el carnet y todo, pero me falta seguridad. Mi padre me ha dado clases muchas veces, y Margot también y, con ellos en el coche, no tengo ningún problema, pero me pongo nerviosa cuando conduzco sola. Lo que me asusta es cambiar de carril. No me gusta apartar la vista ni por un momento de lo que está ocurriendo justo enfrente. Tampoco me gusta conducir deprisa.

Pero lo peor de todo es que tiendo a perderme. Los únicos lugares adonde soy capaz de llegar con absoluta seguridad son la escuela y la tienda de comestibles. Nunca he tenido que aprender cómo llegar al centro comercial porque Margot nos llevaba siempre. Pero ahora sé que tengo que esforzarme porque soy la responsable de llevar a Kitty. Aunque la verdad es que Kitty se orienta mejor que yo. Sabe cómo llegar a montones de sitios. Pero no quiero que tenga que explicarme cómo llegar a donde sea. Quiero sentirme como la hermana mayor, quiero que se relaje en el asiento del pasajero, segura en el conocimiento de que Lara Jean la llevará a donde tiene que ir, como me pasaba a mí con Margot.

Claro que también podría usar el GPS, pero me siento boba pidiéndole que me indique cómo llegar al centro comercial cuando he estado allí un millón de veces. En su lugar, me inquieto en cada giro, y dudo cada vez que veo una entrada a la autopista. ¿Era la norte o la sur? ¿Giro aquí o en la siguiente? Nunca había tenido que prestar atención.

Pero por ahora todo va bien. Escucho la radio, moviéndome al ritmo de la canción, e incluso conduzco con una sola mano al volante. Lo hago para fingir confianza, porque dicen que cuanto más finges, más cierto te acaba pareciendo.

Todo va tan bien que tomo un atajo en lugar de la autopista. Paso por el vecindario de al lado e, incluso mientras lo hago, empiezo a preguntarme si ha sido una buena idea. Tras un par de minutos, el paisaje empieza a resultarme poco familiar y me doy cuenta de que he girado a la izquierda en vez de a la derecha. Intento contener el pánico que me invade y retroceder.

«Puedes hacerlo, puedes hacerlo.»

Hay una señal de *stop* a cuatro bandas. No veo a nadie, así que sigo adelante. Ni siquiera veo el coche que viene a mi derecha. Lo noto antes de verlo.

Chillo hasta quedar ronca. La boca me sabe a cobre. ¿Estoy sangrando? ¿Me he mordido la lengua? La toco y sigue ahí. El corazón me late a mil por hora; me siento sudada y pegajosa. Respiro profundamente, pero no consigo que me entre el aire.

Me tiemblan las piernas al salir del coche. El otro conductor ya ha salido, está inspeccionando su coche de brazos cruzados. Es mayor que mi padre y tiene el pelo gris y lleva bermudas con langostas rojas estampadas. Su coche está bien, pero el mío tiene una abolladura enorme a un lado.

—¿No has visto la señal de *stop*? ¿Estabas enviado mensajes con el teléfono? —pregunta.

Niego con la cabeza; se me está cerrando la garganta. No quiero llorar. Mientras no llore...

Parece darse cuenta. La arruga de irritación que tiene entre las cejas se está suavizando.

—Mi coche parece estar en perfecto estado. ¿Te encuentras bien? —me pregunta, a regañadientes.

Asiento una vez más.

—Lo siento mucho —respondo.

—Los jóvenes tenéis que ser más prudentes —dice como si yo no hubiese abierto la boca.

El nudo que tengo en la garganta empieza a crecer.

—Lo siento de verdad, señor.

Hace un ruido que suena como un gruñido.

—Deberías llamar a alguien para que venga a buscarte. ¿Quieres que espere contigo? —se ofrece el hombre.

—No, gracias.

¿Y si es un asesino en serie o un pedófilo? No quiero quedarme a solas con un desconocido.

El hombre se marcha con su coche.

En cuanto desaparece, se me ocurre que debería haber llamado a la policía mientras estaba aquí. ¿No se supone que tienes que llamar a la policía siempre que haya un accidente de coche, pase lo que pase? Estoy casi segura de que nos lo enseñaron en la autoescuela. Así que he cometido otro error.

Me siento en la cuneta y miro fijamente el coche de Margot. No llevo ni dos horas con él, y ya lo he destrozado. Apoyo la cabeza en mi regazo y me siento hecha una bola. Me empieza a doler el cuello. Es entonces cuando empiezan a brotar las lágrimas. A mi padre no le hará ninguna gracia. A Margot tampoco. Los dos estarán de acuerdo en que no debería estar conduciendo por la ciudad sin supervisión, y quizá tengan razón. Quizá aún no esté preparada. Quizá no lo esté nunca. Quizá cuando sea vieja, mis hermanas y mi padre tendrán que llevarme a los sitios porque soy una inútil.

Saco el teléfono y llamo a Josh. Cuando responde, digo:

—Josh, ¿puedes hacerme un favor? —y me tiembla tanto la voz que me siento abochornada.

Y claro que se da cuenta, porque es Josh. Enseguida se pone serio.

—¿Qué ha ocurrido?

—He tenido un accidente de coche. No sé ni dónde estoy. ¿Puedes venir a buscarme?

—¿Te has hecho daño? —pregunta.

—No, estoy bien. Es que... —Si pronuncio una palabra más, romperé a llorar.

—¿Qué señales ves? ¿Qué tiendas?

Estiro el cuello para echar un vistazo alrededor.

—Falstone. Estoy en el 8109 de Falstone Road —respondo mirando al buzón más cercano.

—Voy de camino. ¿Quieres que siga al teléfono contigo?

—No hace falta —cuelgo y empiezo a llorar.

No sé cuánto tiempo llevo allí sentada llorando cuando otro coche se detiene frente a mí. Levanto la vista y es el Audi negro de Peter Kavinsky con las lunas tintadas. Una de las ventanillas desciende.

—¿Lara Jean? ¿Estás bien?

Asiento y, con un gesto, lo invito a marcharse. Vuelve a subir la ventanilla y pienso que se va a marchar de verdad, pero entonces aparca a un lado. Sale de su coche y empieza a inspeccionar el mío.

—La has fastidiado bien. ¿Tienes la información del seguro del otro tío?

—No, su coche estaba bien —respondo, mientras me seco las lágrimas furtivamente—. Fue culpa mía.

—¿Tienes seguro?

Asiento.

—¿Los has llamado?

—No, pero viene alguien.

Peter se sienta a mi lado.

—¿Cuánto tiempo llevas ahí sentada y llorando sola?

Aparto la cara y me vuelvo a secar las mejillas.

—No estoy llorando.

Peter Kavinsky y yo éramos amigos antes de que se convirtiese en Kavinsky, cuando era Peter K. Formábamos parte de la pandilla en la escuela. Los chicos eran Peter Kavinsky, John Ambrose McClaren y Trevor Pike. Las chicas éramos Genevieve y yo y Allie Feldman, que vivía al final de la manzana, y a veces Chris. De pequeña, Genevieve vivía a dos calles de distancia. Resulta curioso lo importante que es la proximidad durante la infancia. Quién sea tu mejor amigo depende directamente de lo cerca que estén vuestras casas. Con quién te sientes depende de lo cerca que estén vuestros apellidos en el alfabeto. Es un gran juego de azar. En octavo, Genevieve se mudó a otro vecindario y seguimos siendo amigas un tiempo más. Venía al vecindario a pasar el rato, pero algo había cambiado. Al llegar al instituto, Genevieve nos había eclipsado. Seguía siendo amiga de los chicos, pero la pandilla de chicas estaba acabada. Allie y yo continuamos siendo amigas hasta que se mudó el año pasado, pero siempre había algo humillante cuando estábamos juntas, como si fuésemos dos rebanadas de pan sobrantes y juntas formásemos un sándwich seco.

Ya no somos amigos. Ni Genevieve y yo, ni Peter y yo. Por eso me resultaba tan extraño estar sentada a su lado en una acera cualquiera como si el tiempo no hubiese pasado.

Le suena el móvil y se lo saca del bolsillo.

—Me tengo que ir.

—¿Adónde vas? —sollozo.

—A casa de Gen.

—Entonces, más te vale ir tirando. Genevieve se enfadará si llegas tarde.

Peter suelta un resoplido como si no le importase, pero se levanta de golpe. Me pregunto cómo será ejercer tanto poder sobre un chico. No creo que me gustase. Tener el corazón de alguien en tus manos entraña mucha responsabilidad. Está entrando en su coche cuando, como si se le ocurriese de repente, pregunta:

—¿Quieres que llame al seguro por ti?

—No hace falta. Pero gracias por parar. Ha sido muy amable de tu parte.

Peter sonríe de oreja a oreja. Recuerdo eso de Peter: lo mucho que le gustan los refuerzos positivos.

—¿Te sientes mejor?

Asiento una vez más. La verdad es que sí.

—Bien.

Tiene el aspecto de un Chico Guapo de otros tiempos. Podría ser un gallardo soldado de la primera guerra mundial, tan atractivo que su chica esperaría su regreso de la guerra durante años, tan apuesto que podría esperar para siempre. Podría llevar una chaqueta deportiva, conducir un Corvette con la capota bajada y una mano en el volante, de camino a recoger a una chica para llevarla a un baile de los años cincuenta. Peter tiene el tipo de atractivo honrado que parece más del ayer que de hoy. Tiene algo que les gusta a las chicas.

Fue el primer chico que besé. Me resulta muy extraño cuando pienso en ello. Parece que ocurrió hace una eternidad, pero tan sólo fue hace cuatro años.

Josh aparece un minuto después, mientras le envío a Chris un mensaje para avisarle de que no iré al centro comercial. Me pongo de pie.

—¡Cuánto has tardado!

—Me dijiste el 8109. ¡Éste es el 8901!

—No, dije el 8901 —respondo con seguridad.

—No, estoy seguro de que dijiste el 8109. ¿Y por qué no respondes al móvil?

Josh sale del coche y, cuando ve la abolladura, se queda boquiabierto.

—Mierda. ¿Ya has llamado al seguro?

—No. ¿Te importa hacerlo tú?

Josh llama y luego nos sentamos en su coche con el aire acondicionado encendido mientras esperamos. He estado a punto de sentarme en el asiento trasero, cuando de repente me he acordado de que Margot ya no está. He ido en su coche montones de veces, pero creo que nunca me había sentado delante.

—Mmm... Sabes que Margot te matará por esto, ¿no?

Giro la cabeza tan rápido que el pelo me golpea la mejilla.

—Margot no se va a enterar. ¡No le digas nada!

—¿Cuándo iba a hablar con ella? Hemos roto, ¿te acuerdas?

Frunzo el ceño.

—No soporto cuando la gente hace eso. Les pides que te guarden un secreto y, en lugar de contestar sí o no, responden: «¿A quién se lo voy a contar?».

—¡No he dicho «¿A quién se lo voy a contar?»!

—Di sí o no. No lo conviertas en una pregunta.

—No le diré nada a Margot. Esto quedará entre tú y yo. Te lo prometo. ¿De acuerdo?

—De acuerdo.

Entonces se hace el silencio y ninguno de los dos dice nada. Tan sólo se oye el ruido del aire fresco que sale de los conductos de ventilación.

Se me revuelve el estómago al pensar en cómo se lo explicaré a mi padre. Quizá debería darle la noticia con lágrimas en los ojos para que se apiade de mí. O podría decir algo del estilo «Tengo una noticia buena y otra mala. La buena es que estoy bien, no tengo ni un rasguño.

La mala es que el coche está destrozado». Quizá «destrozado» no sea la palabra más adecuada.

Estoy dándole vueltas a cuál sería la mejor palabra cuando Josh dice:

—¿Así que vas a dejar de hablarme sólo porque Margot y yo hayamos roto?

El tono de Josh es jocosamente amargado o amargadamente jocoso, si es que existe tal combinación.

Lo miro sorprendida.

—No seas bobo. Claro que seguiré hablándote. Pero no en público.

Éste es el papel que interpreto con él: el de la hermana pequeña exasperante. Como si fuese igual que Kitty. Como si no nos llevásemos sólo un año. Josh no sonríe, parece abatido, así que choco la frente con la suya.

—¡Era una broma, tontorrón!

—¿Te explicó lo que pensaba hacer? Quiero decir, ¿formaba parte de su plan?

Cuando me ve titubear, añade:

—Venga, sé que te lo cuenta todo.

—La verdad es que no. Al menos, esta vez no. De verdad, Josh. No sabía nada. Te lo prometo —le aseguro con la mano en el corazón.

Josh asimila mis palabras. Se mordisquea el labio inferior, y reflexiona:

—Puede que cambie de idea. Es posible, ¿no?

No sé si es más cruel decir que sí o que no porque sufrirá de todos modos. Porque, a pesar de que estoy al 99,99999 por cien segura de que volverán a estar juntos, existe la pequeña posibilidad de que no, y no quiero darle esperanzas. Así que no digo nada.

Josh traga con fuerza, y su nuez sube y baja.

Apoyo la cabeza en su hombro y digo:

—Nunca se sabe, Joshy.

Josh mantiene la mirada al frente. Una ardilla sube a un roble a toda velocidad. Sube y vuelve a bajar otra vez. Los dos la contemplamos.

—¿A qué hora aterriza?

—Todavía faltan unas cuantas horas.

—Vendrá... ¿Vendrá a casa por Acción de Gracias?

—No. No tienen vacaciones por Acción de Gracias. Es Escocia, Josh. No celebran festividades estadounidenses. —Quería decirlo con tono jocoso, pero me sale desganado.

—Tienes razón.

—Pero vendrá en Navidad —añado, y los dos suspiramos.

—¿Puedo seguir viéndoos? —me pregunta Josh.

—¿A Kitty y a mí?

—Y a tu padre también.

—No nos vamos a ir a ninguna parte —le aseguro.

Josh parece aliviado.

—Bien. No soportaría perderos también a vosotros.

En cuanto lo dice, se me detiene el corazón y me olvido de respirar y, por un momento, me siento mareada. Y luego, como suele suceder, el sentimiento, ese extraño aleteo en el pecho desaparece y llega la grúa.

Llegamos a casa.

—¿Quieres que te acompañe a decírselo a tu padre? —se ofrece.

Me animo hasta que me acuerdo de que Margot dijo que ahora yo estaba a cargo. Estoy casi segura de que responsabilizarte de tus errores forma parte de estar al cargo.

9

Papá al final no se enfada tanto. Completo toda mi perorata sobre la noticia buena y la noticia mala, y papá se limita a suspirar y a comentar:

—Mientras tú estés bien...

El coche necesita una pieza especial que tienen que traer de Indiana o de Idaho, no me acuerdo de cuál. Mientras tanto, tendré que compartir el coche con papá, o ir a clase en autobús, o pedirle a Josh que me lleve, pero eso ya lo tenía pensado.

Margot llama esa misma noche. Kitty y yo estamos viendo la tele y le grito a papá para que venga corriendo. Nos sentamos en el sofá y nos vamos pasando el teléfono, hablando con ella por turnos.

—Margot, ¡adivina lo que ha pasado! —chilla Kitty.

Niego con la cabeza frenéticamente. «No le digas lo del coche», articulo con los labios en silencio. Una advertencia en mi mirada.

—Lara Jean tuvo... —Kitty se detiene para crear suspense—. Una pelea con papá. Sí, ha sido mala conmigo y papá le dijo que se portase bien, así que se pelearon.

Le quito el teléfono de las manos.

—No nos hemos peleado, Gogo. Kitty sólo quiere fastidiar.

—¿Qué habéis cenado? ¿Habéis preparado el pollo que descongelé anoche? —pregunta Margot. Su voz suena muy remota.

Subo el volumen del teléfono.

—Sí, pero olvídate de eso. ¿Ya te has instalado en tu habitación? ¿Es grande? ¿Cómo es tu compañera de habitación?

—Es agradable. Viene de Londres y tiene un acento muy sofisticado. Se llama Penelope Saint George-Dixon.

—Anda, hasta su nombre es sofisticado. ¿Y qué tal tu habitación?

—La habitación es más o menos del mismo tamaño que la que vimos en los dormitorios de la Universidad de Virginia, pero más antigua.

—¿Qué hora es allí?

—Casi medianoche. Vamos con cinco horas de adelanto, ¿te acuerdas?

«Vamos con cinco horas de adelanto», como si ya considerase Escocia su hogar... ¡y todavía no lleva allí ni un día!

—Ya te echamos de menos —le digo.

—Yo también.

Después de cenar, le envío un mensaje a Chris para ver si quiere pasarse, pero no me contesta. Seguro que está por ahí con uno de los chicos con los que se enrolla. No pasa nada. Tendría que ponerme al día con mi álbum de recortes.

Esperaba terminarlo antes de que Margot se marchase a la universidad, pero, como cualquiera que haya hecho un álbum de recortes sabrá, Roma no se construyó en un día. Podrías pasarte un año o más trabajando en un único álbum.

Está sonando música Motown y he colocado todos los materiales a mi alrededor en un semicírculo. La taladradora en forma de corazón, páginas y más páginas de papel para hacer álbumes de recortes, fotos que he recortado de revistas, la pistola de encolar, el dispensador de cinta adhesiva con todas mis cintas de colores. Recuerdos, como un programa de cuando fuimos a ver *Wicked* a Nueva York, recibos y fotos. Lazos, botones, pegatinas, abalorios. Un buen álbum de recortes debe tener textura. Son gruesos, robustos y no se cierran del todo.

Estoy trabajando en la página de Josh y Margot. Me da igual lo que diga Margot. Volverán a estar juntos, lo sé. Y aunque no sea así, al menos no enseguida, tampoco es que Margot pueda hacer como si no hubiera existido. Ha sido una parte muy importante de su último año. Y de su vida. El único compromiso que estoy dispuesta a alcanzar es que, aunque estaba guardando la cinta adhesiva de corazones específicamente para esta página, puedo hacerlo con cinta de cuadros normal. Aunque claro, al poner la cinta sobre las fotos veo que los colores no combinan muy bien. Así que al final utilizo la cinta de corazones. Moviéndome al ritmo de la música, recorto en forma de corazón una foto de los dos en el baile de fin de curso. A Margot le va a encantar.

Estoy pegando con mucho cuidado un pétalo de rosa seco del ramillete de Margot cuando papá llama a la puerta.

—¿Qué andas haciendo? —me pregunta.

—Esto —le respondo mientras pego otro pétalo—. Si sigo así, lo tendré terminado para Navidad.

—Ah. —Mi padre no se mueve. Permanece junto a la puerta, observándome mientras trabajo—. Bueno, voy a ver ese documental nuevo de Ken Burns. Si quieres venir...

—Puede que luego —le digo para ser amable. Sería un rollo tener que bajar todos los materiales y volver a organizarme. Ahora estoy en racha—. ¿Por qué no empiezas sin mí?

—Muy bien. Te dejo a lo tuyo, entonces.

Papá arrastra los pies escalera abajo.

Tardo casi toda la noche, pero termino la página de Josh y Margot, y queda muy bien. La siguiente es la página de las hermanas. En ésta, utilizaré un papel estampado de flores para el fondo y pegaré una foto de las tres de hace tiempo. La tomó mamá. Estamos de pie frente al roble de delante de casa con nuestra ropa de los domingos. Las tres llevamos vestidos blancos y lazos rosa a juego en el pelo. Lo mejor de la foto es que Margot y yo sonreímos con dulzura, mientras que Kitty tiene el dedo metido en la nariz.

Sonrío para mí misma. A Kitty le dará un pasmo cuando vea esta página. No puedo esperar.

10

Margot dice que el penúltimo año de instituto es el más importante, el más atareado, un año tan importante que el resto de tu vida depende de él. Así que decido que debería leer todo lo que me apetece antes del inicio de las clases la semana próxima y de que el penúltimo año empiece de manera oficial. Estoy sentada en los peldaños de delante de casa, leyendo una novela romántica británica de espías de los años ochenta que compré por 75 centavos en una liquidación organizada por Los Amigos de la Biblioteca.

Estoy llegando a lo bueno (¡Cressida tiene que seducir a Nigel para obtener acceso a los códigos secretos!) cuando Josh sale de casa para recoger el correo. Él también me ve. Levanta la mano como si sólo fuese a saludar, pero al final viene.

—Eh, bonito pijama —dice mientras se aproxima por el camino de entrada.

Es de un azul apagado con girasoles y se ata en torno al cuello. Lo compré en una tienda *vintage*, 75 por ciento de descuento. Y no es un pijama.

—Es un traje de playa —le respondo, y vuelvo a mi libro. Intento tapar sutilmente la cubierta con la mano. Lo último que necesito es que Josh se burle de mí por leer una chorrada de libro cuando intento pasar una tarde relajada.

Siento que su mirada se posa sobre mí, con los brazos cruzados, esperando. Levanto la vista.

—¿Qué?

—¿Quieres ir a ver una peli esta noche al Bess? Dan una de Pixar. Nos podemos llevar a Kitty.

—Vale, envíame un mensaje cuando quieras salir —contesto, y paso página. Nigel le está desabrochando la blusa a Cressida, y ella se está preguntando cuándo hará efecto la pastilla para dormir que le puso en el Merlot, aunque también espera que no sea demasiado pronto porque Nigel besa muy bien.

Josh alarga el brazo e intenta echarle un vistazo de cerca al libro. Le aparto la mano de un manotazo, pero no antes de que lea en voz alta:

—«El corazón de Cressida latía desbocado mientras la mano de Nigel le recorría el muslo por encima de sus medias de seda». —Josh se parte de risa—. ¿Qué demonios estás leyendo?

Me arden las mejillas.

—Cállate.

Josh retrocede riendo entre dientes.

—Te dejo con Cressida y con Noel.

—¡Para tu información, se llama Nigel! —grito en cuanto me da la espalda.

Kitty está encantada de salir con Josh. Cuando Josh le pide a la chica del puesto de comida que disponga la mantequilla en capas en las palomitas (en el fondo, en medio y encima), las dos le ofrecemos una mirada aprobadora. Kitty se sienta entre ambos y, en los fragmentos cómicos, se ríe tanto que da patadas en el aire. Pesa tan poco que el asiento se le levanta continuamente. Josh y yo compartimos sonrisas por encima de su cabeza.

Siempre que Josh, Margot y yo íbamos al cine, Margot se sentaba en el centro. Era para poder cuchichear con los dos. No quería que me sintiese excluida porque tenía novio, y nunca me pasó. Al principio le ponía tanto empeño que me temía que hubiese notado algo de lo de antes. Pero no es el tipo de persona que se calla o que maquilla la verdad. Tan sólo es una hermana mayor fantástica. La mejor.

Pero sí hubo ocasiones en las que me sentí excluida. No en el sentido romántico, sino debido a mi amistad con Josh. Josh y yo siempre habíamos sido amigos. Pero cuando rodeaba a Margot con el brazo mientras hacíamos cola para comprar las palomitas, o cuando estábamos en el coche y se ponían a cuchichear, me sentía como la niña pequeña sentada en el asiento trasero que no oye lo que dicen sus padres, y me hacían sentir como si fuera invisible. Hacían que desease tener a alguien con quien susurrar en el asiento de atrás.

Se me hace raro ser la que está en el asiento de delante. La vista no es tan distinta. De hecho, todo parece normal e igual, lo que resulta un consuelo.

Chris me llama esa misma noche mientras me estoy pintando las uñas de los pies en distintos tonos de rosa. El ruido de fondo es tan alto que tiene que chillar.

—¡Adivina qué!

—¿Qué? ¡Casi no te oigo!

Me estoy pintando el dedo pequeño del pie con un tono ponche de frutas llamado *Hit Me with Your Best Shot*.

—Espera un momento. —Chris debe cambiar de habitación porque el ruido disminuye—. ¿Me oyes ahora?

—Sí, mucho mejor.

—Adivina quiénes han roto.

He cambiado a un color rosa que parece Tipp-Ex con una gota de rojo.

—¿Quiénes?

—¡Gen y Kavinsky! Ella le ha plantado.

Los ojos se me ponen como platos.

—¡Hala! ¿Por qué?

—Parece ser que conoció a un chico de la Universidad de Virginia mientras trabajaba de azafata. Te garantizo que ha estado engañando a Kavinsky todo el verano.

Un tipo llama a Chris, y ésta dice:

—Me tengo que ir. Es mi turno de jugar a la petanca.

Chris cuelga sin despedirse, como siempre.

De hecho, conocí a Chris gracias a Genevieve. Son primas. Sus madres son hermanas. Chris acostumbraba a venir de visita cuando éramos pequeñas, pero ni siquiera entonces se llevaba bien con Gen. Discutían sobre qué Barbie debía quedarse con Ken cuando sólo había un Ken. Yo ni siquiera me molestaba en pelearme por Ken, aunque técnicamente era mío. Bueno, de Margot. En clase, mucha gente no sabe que Gen y Chris son primas. No se parecen en nada: Gen es pequeña, de brazos torneados y pelo rubio del color de la margarina. Chris también es rubia, pero rubia oxigenada y es más alta y tiene una espalda amplia de nadadora. Sin embargo, hay ciertas semejanzas entre las dos.

Durante nuestro primer año, Chris era bastante alocada. Iba a todas las fiestas, se emborrachaba y se enrollaba con chicos mayores. Ese año, un chico de segundo año del equipo de *lacrosse* le contó a todo el mundo que Chris se había acostado con él en el vestuario de chicos, pero no era cierto. Genevieve obligó a Peter a amenazarle con que le partiría la cara si no contaba la verdad. Me pareció un gesto muy bondadoso por parte de Genevieve, pero Chris insistió en que sólo lo había hecho para que la gente no pensase que era pariente de una zorra. Después de eso, Chris dejó de salir con gente de clase y empezó a montárselo con gente de otras escuelas.

Aún conserva la reputación de su primer año. Se comporta como si no le importase, pero sé que sí. Al menos, un poco.

11

El lunes, papá prepara lasaña. La prepara con salsa de frijoles negros para darle un toque diferente. Por asqueroso que suene, la verdad es que está muy rico y ni siquiera notas los frijoles. Josh también viene y devora tres porciones de lasaña, y mi padre está encantado. Cuando sale a relucir el nombre de Margot en la conversación, veo que Josh se pone tenso, y lo siento por él. Kitty también debe de notarlo porque cambia de tema y se pone a hablar del postre: una hornada de *brownies* de mantequilla de cacahuete que he preparado esta misma tarde.

Como papá se ha ocupado de cocinar, los jóvenes tenemos que limpiar la cocina. Papá la ha ensuciado toda preparando la lasaña, así que limpiarla es un rollo, pero vale la pena.

Después, los tres nos relajamos delante de la tele. Es domingo por la noche, pero la atmósfera no es de domingo porque mañana es el Día del Trabajo y tenemos otro día libre antes de que empiecen las clases. Kitty está trabajando en su *collage* de perros, *quelle surprise*.

—¿Qué tipo de perro prefieres? —le pregunta Josh.

Kitty responde veloz como un rayo.

—Un akita.

—¿Chico o chica?

Su respuesta vuelve a ser rauda.

—Chico.

—¿Cómo lo llamarás?

Kitty titubea, y sé la razón. Me doy la vuelta y le hago cosquillas en los pies.

—Sé qué nombre le pondrás —canturreo.

—¡No digas nada, Lara Jean! —berrea Kitty.

Ahora he captado toda la atención de Josh.

—Venga, dímelo —implora Josh.

Miro a Kitty. Tiene los ojos rojos y brillantes.

—Da igual —concluyo, y de repente me siento nerviosa. Puede que Kitty sea la pequeña de la familia, pero no es el tipo de persona a la que quieres ver enfadada.

Josh me tira del pelo y dice:

—¡Vamos, Lara Jean! ¡No me dejes en este sinvivir!

Me apoyo sobre los codos y Kitty intenta taparme la boca con la mano. Entre risas, digo:

—Es el nombre del chico que le gusta.

—¡Cállate, Lara Jean, cállate!

Kitty me da una patada y, al hacerlo, arranca por accidente la foto de un perro. Kitty suelta un chillido y cae de rodillas para examinarla. La cara se le ha puesto roja del esfuerzo por no llorar. Me siento como una imbécil. Me pongo derecha e intento disculparme con un abrazo, pero ella se zafa y me da una patada en las piernas. Es tan fuerte que se me escapa un chillido. Recojo la foto e intento volver a pegarla, pero Kitty me la arrebata de las manos y se la entrega a Josh.

—Josh, arréglala. Lara Jean la ha destrozado.

—Kitty, sólo era una broma —me excuso sin convicción. No iba a revelar el nombre del chico. Nunca lo haría.

Kitty me hace caso omiso. Josh alisa la foto con un posavasos y, con una concentración digna de un cirujano, vuelve a pegar las dos partes. Finge secarse el sudor de las cejas.

—Uf. Creo que sobrevivirá.

Aplaudo e intento llamar la atención de Kitty, pero ésta evita mirarme. Sé que me lo merezco. El chico que le gusta es... Josh.

Kitty le quita el *collage* de las manos a Josh.

—Voy a trabajar arriba. Buenas noches, Josh —se despide con frialdad.

—Buenas noches, Kitty —dice Josh.

—Buenas noches, Kitty —le contesto con suavidad, pero ya está corriendo escalera arriba y no responde.

Cuando oímos el sonido de su puerta al cerrarse, Josh me mira y sentencia:

—Te has metido en un buen lío.

—Lo sé.

Tengo un nudo en el estómago. ¿Por qué lo he hecho? Incluso mientras lo decía, sabía que estaba mal. Margot no me lo habría hecho jamás. Las hermanas mayores no deberían tratar así a sus hermanas pequeñas, sobre todo cuando se llevan tantos años como Kitty y yo.

—¿Quién es el chico que le gusta?

—Uno de la escuela.

Josh suspira.

—¿Ya tiene edad de que le guste un chico? Me parece que es un poco joven para eso.

—A mí me gustaba un chico cuando tenía nueve años —replico. Todavía estoy pensando en Kitty. Me pregunto qué puedo hacer para que se le pase el enfado. No creo que baste con unas galletas de azúcar y canela.

—¿Quién? —me pregunta Josh.

—¿Quien qué? —Puede que si convenzo a papá de que le compre un cachorro...

—¿Quién fue tu primer amor?

—Mmm, ¿mi primer amor de verdad?

Me enamoré de muchos chicos en el jardín de infancia y en primero y en segundo, pero ésos no cuentan.

—¿El primero que me gustó de verdad?

—Sí.

—Bueno... Supongo que Peter Kavinsky.

A Josh casi le da una arcada.

—¿Kavinsky? ¿En serio? Es tan obvio. Pensé que te gustaría alguien... No sé, más sutil. Peter Kavinsky es un cliché. Es el estereotipo del chico guay de las películas de instituto.

Me encojo de hombros.

—No haber preguntado.

—Vaya. —Sacude la cabeza—. Tan sólo... Vaya.

—Antes no era así. A ver, ya era Peter, pero no tanto.

Josh sigue mostrándose escéptico.

—Eres un chico, así que no entiendes de lo que hablo.

—Tienes razón. ¡No lo entiendo!

—Eh, ¡a ti te gustaba la señorita Rothschild!

Josh se pone rojo como un tomate.

—¡Entonces era muy guapa!

—Ajá. —Le lanzo una mirada cómplice—. Era muy «guapa».

Nuestra vecina de enfrente, la señorita Rothschild, acostumbraba a cortar el césped en pantaloncitos cortos y sujetador de biquini. Daba la casualidad de que los chicos del vecindario se reunían para jugar en el patio de Josh esos mismos días.

—Además, la señorita Rothschild no fue mi primer amor.

—¿Ah, no?

—No. Fuiste tú.

Tardo unos segundos en procesar la información. E incluso así, lo único que consigo responder es:

—¿Eh?

—Cuando me mudé aquí. Antes de descubrir tu verdadera personalidad.

Le doy una patada en la espinilla, y prosigue:

—Yo tenía doce años y tú once. Te dejé montar en mi patinete, ¿te acuerdas? Ese patinete era la niña de mis ojos. Ahorré durante dos años para comprarlo. Y te dejé subir a ti.

—Pensaba que estabas siendo generoso.

—Te estrellaste con él y dejaste un arañazo enorme en un lateral. ¿Te acuerdas?

—Sí, me acuerdo de que lloraste.

—No lloré. Estaba molesto, como es lógico. Y así acabó mi pequeño enamoramiento.

Josh se pone de pie y vamos hasta el vestíbulo.

Antes de abrir la puerta, Josh se vuelve y me dice:

—No sé que habría hecho si no hubieses estado ahí después de... Después de que Margot me dejase.

El rubor se le extiende por las mejillas, debajo de cada diminuta peca.

—Me ayudas a seguir adelante, Lara Jean.

Josh me mira y lo siento todo, cada recuerdo, cada momento que hemos compartido. Entonces, me da un abrazo rápido y firme y desaparece en la noche.

Estoy allí de pie con la puerta abierta, y la idea aparece en mi mente. Es tan veloz, y tan inesperada, que no puedo reprimirla:

«Si fueses mío, no habría roto contigo ni en un millón de años».

12

Así fue como conocimos a Josh. Estábamos celebrando un picnic con ositos de peluche en el patio de atrás, con té de verdad y magdalenas. Había que hacerlo en el patio de atrás para que nadie lo viese. Tenía once años, y era demasiado mayor para eso, y Margot tenía trece años, y era muy, muy mayor para ese tipo de cosas. Se me metió la idea en la cabeza porque lo leí en un libro. Gracias a Kitty, pude fingir que lo organizaba para ella y convencerla de que jugase con nosotras. Mamá había muerto el año anterior y, desde entonces, Margot casi nunca decía que no a nada si era para Kitty.

Lo habíamos extendido todo sobre la antigua manta de bebé de Margot, que era azul y nudosa, con un estampado de ardillas. Coloqué un juego de té desconchado de Margot, minimagdalenas azucaradas de arándanos que había obligado a papá a comprar en la tienda de comestibles, y un osito de peluche para cada una de nosotras. Todas llevábamos sombreros porque yo había insistido:

—Tienes que llevar sombrero para tomar el té.

No dejé de repetirlo hasta que Margot se puso el suyo

para hacerme callar. Llevaba el sombrero de paja que mamá se ponía para trabajar en el jardín, Kitty llevaba una gorra de tenis y yo había embellecido un viejo sombrero de piel de la abuela fijándole unas cuantas flores de plástico.

Estaba sirviendo té tibio de un termo cuando Josh trepó por la valla y se dedicó a observarnos. El mes anterior, desde el cuarto de los juguetes, habíamos visto cómo se mudaba la familia de Josh. Queríamos que fuesen chicas, pero vimos que los de la mudanza descargaban una bicicleta de chico y regresamos a nuestros juegos.

Josh permaneció sentado en la valla. Margot estaba tensa y avergonzada, pero no se quitó el sombrero; tenía las mejillas rojas, pero se dejó el sombrero puesto. Kitty fue la primera en saludarle.

—Hola, chico.

—Hola —respondió él. Iba un poco desgreñado y no dejaba de apartarse el pelo de los ojos. Llevaba una camiseta roja con un agujero en el hombro.

—¿Cómo te llamas? —le preguntó Kitty.

—Josh.

—Deberías jugar con nosotras —le ordenó Kitty.

Así que lo hizo.

Entonces no sabía lo importante que llegaría a ser este chico para mí y para la gente a la que más quiero. Pero incluso de haberlo sabido, ¿qué habría hecho para cambiarlo? Nunca íbamos a ser él y yo.

13

Creía que lo había superado.

Al escribir mi carta, me había despedido de él y lo había hecho de verdad, lo juro. No fue tan difícil. Especialmente cuando pensaba en lo mucho que le gustaba a Margot, lo mucho que le importaba. ¿Cómo podía envidiarle a Margot su primer amor? Margot, que tanto se había sacrificado por nosotras. Siempre nos anteponía a Kitty y a mí. Olvidarme de Josh fue mi manera de anteponer a Margot.

Pero ahora, sentada a solas en el salón, con mi hermana a seis mil kilómetros de distancia y Josh en la casa de al lado, lo único en lo que pienso es lo siguiente: «Josh, me gustaste primero. Lo justo sería que fueses mío. Y de estar en su lugar, te habría escondido en mi maleta y te habría llevado conmigo o, ¿sabes qué?, me habría quedado. Nunca te habría abandonado. Ni en un millón de años, por nada del mundo».

Pensar este tipo de cosas, sentir este tipo de cosas, es más que simple deslealtad. Lo sé. Es una traición. Hace que sienta que se me ha ensuciado el alma. Margot se marchó hace menos de una semana y mírame, lo rápido que me derrumbo. Lo rápido que codicio. Soy una traidora de la peor calaña porque estoy traicionando a mi propia hermana, y no hay traición mayor que ésa. Pero ahora, ¿qué? ¿Qué se supone que debo hacer con todos estos sentimientos?

Imagino que sólo puedo hacer una cosa. Le escribiré otra carta. Una posdata con tantas páginas como sea necesario para eliminar los sentimientos que me quedan. Enterraré todo esto de una vez por todas.

Voy a mi habitación y busco mi pluma especial, la que tiene la tinta negra-negra. Saco el grueso papel de carta y empiezo a escribir.

P.S. Todavía te quiero.

Todavía te quiero y es un verdadero problema para mí, y también una verdadera sorpresa. Juro que no lo sabía. Durante todo este tiempo, creí que lo había superado. ¿Cómo iba estar enamorada de ti cuando Margot es la que te quiere? Siempre ha sido Margot...

Cuando termino, meto la carta en mi diario en lugar de hacerlo en la sombrerera. Tengo la sensación de que aún no está acabada, de que me queda algo más por decir, pero todavía no se me ha ocurrido el qué.

14

Kitty sigue enfadada conmigo. Después de mi gran epifanía, me había olvidado por completo de Kitty. Me hace caso omiso durante toda la mañana y, cuando le pregunto si quiere que la lleve a la tienda a comprar material escolar, espeta:

—¿Con qué coche? Destrozaste el de Margot.

¡Ay!

—Iba a tomar prestado el de papá cuando regrese de la ferretería. —Me aparto de ella lo suficiente como para que no pueda responder con una patada o un golpe—. Tampoco hay que ponerse borde, Katherine.

Kitty gruñe, o algo parecido. Justo la reacción que buscaba. No soporto cuando Kitty se enfada y se queda callada. Pero entonces me da la espalda de manera ostentosa y dice:

—Contigo no me hablo. Ya sabes lo que hiciste, así que no intentes que hagamos las paces.

La sigo por toda la casa, tratando de provocarla para que hable conmigo, pero es inútil. Me ha despachado. Así que me rindo, regreso a mi habitación y pongo la banda sonora de *Sirenas*. Estoy organizando mi primer atuendo de vuelta a clase, cuando recibo un mensaje de Josh. Un estremecimiento me recorre la columna al ver su nombre en mi móvil, pero me recuerdo mi solemne juramento. «Sigue siendo de Margot, no tuyo.» No importa que hayan roto. Fue suyo antes que mío, lo que significa que le pertenecerá para siempre.

¿Quieres dar una vuelta en bici por el parque?

Ir en bici es el tipo de actividad que le gusta a Margot. Le gustan la bici y el senderismo. A mí, no. Y Josh lo sabe perfectamente. Ni siquiera tengo bici, y la de Margot es demasiado grande para mí. La de Kitty es más de mi talla.

Le respondo que no puedo; tengo que ayudar a mi padre en casa. No es del todo falso. Papá me pidió que le ayudase a cambiar de maceta algunas plantas. Y yo le dije que sólo lo haría si me obligaba y no tenía elección.

¿Con qué necesita ayuda?

¿Qué le respondo? Debo tener cuidado con mis excusas; Josh podría mirar por la ventana como quien no quiere la cosa, y comprobar si estoy en casa. Le contesto con un vago: «Sólo unas tareas». Conociendo a Josh, se presentaría con una pala o un rastrillo o la herramienta necesaria para la tarea. Y luego se quedaría a cenar, porque siempre se queda a cenar.

Dijo que yo le ayudaba a seguir adelante. Yo, Lara Jean. Quiero ser esa persona, la que le ayuda a seguir adelante durante estos momentos difíciles. Quiero ser su faro mientras esperamos el regreso de Margot. Pero es duro. Mucho más duro de lo que creía.

15

Me despierto feliz porque es el primer día de clase. Siempre he preferido el primer día de escuela al último. Los primeros son mejores porque son como empezar de nuevo.

Mientras Kitty y papá están arriba vistiéndose, preparo las tortitas preferidas de Kitty con rodajas de plátano. El desayuno del primer día de escuela siempre era un día especial para mi madre, y después Margot tomó el relevo, y ahora supongo que me toca a mí. Las tortitas han quedado un poco espesas, no tan ligeras y esponjosas como las de Margot. Y el café... Bueno... ¿el café debería ser de un color marrón claro como la leche con cacao? Cuando baja papá, exclama en tono alegre:

—¡Huele a café! —Se lo bebe y me da el visto bueno levantando los pulgares, pero me fijo en que sólo toma un sorbito. Se me dan mejor los dulces que la cocina.

—Pareces una granjera —me dice Kitty con un deje de malevolencia, y comprendo que sigue un poco enfadada conmigo.

—Gracias —respondo. Llevo un mono vaquero corto y

una camisa de flores de cuello redondo. Sí que parece un poco de granjera, pero en el buen sentido. Margot se dejó las botas militares marrones con cordones, y sólo me van un poquitín grandes. Si me pongo calcetines gruesos, me van a la medida.

—¿Me quieres trenzar el pelo a un lado? —le pregunto.

—No te mereces una de mis trenzas. —Kitty lame el tenedor mientras lo dice—. Además, la trenza sería excesiva.

Kitty sólo tiene nueve años, pero entiende bastante de moda.

—Estoy de acuerdo —asiente mi padre sin levantar la vista del periódico.

Dejo mi plato en el fregadero y pongo la bolsa de la comida de Kitty junto a su plato. Incluye todos sus favoritos: un sándwich de queso brie, patatas a la barbacoa, galletas arcoíris y zumo de manzana del bueno.

—Que tengas un día fantástico —canturrea mi padre. Adelanta la mejilla para que le dé un beso y me agacho y se lo doy. Intento darle otro a Kitty, pero aparta la mejilla.

—Te he puesto tu zumo de manzana y tu brie favoritos —le digo en tono de súplica—. No quiero empezar el año escolar con mal pie.

—Gracias —masculla Kitty.

Antes de que pueda detenerme, la rodeo con los brazos y aprieto tan fuerte que se le escapa un chillido. Luego recojo mi nuevo bolso de flores y salgo por la puerta. Es un nuevo día, y un nuevo año. Tengo el presentimiento de que será bueno.

Josh ya está en el coche. Voy corriendo, abro la puerta y entro.

—Llegas a tiempo —dice Josh. Levanta la mano para

chocarla y, cuando se tocan, se oye una palmada de lo más satisfactoria—. Ésa ha sido una de las buenas.

—Por lo menos, un ocho —asiento. Pasamos a toda velocidad junto a la piscina, la señal de nuestro vecindario y por delante de Wendy's.

—¿Ya te ha perdonado Kitty por lo de la otra noche?

—No del todo, pero espero que no tarde.

—Nadie guarda rencor mejor que Kitty —sentencia Josh, y asiento de todo corazón. Nunca consigo mantenerme enfadada durante mucho tiempo, pero Kitty te guarda rencor como si le fuese la vida en ello.

—Le he preparado una buena comida de primer día de clase. Supongo que eso ayudará.

—Eres una buena hermana.

—¿Tan buena como Margot? —salto yo.

Y, juntos, decimos a coro:

—¡No hay nadie tan bueno como Margot!

16

Las clases ya han empezado oficialmente y ya he encontrado mi ritmo. Los primeros dos días los hemos perdido repartiendo libros y temarios, y decidiendo dónde se sienta cada uno y con quién. Ahora es cuando las clases comienzan en serio.

Durante educación física, el entrenador White nos ha dejado salir para que disfrutemos del sol mientras podamos. Chris y yo estamos paseando por la pista de atletismo. Chris me está hablando de la fiesta a la que asistió durante el fin de semana.

—Casi me peleo con una chica que no paraba de repetir que llevaba extensiones. Yo no tengo la culpa de que mi pelo sea así de fabuloso.

Al girar la curva de la tercera vuelta, pillo a Peter Kavinsky mirándome. Al principio creí que eran imaginaciones mías, pero ya van tres veces. Está jugando al *frisbee* con otros chicos. Cuando pasamos por delante, Peter corre a nuestro encuentro y dice:

—¿Podemos hablar un momento?

Chris y yo intercambiamos miradas.

—¿Ella o yo?

—Lara Jean.

Chris me rodea los hombros con el brazo en un gesto protector.

—Adelante. Te escuchamos.

Peter pone los ojos en blanco.

—Quiero hablar con ella en privado.

—Vale —espeta Chris y se marcha con un andar afectado, pero mira hacia atrás con los ojos como platos, como si me preguntara: «¿Qué?». Me encojo de hombros, como si le respondiera: «¡No tengo ni idea!».

En voz baja, Peter dice:

—Que quede claro que no tengo ninguna enfermedad de transmisión sexual.

«Pero ¿qué demonios...?» Me lo quedo mirando con la boca abierta.

—¡Nunca he dicho que la tuvieras!

Sigue hablando en voz baja, pero está furioso.

—Ni tampoco me quedo siempre con el último trozo de pizza.

—¿De qué hablas?

—De lo que dijiste. En tu carta. Que soy un egoísta que se dedica a contagiar enfermedades de transmisión sexual. ¿Te acuerdas?

—¿Qué carta? ¡Yo no te he escrito ninguna carta!

Un momento. Sí que lo hice. Le escribí una carta hace como un millón de años. Pero no es la carta a la que se refiere. No puede serlo.

—Sí. Que. Lo. Hiciste. Iba dirigida a mí, de tu parte.

Dios mío. No. No. No puede estar pasando. No puede ser verdad. Estoy soñando. Estoy en mi habitación y estoy soñando, y Peter Kavinsky aparece en mi sueño y me está atravesando con la mirada. Cierro los ojos. ¿Estoy soñando? ¿Esto está pasando de verdad?

—¿Lara Jean?

Abro los ojos. No estoy soñando y esto es real. Es una pesadilla. Peter Kavinsky tiene mi carta en la mano. Es mi letra, mi sobre, mi todo.

—¿Cómo... cómo la has conseguido?

—Llegó ayer por correo —mascula Peter—. Mira, no pasa nada; pero espero que no vayas diciendo por ahí que...

—¿Te llegó por correo? ¿A tu casa?

—Sí.

Me noto mareada. Me noto mareada de verdad. Por favor, ojalá me desmaye ahora, porque así, si me desmayo, ya no estaré aquí en este momento. Será como en las películas, cuando una chica pierde el conocimiento a causa del horror de la experiencia que está viviendo y entonces la pelea tiene lugar mientras ella duerme, y se despierta en el hospital con uno o dos moretones, pero se ha perdido todo lo malo. Ojalá mi vida fuera así, en lugar de esto.

Siento que empiezo a sudar.

—Que sepas que escribí la carta hace muchísimo tiempo —disparo.

—Vale.

—Como años. Hace años y años. Ya ni me acuerdo de lo que decía.

«De cerca, tu rostro no sólo es apuesto, sino también hermoso.»

—En serio, la carta es de cuando íbamos a primaria. No sé quién la habrá enviado. ¿Me la dejas ver? —Alcanzo la carta con la mano, mientras intento permanecer tranquila y no sonar desesperada. Sólo casual y relajada.

Titubea un momento y luego sonríe con su sonrisa perfecta de Peter.

—No, quiero quedármela. Nunca había recibido ninguna carta como ésta.

Doy un salto y, ágil como un gato, se la arrebato.

Peter se ríe y levanta las manos en señal de derrota.

—Muy bien, vale, quédatela. Hay que ver...

—Gracias.

Me aparto de Peter y le doy la espalda. El papel me tiembla en la mano.

—Espera —añade titubeante—. Mira, no tenía intención de robarte tu primer beso ni nada. A ver, no quería...

Suelto una carcajada, una risa forzada y falsa que suena demente incluso para mí.

—¡Disculpas aceptadas! ¡Todo eso ya es historia! —le respondo, y salgo corriendo. Corro más rápido que nunca. Me voy directa al vestuario de chicas.

¿Cómo ha podido pasar?

Me dejo caer al suelo. Ya he tenido la pesadilla en la que voy desnuda a clase. También he tenido el combo en el que voy desnuda a clase y olvidé estudiar para un examen de una asignatura de la que no me había matriculado, y el combo en el que voy a un examen desnuda y alguien intenta asesinarme. Esto es lo mismo multiplicado por infinito.

Querido Peter K.:

En primer lugar, me niego a llamarte Kavinsky. Te crees tan guay haciéndote llamar por tu apellido así de repente. Para que lo sepas, Kavinsky suena como el nombre de un viejo con una larga barba blanca.

¿Sabías al besarme que me enamoraría de ti? A veces pienso que sí. Un sí definitivo. ¿Sabes por qué? Porque crees que todo

el mundo te quiere, Peter. Eso es lo que no soporto de ti. Porque todo el mundo te quiere. Yo incluida. Te quería. Pero ya no.

Éstos son tus peores defectos:

Eructas sin disculparte. Das por hecho que a los demás les parecerá encantador. Y si no, ¿a quién le importa? ¡Te equivocas! Te importa. Te importa mucho lo que la gente opine de ti.

Siempre te quedas con el último trozo de pizza. Nunca preguntas si alguien más lo quiere. Eso es de maleducados.

Se te da bien todo. Demasiado bien. Podrías haberles dado una oportunidad a los demás de ser buenos, pero nunca lo hiciste.

Me besaste sin razón alguna. A pesar de que yo sabía que te gustaba Gen, y tú sabías que te gustaba Gen, y Gen sabía que te gustaba Gen. Pero lo hiciste de todos modos. Tan sólo porque podías. Lo que me gustaría saber es por qué me trataste así. Se suponía que mi primer beso iba a ser especial. He leído al respecto sobre lo especial que debería ser: fuegos artificiales y relámpagos y ondas de sonido colisionando en tus oídos. No experimenté nada de eso. Gracias a ti fue tan vulgar como cualquier otro beso.

Y lo peor de todo es que ese ridículo beso de nada fue lo que hizo que empezaras a gustarme. Antes nunca me habías gustado. Nunca antes había pensado en ti. Gen siempre decía que eras el chico más guapo de nuestro curso, y yo estaba de acuerdo porque vale, lo eres. Pero seguía sin ver tu atractivo. Hay montones de gente guapa. Eso no los hace ni interesantes, ni fascinantes ni guays.

Quizá por eso me besaste. Para someterme a tu control mental y obligarme a verte de esa manera. Funcionó. Tu pequeña artimaña funcionó. Desde entonces, empecé a verte. De cerca, tu rostro no sólo es apuesto, sino también hermoso. ¿A cuántos chicos hermosos has visto en tu vida? Para mí sólo ha habido uno. Tú. Creo que tiene mucho que ver con tus pestañas. Tienes unas pestañas muy largas. Injustamente largas.

No te lo mereces; pero bueno, voy a contarte todas las cosas buenas que me gusta(ba)n de ti:

Una vez, en clase de ciencias, nadie quería ser el compañero de Jeffrey Suttleman porque huele a sudor y tú te presentaste voluntario como si no importase. De repente, a todo el mundo empezó a parecerle que Jeffrey tampoco estaba tan mal.

Sigues formando parte del coro, a pesar de que el resto de los chicos se han pasado a la banda y a la orquesta. Incluso cantas algunos solos. Y bailas, y no te da vergüenza.

Fuiste el último chico que pegó el estirón. Y ahora eres el más alto, pero es como si te lo hubieses ganado. Además, cuando eras bajito a nadie le importaba: les gustabas a las chicas, y los chicos te escogían primero para su equipo de baloncesto.

Después de que me besaras, me gustaste el resto de séptimo y casi todo octavo. No ha sido fácil verte con Gen, cogidos de la mano y dándoos el lote en la parada de autobús. Seguro que haces que se sienta muy especial. Porque ése es tu talento, ¿verdad? Se te da bien hacer que los demás se sientan especiales.

¿Sabes lo que se siente cuando alguien te gusta tanto que no puedes soportar el hecho de saber que nunca sentirá lo mismo por ti? Seguramente no. La gente como tú no sufre este tipo de experiencias. Se hizo más fácil después de que Gen y yo dejásemos de ser amigas. Al menos, no tenía que oír hablar de ello.

Y ahora que el curso está a punto de terminar, tengo la certeza de que me he olvidado de ti. Soy inmune a ti, Peter. Me enorgullece decir que soy la única chica de esta escuela que está inmunizada contra los encantos de Peter Kavinsky. Todo gracias a que sufrí una sobredosis de ti en séptimo y parte de octavo. Ya no tengo que preocuparme de volverme a contagiar de ti. ¡Qué alivio! Seguro que si te besara de nuevo me contagiaría de algo y no sería amor. ¡Sería una enfermedad de transmisión sexual!

Lara Jean Song

17

Si pudiese arrastrarme hasta un agujero y excavar una cómoda madriguera en la que vivir el resto de mis días, bueno, eso es lo que haría.

¿Por qué tuve que mencionar el beso? ¿Por qué?

Recuerdo perfectamente ese día en casa de John Ambrose McClaren. Estábamos en el sótano y olía a moho y a detergente para la ropa. Llevaba pantalones cortos blancos y una camiseta bordada en azul y blanco atada al cuello que había robado del armario de Margot. Llevaba sujetador sin tirantes por primera vez en mi vida. Era de Chris, y no paraba de ajustármelo porque me notaba incómoda.

Fue una de nuestras primeras quedadas con chicos y chicas en fin de semana y de noche. Resultaba extraño porque parecía significativo. No era como cuando iba a casa de Allie después de clase y los chicos del vecindario ya estaban allí pasando el rato con su hermano gemelo. Tampoco era igual que ir al salón recreativo o al centro comercial sabiendo que seguramente nos encontraríamos con los chicos. Había que planearlo, hacer que te acompañasen en coche y llevar un sujetador especial, todo en una noche de sábado. Sin padres, sólo nosotros en el sótano ultraprivado de John. Se suponía que el hermano mayor de John iba a vigilarnos, pero John le pagó diez dólares para que se quedase en su habitación.

No es que ocurriese nada especial, como una partida improvisada del juego de la botella o el de siete minutos en el cielo. Las chicas nos habíamos preparado para ambas contingencias con chicle y brillo de labios. Lo único que pasó fue que los chicos jugaron a los videojuegos y las chicas nos dedicamos a observar, a jugar con nuestros móviles y a cuchichear entre nosotras. Y luego los padres y las madres de todos empezaron a recogerlos y fue un auténtico cortarrollos después de tanta expectación. Para mí fue decepcionante, no porque me gustase alguien, sino porque me gustaban el romance y el melodrama, y esperaba que ocurriese algo emocionante.

Y ocurrió algo.

¡A mí!

Peter y yo estábamos solos, los últimos a la espera de que vinieran a buscarnos. Estábamos sentados en el sofá. Yo no paraba de enviarle mensajes a mi padre: «Donde estáaaaaaaaas?». Peter estaba jugando con su móvil.

Y entonces, sin venir a cuento, Peter me espetó:

—Tu pelo huele a coco.

Tampoco estábamos tan cerca el uno del otro. Respondí:

—¿De verdad? ¿Lo hueles desde ahí?

Se acercó y me olfateó el pelo, asintiendo.

—Sí, me recuerda a Hawái, o algo por el estilo.

—¡Gracias! —le respondí. No estaba convencida de que fuese un cumplido, pero se le parecía lo suficiente como para agradecérselo—. He estado alternando entre éste, de coco, y el champú de bebé de mi hermana para hacer un experimento sobre cuál me deja el pelo más suave...

Entonces Peter Kavinsky se inclinó y me besó y me quedé de piedra.

Nunca había pensado en él de esa manera antes del beso. Era demasiado guapo, demasiado perfecto. No era mi tipo de chico, para nada. Pero después del beso, Peter fue lo único en lo que pude pensar durante meses.

¿Y si Peter es sólo el principio? ¿Y si...? ¿Y si el resto de las cartas también han sido enviadas? A John Ambrose McClaren. Kenny, del campamento. Lucas Krapf.

Josh.

Dios mío, Josh.

Me levanto de un salto. Tengo que encontrar la sombrerera. Tengo que encontrar las cartas.

Vuelvo a salir a la pista. No veo a Chris por ninguna parte. Debe de estar fumando detrás del pabellón deportivo. Me dirijo directamente al entrenador, que está sentado en las graderías con el móvil en la mano.

—No paro de vomitar —gimo. Me doblo de dolor y me abrazo el estómago—. ¿Puedo ir a la enfermería, por favor?

El entrenador no se molesta ni en levantar la vista de la pantalla.

—Claro.

En cuanto desaparezco de su campo de visión, empiezo a correr. Educación física es mi última clase del día, y mi casa sólo está a unos tres kilómetros del instituto. Corro como el viento. Creo que nunca en mi vida había corrido tanto, ni tan rápido, y es probable que no vuelva a hacerlo.

Corro tanto que tengo que detenerme un par de veces porque siento que voy a vomitar. Y entonces me acuerdo de las cartas, y de Josh, y de ese «De cerca, tu rostro no sólo es apuesto, sino también hermoso», y empiezo a correr de nuevo.

En cuanto llego a casa, subo los escalones de dos en dos y me meto en mi armario en busca de la sombrerera. No está en la estantería de arriba, donde suelo dejarla. No está en el suelo, ni detrás de la pila de juegos de mesa. No está por ninguna parte. Me pongo de rodillas y empiezo a rebuscar entre pilas de jerséis, cajas de zapatos y material para manualidades. Busco en lugares donde es imposible que esté, pero busco de todos modos. Mi sombrerera no está por ningún lado.

Me dejo caer al suelo. Esto es una película de terror. Mi vida se ha convertido en una película de terror. Mi móvil suena a mi lado. Es Josh.

¿Dónde estás? ¿Te has ido a casa con Chris?

Apago el móvil, bajo a la cocina y llamo a Margot desde el fijo. Sigue siendo mi primer impulso, acudir a ella cuando las cosas se ponen feas. No mencionaré lo de Josh y me centraré en lo de Peter. Ella sabrá qué hacer; ella siempre lo sabe. Estoy a punto de explotar, «Gogo, te echo tanto de menos y todo es un desastre sin ti», pero cuando responde al teléfono suena tan soñolienta que seguro que la he despertado.

—¿Estabas durmiendo? —pregunto.

—No, sólo estaba tumbada —miente Margot.

—¡Estabas dormida! ¡Allí no son ni las diez, Gogo! Un momento, ¿he vuelto a calcular mal la hora?

86

—No, no, tienes razón. Es que estoy muy cansada. He estado despierta hasta las cinco porque... —Su voz se va apagando—. ¿Qué ha pasado?

Titubeo un poco. Quizá sea mejor no agobiar a Margot con todo esto. A ver, acaba de empezar la universidad. Es el único motivo por el que ha estado trabajando; su sueño hecho realidad. Debería estar divirtiéndose, en vez de preocuparse de lo que ocurre en casa sin ella. Además, ¿qué le voy a contar? «¿Escribí un montón de cartas de amor que no llegué a enviar, incluida una para tu novio?»

—No pasa nada.

Estoy haciendo lo que haría Margot en mi lugar: resolverlo por mi cuenta.

—Suena a que ha pasado algo —bosteza Margot—. Dime.

—Vuelve a dormir, Gogo.

—Vale. —Bosteza una vez más.

Cuelgo y me preparo una copa de helado directamente en el envase: salsa de chocolate, nata y frutos secos. La experiencia al completo. Me lo llevo a mi habitación y me lo como tumbada en la cama. Me lo tomo a cucharadas como si fuese una medicina, hasta que me lo he comido entero, hasta la última gota.

18

Despierto poco después. Kitty está de pie al final de mi cama.

—Tienes helado en las sábanas —me informa.

Gruño y me doy la vuelta.

—Kitty, ahora mismo ése es el menor de mis problemas.

—Papá quiere saber si quieres pollo o hamburguesa para cenar. Yo voto por el pollo.

Me incorporo al instante. ¡Papá está en casa! Quizá sepa algo. De un tiempo a esta parte ha estado sumergido en una orgía de limpieza. ¡Puede que haya guardado mi sombrerera en un lugar seguro y lo de Peter sea sólo un incidente aislado!

Salto de la cama y corro escalera abajo. El corazón me late desbocado. Mi padre está en el estudio, con las gafas puestas y leyendo un grueso libro sobre la obra de Audubon.

—¿Papá-has-visto-mi-sombrerera? —pregunto de un tirón sin tomar aire.

Levanta la vista. Su expresión es un poco vaga y comprendo que sigue pensando en los pájaros de Audubon en lugar de centrarse en mi súplica frenética.

—¿Qué sombrerera?

—¡La sombrerera que me regaló mamá!

—Ah, ésa... —Todavía parece confundido. Se quita las gafas—. No lo sé. Puede que acabase con los patines.

—¿Eso qué significa? ¿Qué me estás diciendo?

—Beneficencia. Existe una pequeña posibilidad de que los haya donado.

Suelto un grito ahogado y papá añade, en tono defensivo:

—Esos patines ni siquiera son de tu talla. ¡No hacían más que incordiar!

Me hundo en el suelo.

—Eran rosa y *vintage* y los estaba guardando para Kitty... Y ésa no es la cuestión. Los patines me dan igual. ¡Lo que me interesa es la sombrerera! Papá, no tienes ni idea de lo que has hecho.

Mi padre se pone de pie e intenta levantarme del suelo. Me resisto y caigo de espaldas como un pez fuera del agua.

—Lara Jean, no estoy seguro de que la donase. Vamos a echar un vistazo por la casa, ¿de acuerdo? Que no cunda el pánico todavía.

—Sólo podía estar en un lugar, y no está ahí. Está perdida.

—Entonces iré a comprobar si está en la tienda mañana cuando vaya de camino al trabajo. —Se agacha junto a mí. Me está ofreciendo la mirada: compasiva, aunque también exasperada y perpleja, como si se preguntara: «¿Cómo es posible que de mi ADN, cuerdo y razonable, saliera una hija tan chiflada?».

—Es demasiado tarde. Es demasiado tarde. No tiene sentido.

—¿Qué había en la caja que fuese tan importante?

Siento que el helado se me cuaja en el estómago. Por segunda vez en un día, tengo ganas de vomitar.

—Básicamente, todo.

Papá hace una mueca.

—No sabía que tu madre te lo hubiese regalado, ni que fuese tan importante.

Se retira a la cocina y añade:

—Eh, ¿te apetece un helado antes de cenar? ¿Crees que te animará?

Como si tomar el postre antes de la cena pudiese animarme, como si fuese de la edad de Kitty y no tuviese dieciséis años, casi diecisiete. No me molesto en dignificar la pregunta con una respuesta. Permanezco tumbada en el suelo con la mejilla apretada contra el frío parquet. Además, tampoco queda helado y está a punto de descubrirlo.

Ni quiero ni imaginarme a Josh leyendo la carta. No quiero ni pensarlo. Es terrible.

Después de la cena (pollo, por demanda de Kitty), estoy en la cocina lavando los platos cuando oigo el timbre. Papá abre la puerta y oigo la voz de Josh:

—Hola, doctor Covey. ¿Está Lara Jean?

Oh, no. No, no, no. No puedo ver a Josh. Sé que tendré que hacerlo en algún momento, pero no hoy. No en este preciso instante. No puedo. Simplemente soy incapaz.

Dejo el plato en el fregadero y salgo corriendo, por la puerta trasera, la escalera del porche, y cruzo el patio de atrás hacia el jardín de los Pearce. Subo a trompicones por la escalera de madera hasta la vieja casa del árbol de Carolyn Pearce. No estoy en esta casita desde que iba a la escuela. A veces quedábamos aquí de noche: Chris, Genevieve, Allie y yo y, en un par de ocasiones, también los chicos.

Echo una ojeada furtiva entre los listones de madera, agazapada como una bola, esperando a que Josh regrese a su casa. Cuando estoy segura de que ha entrado, bajo la escalera y voy corriendo a la mía. La verdad es que hoy no he parado de correr en todo el día. Ahora que lo pienso, estoy agotada.

19

Me despierto a la mañana siguiente, totalmente renovada. Soy una chica que tiene un plan. Me bastará con evitar a Josh para toda la eternidad. Así de fácil. Y si no lo hago para siempre, al menos hasta que esto quede olvidado y Josh ya no se acuerde de mi carta. Sigue habiendo una diminuta posibilidad de que no la haya recibido. ¡Quizá la persona que la envió a Peter sólo mandó una carta! Nunca se sabe.

Mi madre siempre decía que el optimismo era mi mayor virtud. Tanto Chris como Margot dicen que es insufrible, pero a eso les respondo que nadie se ha muerto todavía por verle el lado bueno a las cosas.

Cuando llego abajo, papá y Kitty ya están sentados a la mesa comiendo tostadas. Me preparo un bol de cereales y me siento junto a ellos.

—Me pasaré por la tienda de segunda mano cuando vaya de camino al trabajo —me informa mi padre mientras mastica la tostada desde detrás del periódico—. Seguro que la sombrerera aparecerá por allí.

—¿Tu sombrerera ha desaparecido? ¿La que te regaló mamá? —pregunta Kitty.

Asiento y me meto una cucharada de cereales en la boca. Tengo que irme temprano, o de lo contrario me arriesgo a encontrarme con Josh cuando salga.

—¿Qué guardabas en la sombrerera? —insiste Kitty.

—Es privado. Lo único que necesitas saber es que el contenido es muy valioso para mí —le respondo.

—¿Te enfadarás con papá si no recuperas la sombrerera? —Kitty responde a su pregunta antes que yo—. Lo dudo mucho. Los enfados no te suelen durar mucho tiempo.

Tiene razón. Nunca consigo mantenerme enfadada.

Sin dejar de echarle un vistazo al periódico, papá le pregunta a Kitty:

—¿Qué narices había en esa sombrerera?

Kitty se encoge de hombros. Con la boca llena de tostada, responde:

—Seguro que más boinas francesas.

—No, no había más boinas —replico, y les lanzo una mirada severa—. Si me disculpáis, no quiero llegar tarde a clase.

—¿No es un poco temprano?

—Hoy iré en autobús —explico. Y lo más seguro es que lo haga todos los días hasta que el coche de Margot esté arreglado, pero no tienen por qué enterarse de eso.

20

Ocurre de manera curiosamente fortuita. Un choque de trenes en cámara lenta. Para que las cosas sucedan tan rematadamente mal, todo debe confluir y colisionar en el momento preciso o, en este caso concreto, en el peor momento.

Si el conductor del autobús no hubiese tenido problemas para recular al salir del vecindario, y por lo tanto hubiera tardado cuatro minutos de más en llegar al instituto, no me habría encontrado con Josh.

Si el coche de Josh hubiese arrancado y su padre no hubiese tenido que ayudarle a arrancarlo, Josh no habría pasado junto a mi taquilla.

Y si no hubiese tenido que reunirse con la señorita Wooten en su oficina, Peter no habría bajado por el pasillo diez segundos después. Y es posible que todo esto no hubiese ocurrido. Pero ocurrió.

Estoy en mi taquilla, la puerta está atascada e intento abrirla de un tirón. Por fin consigo que se suelte y ahí está Josh.

—Lara Jean... —Su ademán es de perplejidad y confusión—. He estado intentando hablar contigo desde anoche. Pasé por tu casa, pero no había manera de encontrarte... No entiendo nada. ¿Qué es esto?

Me muestra la carta.

—No lo sé... —me oigo decir a mí misma. Mi voz suena distante. Es como si estuviese flotando por encima de mí, observando cómo se desarrollan los hechos.

—Es de tu parte, ¿no?

—Guau. —Respiro hondo y acepto la carta, reprimiendo el deseo de llorar—. ¿De dónde la has sacado?

—La recibí por correo. —Josh hunde las manos en los bolsillos—. ¿Cuándo la escribiste?

—Hace mucho —respondo, y suelto una risita falsa—. Ni me acuerdo de cuándo fue. Puede que en primaria.

Buen trabajo, Lara Jean. Sigue así.

—Claro... Pero mencionas que fuimos al cine con Margot, Mike y Ben. Eso fue hace un par de años —añade, con lentitud.

Me mordisqueo el labio inferior.

—Sí. A ver, fue hace mucho tiempo. En el gran esquema de las cosas.

Siento que me están a punto de brotar las lágrimas y, si me desconcentro, aunque sólo sea por un segundo, lloraré y empeoraré mucho más las cosas, si es que eso es posible. Debo mantenerme tranquila, indiferente y desenfadada. Las lágrimas lo echarían todo a perder.

Josh me está mirando tan fijamente que tengo que apartar la mirada.

—Entonces... ¿Sientes... o sentías algo por mí o...?

—Sí, claro. En su momento me gustabas, antes de que Margot y tú empezarais a salir. Hace un millón de años.

—¿Por qué no dijiste nada? Porque Lara Jean... No sé...
—Tiene la mirada fija en mí, y muestra confusión, pero también algo más—. Esto es de locos. Esto me ha pillado completamente desprevenido.

Tal como me mira ahora, siento como si hubiésemos viajado en el tiempo al día de verano cuando yo tenía catorce años y él quince y estábamos regresando a casa. Me miraba con tanta atención que estaba segura de que iba a intentar besarme. Me puse nerviosa, así que provoqué una discusión y no me volvió a mirar de esa manera.

Hasta ahora.

«No. Por favor, no.»

Sea lo que sea lo que esté pensando, lo que quiera decir, no quiero escucharlo. Haré cualquier cosa, literalmente, cualquier cosa, para no escucharlo.

Antes de que pueda decir nada, suelto:

—Estoy saliendo con alguien.

Josh se queda boquiabierto.

—¿Qué?

¿Qué?

—Sí. Estoy saliendo con alguien. Un chico que me gusta mucho, así que no te preocupes por esto, por favor.

Sacudo la carta en el aire como si fuese un simple pedazo de papel, basura, como si hace unos años no hubiese volcado todos mis sentimientos en esta página. La meto en mi bolsa.

—Estaba muy confundida cuando la escribí; no sé ni cómo ha acabado en el correo. Para serte sincera, no vale la pena hablar del asunto. Así que por favor, por favor, no le digas a Margot nada de esto.

Josh asiente con un gesto, pero con eso no me basta.

Necesito un compromiso verbal. Necesito escuchar las palabras saliendo de su boca. Así que añado:

—¿Lo juras? ¿Por tu vida?

Si Margot se enterara... Me moriría.

—Muy bien, lo juro. Tampoco hemos hablado desde que se marchó.

Suelto un gran suspiro de alivio.

—Genial. Gracias.

Estoy a punto de alejarme cuando Josh me detiene.

—¿Quién es?

—¿Quién?

—El chico con el que sales.

Entonces le veo. Peter Kavinsky, bajando por el pasillo. El hermoso Peter Kavinsky de cabello oscuro. Está tan guapo que merece música de fondo.

—Peter. Kavinsky. ¡Peter Kavinsky!

Suena el timbre y me deslizo junto a Josh a toda prisa.

—¡Me tengo que ir! ¡Luego hablamos, Josh!

—¡Espera! —exclama Josh.

Corro hasta Peter y me lanzo a sus brazos como una bala de cañón. Tengo los brazos en torno a su cuello y las piernas en torno a su cintura, y no entiendo cómo se las arregla mi cuerpo, porque nunca había tocado a un chico de esta forma en toda mi vida. Es como si estuviésemos en una película y la música se exalta y las ondas colisionan a nuestro alrededor. Excepto por el detalle de que la expresión de Peter es de puro *shock*, incredulidad y quizá una gota de diversión. Arquea una ceja y acierta a comentar:

—¿Lara Jean? ¿Qué...?

No contesto. Me limito a besarlo.

Lo primero que pienso es: «Conservo la memoria muscular de sus labios».

Lo segundo que pienso es: «Espero que Josh esté mirando. Tiene que estar mirando, o nada de esto habrá servido».

El corazón me late tan rápido que me olvido de tener miedo de hacerlo mal. Porque durante unos tres segundos, me devuelve el beso. Peter Kavinsky, el chico de los sueños de todas las chicas, me está devolviendo el beso.

Tampoco he besado a tantos chicos. Peter Kavinsky, John Ambrose McClaren, el primo de Allie Feldman que tenía el ojo raro y, ahora, otra vez a Peter.

Abro los ojos y Peter me está mirando con la misma expresión en la cara. Con toda sinceridad, digo:

—Gracias.

—De nada —responde. De un salto, me zafo de entre sus brazos y salgo corriendo en dirección contraria.

Invierto toda la clase de historia y la mayor parte de la de inglés en calmar los latidos frenéticos de mi corazón. He besado a Peter Kavinsky. En el pasillo, delante de todo el mundo. Delante de Josh.

No lo había sopesado bien, obviamente. Eso es lo que diría Margot, incluyendo e insistiendo en el «obviamente». Si lo hubiese sopesado, me habría inventado un novio y no habría escogido a una persona real. En concreto, no habría escogido a Peter K. Es, sin lugar a dudas, el peor chico a quien podría escoger porque todo el mundo le conoce. Es Peter Kavinsky, por Dios bendito. Kavinsky, de Gen y Kavinsky. No importa que hayan roto. Son una institución en esta institución.

Me paso el resto del día escondida. Incluso tomo el almuerzo en el baño de las chicas.

Mi última clase del día es educación física. Con Peter. El entrenador White nos presenta la sala de pesas y tenemos que practicar con las máquinas. Peter y sus amigos ya saben utilizarlas, así que se separan del grupo y se pasan la pelota entre ellos, de modo que no tengo oportunidad de hablar con él. En una ocasión, me pilla mirándole y me guiña el ojo, y deseo que la tierra se abra bajo mis pies y me trague de una vez.

Después de la clase, espero a Peter delante del vestuario de los chicos, planeando qué voy a decirle. Empezaré con:

—Sobre lo de esta mañana... —y luego soltaré una risita, ¡como si fuese graciosísimo!

Peter es el último en salir. Tiene el pelo húmedo de la ducha. Es raro que los chicos se duchen en la escuela porque las chicas no lo hacen nunca. Me pregunto si tienen compartimentos ahí dentro o sólo un montón de duchas y nada de intimidad.

—Hola —dice al verme, pero no se para.

—Sobre lo de esta mañana... —le digo a su espalda, y me pongo a reír. Peter se da la vuelta y se me queda mirando.

—Ah, sí. ¿A qué ha venido?

—Ha sido una broma estúpida —empiezo.

Peter se cruza de brazos y se apoya en las taquillas.

—¿Ha tenido algo que ver con la carta que me enviaste?

—No. Bueno, sí. De una manera indirecta.

—Mira —dice con amabilidad—. Me pareces guapa. En un sentido poco convencional. Pero Gen y yo acabamos de romper y no estoy en situación de convertirme en el novio de nadie. Así que...

Me quedo con la boca abierta. ¡Peter me está rechazando! Ni siquiera me gusta y me está rechazando. ¿Y qué es eso de «poco convencional»? ¿Dice que soy «poco convencional»? «Guapa en un sentido poco convencional» es un insulto. ¡Es un insulto evidente!

Peter sigue hablando con expresión bondadosa.

—A ver, me siento halagado. Haberte gustado todo este tiempo es un halago, ¿sabes?

Ya es suficiente. Más que suficiente.

—No me gustas —interrumpo en voz bien alta—. Así que no tienes por qué sentirte halagado.

Ahora le llega a Peter el turno de mostrarse atónito. Echa un vistazo rápido alrededor para ver si alguien lo ha oído. Se inclina hacia delante y susurra:

—Entonces ¿por qué me has besado?

—Te he besado *porque* no me gustas —le explico, como si resultase evidente—. Alguien envió mis cartas. No fui yo.

—Un momento. ¿Cartas? ¿Cuántos hay como yo?

—Cinco. Y el chico que *sí* me gusta también recibió una...

Peter frunce el ceño.

—¿Quién?

¿Por qué iba a contárselo?

—Eso es... información personal.

—Eh, tengo derecho a saberlo, ya que me has metido en tu pequeño melodrama —razona Peter en tono incisivo—. Si es que el chico existe de verdad.

—¡Claro que existe! Es Josh Sanderson.

—¿No está saliendo con tu hermana?

Asiento con un gesto. Me sorprende que lo sepa. No pensaba que Josh y Margot apareciesen en su radar.

—Acaban de romper. Pero no quiero que sepa que siento algo por él... por razones evidentes. Así que... le dije que eras mi novio.

—O sea, que me has utilizado para salvar las apariencias...

—Básicamente.

Básicamente. Exactamente.

—Eres una chica extraña.

Primero soy guapa en un sentido poco convencional, y ahora soy una chica extraña. Sé lo que eso significa.

—Bueno, gracias por seguirme la corriente, Peter. —Le ofrezco lo que espero que parezca una sonrisa deslumbrante y me doy la vuelta—. ¡Nos vemos!

Peter alarga la mano y me agarra de la mochila.

—Espera. Sanderson piensa que soy tu novio, ¿no? ¿Qué vas a decirle?

Intento desembarazarme de él, pero no me lo permite.

—Todavía no he encontrado la respuesta, pero lo haré. —Alzo el mentón—. Soy así de poco convencional.

Peter suelta una carcajada, con la boca completamente abierta.

—Mira que eres extraña, Lara Jean.

21

Siento vibrar mi móvil. Es Chris.

—¿Es verdad? —Oigo cómo le da una calada a su cigarrillo.

—¿Si es verdad el qué?

Estoy tumbada boca abajo en mi cama. Mi madre me contó que si me dolía el estómago, debía tumbarme encima y así entraría en calor y me sentiría mejor. Pero no creo que esté funcionando. Llevo todo el día con un nudo en el estómago.

—¿Te lanzaste sobre Kavinsky y te pusiste a besarlo como una loca?

Cierro los ojos y se me escapa un quejido. Ojalá pudiese contestar que no, porque no soy el tipo de persona que hace ese tipo de cosas. Pero lo hice, de modo que debo de serlo. ¡Aunque tenía buenas razones! Quiero explicarle la verdad a Chris, pero todo este asunto es demasiado embarazoso.

—Sí, me lancé sobre Peter Kavinsky y me puse a besarle como una loca.

—¡Hostia! —exhala Chris.

—Lo sé.

—¿En qué narices estabas pensando?

—¿Quieres que te sea sincera? No tengo ni idea.. Tan sólo... lo hice.

—Joder. No pensaba que fueses capaz. Estoy un poco impresionada.

—Gracias.

—Eres consciente de que Gen irá a por ti, ¿no? Puede que hayan roto, pero todavía lo considera suyo.

Me da un vuelco el estómago.

—Sí, lo sé. Tengo miedo, Chris.

—Haré lo que pueda para protegerte de ella, pero ya sabes cómo es. Será mejor que te cubras las espaldas.

Chris cuelga el teléfono.

Ahora me siento peor que antes. Si Margot estuviese aquí, seguro que diría que escribir esas cartas fue una pérdida de tiempo desde el principio y me reñiría por ser una mentirosa compulsiva. Después me ayudaría a encontrar una solución. Pero Margot no está aquí, está en Escocia y, lo que es peor, es justo la persona con quien no puedo hablar. Nunca, nunca, nunca debe saber lo que sentía por Josh.

Al cabo de un rato, me levanto de la cama y deambulo hasta la habitación de Kitty. Está sentada en el suelo, y rebusca en un cajón. Sin levantar la vista, me pregunta:

—¿Has visto mi pijama de corazones?

—Lo lavé ayer, así que estará en la secadora. ¿Esta noche quieres ver pelis y jugar al Uno?

Me iría bien animarme un poco.

Kitty se levanta de un salto.

—No puedo. Voy al cumpleaños de Alicia Bernard. Está apuntado en el horario del cuaderno.

—¿Quién es Alicia Bernard? —Me dejo caer en la cama todavía sin hacer de Kitty.

—Es la chica nueva. Nos ha invitado a todas las chicas de la clase. Su madre preparará crepes para el desayuno. ¿Sabes qué es una crepe?

—Sí.

—¿Has comido alguna vez? Dicen que pueden ser dulces o saladas.

—Sí, una vez probé una de Nutella con fresas.

Josh, Margot y yo condujimos hasta Richmond porque Margot quería visitar el Museo de Edgar Allan Poe. Almorzamos en una cafetería del centro, y eso fue lo que tomé.

Los ojos de Kitty están abiertos como platos, reflejando su glotonería.

—Espero que su madre los prepare así. —Se marcha a toda prisa, supongo que en busca de su pijama.

Cojo el cerdito de peluche de Kitty y lo abrazo. Incluso mi hermana de nueve años tiene planes para el viernes por la noche. Si Margot estuviese aquí, iríamos al cine con Josh o nos pasaríamos por Belleview a la hora del cóctel. Si mi padre estuviese en casa, quizá podría reunir el valor para coger su coche o podría llevarme él, pero ni eso es posible.

Cuando recogen a Kitty, regreso a mi habitación y organizo mi colección de zapatos. Aún es un poco pronto para cambiar las sandalias por los zapatos de invierno, pero lo hago de todos modos porque estoy de humor. Se me pasa por la cabeza hacer lo mismo con la ropa, pero no es tan fácil. En lugar de eso, me siento y le escribo una carta a Margot con un papel de carta que me compró mi abuela. Es de color azul pálido con borreguitos blancos regordetes en los bordes. Le hablo de las clases, de la nueva maestra de Kitty y de la falda lavanda que encargué de una página web japonesa que seguro que querrá tomar prestada, pero no le hablo de las cosas importantes.

La echo mucho de menos. Nada es lo mismo sin ella. Me doy cuenta de que este año será solitario porque no tengo a Margot, ni tampoco a Josh, y estoy sola. Tengo a Chris, pero ella no cuenta. Desearía tener más amigos. Si los tuviese, quizá no habría cometido una estupidez tan grande como besar a Peter K. en el pasillo y decirle a Josh que era mi novio.

22

Me despierta el ruido del cortacésped.

Es sábado por la mañana y no puedo volver a dormirme, así que me quedo tumbada en la cama mientras contemplo las paredes, todas las fotos y las cosas que he ido guardando. Estoy pensando en que ha llegado el momento de darles un vuelco a las cosas. Estoy pensando en que quizá debería pintar mi habitación. La cuestión es ¿de qué color? ¿Lavanda? ¿Rosa chicle? ¿Algo atrevido como el turquesa? Quizá sólo una pared. Quizá una pared amarilla caléndula y rosa salmón. Es como para pensárselo. Seguramente debería esperar a que Margot regresara a casa antes de tomar una decisión tan trascendental. Además, nunca he pintado una habitación, pero Margot sí, con Hábitat para la Humanidad. Ella sabrá qué hacer.

Los sábados solemos desayunar algo especial, como tortitas o *frittata* con tiras de brócoli y patata. Pero como Margot y Kitty no están, me conformo con unos cereales. ¿A quién se le ocurre preparar tortitas o *frittata* para una sola persona? Mi padre lleva horas despierto. Está fuera, cortando el césped. No quiero que me convenza de que le ayude con el jardín, así que busco trabajo por casa y limpio el piso de abajo. Barro, desempolvo y friego las mesas y, mientras, no paro de darle vueltas a cómo voy a solucionar lo de Peter K. con un mínimo de dignidad. Le doy vueltas y más vueltas, pero no se me ocurre ninguna solución.

Cuando llega Kitty, estoy doblando la colada. Se deja caer boca abajo en el sofá y me pregunta:

—¿Qué hiciste anoche?

—Nada. Me quedé en casa.

—¿Y?

—Organicé el armario. —Resulta humillante decirlo en voz alta. Me apresuro a cambiar de tema—. ¿Al final la madre de Alicia preparó crepes dulces o saladas?

—De los dos tipos. Primero de jamón y queso, y luego, de Nutella. ¿Cómo es que nunca hay Nutella en casa?

—Creo que porque las avellanas hacen que le pique la garganta a Margot.

—¿Podemos comprar?

—Claro. Pero tendremos que acabarnos el bote entero antes de que vuelva Margot.

—Ningún problema.

—En una escala del uno al diez, ¿cuánto echas de menos a Margot? —le pregunto.

Kitty se pasa un buen rato meditando.

—Un seis y medio —dice al fin.

—¿Sólo un seis y medio?

—Sí, he estado muy ocupada —responde. Se da la vuelta y agita las piernas en el aire—. Casi no he tenido tiempo de echar de menos a Margot. ¿Sabes qué? Si salieses más, seguro que no la echarías tanto de menos.

Le arrojo un calcetín a la cabeza y Kitty explota en un ataque de risa. Le estoy haciendo cosquillas en las axilas cuando llega papá con el correo.

—Te ha llegado una carta devuelta, Lara Jean —dice, y me entrega un sobre.

¡Tiene mi letra! Me levanto de un salto y se lo arranco de las manos. Es mi carta para Kenny, el del campamento. ¡Me la han devuelto!

—¿Quién es Kenny? —indaga papá.

—Un chico a quien conocí en el campamento hace tiempo —respondo mientras abro el sobre.

Querido Kenny:

Hoy es el último día de campamento, y seguramente no volveremos a vernos nunca porque vivimos muy lejos el uno del otro. ¿Te acuerdas del segundo día, cuando me asustaba el tiro con arco e hiciste una broma sobre piscardos y casi se me escapa el pis de la risa?

Dejo de leer. ¿Una broma sobre piscardos? ¿Cómo iba a ser tan graciosa una broma sobre peces?

Echaba de menos a mi familia y tú me ayudaste a sentirme mejor. Creo que de no haber sido por ti, me habría marchado del campamento. Así que gracias. Además, eres un nadador increíble y me gusta cómo ríes. Ojalá me hubieses besado a mí anoche en la hoguera y no a Blaire H.

Cuídate, Kenny. Que tengas un buen verano y te vaya muy bien en la vida.

Con amor,
Lara Jean

Me abrazo la carta al pecho.

Ésta es la primera carta de amor que escribí. Me alegro de que me la hayan devuelto. Aunque supongo que no habría estado tan mal que Kenny Donati descubriese que ayudó a dos personas en el campamento ese verano: al niño que casi se ahoga en el lago y a la Lara Jean Song Covey de doce años.

23

Cuando papá tiene un día libre, cocina comida coreana. No es del todo auténtica, y a veces se limita a pasarse por el mercado coreano y a comprar acompañamientos preparados y carne marinada, pero en ocasiones llama a la abuela para pedirle una receta y lo intenta. Ésa es la cuestión: papá lo intenta. Él no dice nada, pero sé que lo hace porque no quiere que perdamos el vínculo con nuestro lado coreano, y la comida es la única forma en la que sabe poner su granito de arena. Después de la muerte de mamá, intentaba organizar encuentros con niños coreanos, pero resultaban incómodos y forzados. Excepto por el breve momento en el que me gustó Edward Kim. Gracias a Dios la cosa no fue a más porque, de lo contrario, también le habría escrito una carta y así tendría otra persona a la que evitar.

Mi padre ha preparado *bossam*, lomo de cerdo cortado en tiras y envuelto en lechuga. Anoche lo marinó en sal y azúcar y lleva todo el día asándolo en el horno. Kitty y yo estamos pendientes de él: huele muy bien.

Cuando llega la hora de comer, mi padre ha puesto la

mesa del comedor con mucho cuidado y le ha quedado preciosa. Un bol de plata con cogollos de lechuga, recién lavado, con las gotas de agua todavía adheridas a la superficie; un bol de cristal con *kimchi* que ha comprado en la tienda de comida orgánica; un bol pequeño de pasta de pimientos; y salsa de soja con cebolleta y jengibre.

Mi padre está tomando fotografías artísticas de la mesa.

—Le enviaré una foto a Margot para que la vea —comenta.

—¿Qué hora es allí? —le pregunto. Es un día tranquilo: son casi las seis y sigo en pijama. Me estoy abrazando las rodillas al pecho, sentada en la silla grande con reposabrazos del comedor.

—Son las once. Seguro que sigue despierta —responde mi padre, y aprieta el botón de la cámara—. ¿Por qué no invitas a Josh? Necesitaremos ayuda para terminarnos toda esta comida.

—Seguro que está ocupado —me apresuro a decir. Aún no he decidido qué voy a contarle sobre lo mío con Peter K., por no hablar de lo mío con Josh.

—Prueba a llamar. A él le encanta la comida coreana.

—Papá mueve un poco el lomo de cerdo para que esté más centrado—. ¡Date prisa, antes de que se enfríe el *bossam*!

Finjo que le envío un mensaje. Me siento un poquitín culpable por mentir, pero papá lo comprendería si conociese todos los hechos.

—No entiendo por qué los jóvenes enviáis mensajes cuando podríais llamar directamente. Recibirías una respuesta al momento en lugar de tener que esperar.

—Qué viejo eres, papá. —Le echo un vistazo al teléfono—. Josh no puede venir. Vamos a cenar. ¡Kitty! ¡A cenar!

—¡Ya voy! —grita Kitty desde arriba.

—Bueno, quizá pueda pasarse luego y llevarse algunas sobras —se resigna papá.

—Papá, Josh tiene su propia vida. ¿Por qué va a venir si Margot no está? Además, ya no están juntos, ¿te acuerdas?

Mi padre pone cara de confusión.

—¿Qué? ¿No lo están?

Parece que Margot no se lo contó. De todos modos, podría habérselo imaginado cuando Josh no fue al aeropuerto a despedirse. ¿Cómo es que los padres no se enteran de nada? ¿Es que no tienen ojos en la cara?

—No, no lo están. Y por cierto, Margot está en la universidad en Escocia. Y yo me llamo Lara Jean.

—Vale, vale, tu padre no tiene ni idea de nada. No hace falta que me lo restriegues por las narices. —Se rasca la barbilla—. Vaya, habría jurado que Margot no dijo nada...

Kitty aparece en el comedor como un tornado.

—¡Rico, rico, rico!

Se sienta de golpe en su silla y empieza a servirse cerdo.

—Kitty, tenemos que rezar primero —la reprende papá, mientras toma asiento.

Sólo rezamos antes de la comida cuando estamos en el comedor, y sólo comemos en el comedor cuando papá prepara comida coreana o en Acción de Gracias o en Navidad. Mamá acostumbraba a llevarnos a la iglesia cuando éramos pequeñas. Después de que ella muriera, papá intentó mantener la costumbre, pero a veces tiene turnos de domingo, y al final dejamos de ir.

—Gracias por esta comida con la que nos has bendecido. Gracias por mis preciosas hijas y, por favor, cuida de Margot. En el nombre de Jesús, amén.

—Amén —repetimos nosotras.

—Tiene buena pinta, ¿verdad, chicas? —Mi padre sonríe de oreja a oreja mientras envuelve el cerdo, el arroz y el *kimchi* con una hoja de lechuga—. Kitty, tú ya sabes hacerlo, ¿no? Es como un mini taco.

Kitty asiente con un gesto y copia todo lo que él hace.

Preparo mi propio taco de hoja de lechuga y casi lo escupo. El cerdo está muy pero que muy salado. Tanto que casi se me escapan las lágrimas. Pero sigo masticando. Al otro lado de la mesa, Kitty pone una mueca horrible, pero la hago callar de una mirada. Papá todavía no ha probado el suyo. Está tomando una foto del plato.

—Está muy rico, papá. Parece de restaurante —le felicito.

—Gracias, Lara Jean. Ha salido igual que en la foto. No me puedo creer lo bonito y crujiente que está. —Papá le da un bocado por fin y frunce el entrecejo—. ¿A ti te parece salado?

—La verdad es que no.

Le da otro bocado.

—A mí me parece muy salado. Kitty, ¿tú que crees?

Kitty está bebiendo agua a tragos.

—No, sabe bien, papá.

Levanto el pulgar con disimulo para mostrarle mi aprobación.

—Hum, no, sin duda está salado. Seguí la receta al detalle... Quizá me equivoqué con el tipo de sal para la salmuera. Vuelve a probarlo, Lara Jean.

Le doy un bocado diminuto que intento ocultar poniendo la lechuga delante de mi cara.

—Hum.

—Puede que si corto un poco del centro...

Mi móvil suena en la mesa. Es un mensaje de Josh.

Venía de correr y he visto luz en el comedor.

Es un mensaje completamente normal, como si lo de ayer no hubiese ocurrido.

¿Comida coreana?

Josh tiene un sexto sentido cuando mi padre cocina comida coreana, porque siempre aparece husmeando justo cuando nos sentamos a la mesa. Le encanta la comida coreana. Cuando mi abuela viene de visita, Josh no se aparta de su lado. Incluso se pone a ver series coreanas con ella. La abuela le corta trocitos de manzana y gajos de mandarina como si fuese un bebé. Mi abuela prefiere los chicos a las chicas.

Ahora que lo pienso, todas las mujeres de mi familia quieren a Josh. Excepto mamá, que nunca llegó a conocerlo. Pero estoy segura de que ella también le querría. Querría a cualquiera que fuese tan bueno como es (o era) Josh con Margot.

Kitty alarga el cuello para mirar el móvil.

—¿Es Josh? ¿Va a venir?

—¡No!

Dejo el teléfono y vuelve a sonar.

¿Puedo ir?

—¡Dice que quiere venir!

Mi padre se anima.

—¡Dile que venga! Quiero saber qué opina del *bossam*.

—Escuchad, esta familia tiene que aceptar que Josh ya no forma parte de ella. Margot y él han termi... —titubeo. ¿Kitty sigue sin saberlo? No me acuerdo de si tenía que ser un secreto—. Quiero decir que ahora que Margot va a la universidad y tienen una relación a distancia...

—Ya sé que han roto. —Kitty se está preparando un rollito de lechuga sólo con arroz—. Me lo contó por videochat.

Al otro lado de la mesa, mi padre pone cara triste y se mete un pedazo de lechuga en la boca.

Kitty prosigue con la boca llena:

—No veo por qué no podemos seguir siendo sus amigas. Es amigo de todas, ¿verdad que sí, papá?

—Sí —asiente papá—. Y además, las relaciones son increíblemente complicadas. Podrían volver a estar juntos. Podrían seguir siendo amigos. ¿Quién sabe lo que pasará en el futuro? Yo opino que no deberíamos excluir a Josh.

Estamos acabando la cena cuando recibo otro mensaje de Josh. «Olvídalo», dice.

Nos toca comer lomo de cerdo salado durante el resto del fin de semana. A la mañana siguiente, papá prepara arroz frito y le añade trocitos de cerdo y nos anima:

—Imaginemos que es panceta.

Para cenar, pongo a prueba la teoría mezclándolo con macarrones con queso y acabo tirándolo a la basura porque sabe a bazofia.

—Si tuviésemos un perro... —no deja de repetir Kitty.

En vez de eso, preparo macarrones normales.

Después de cenar, saco a *Sadie la Princesa* a pasear. Así es como llamamos mis hermanas y yo a *Sadie*; es una golden retriever que vive al final de la calle. La familia Shah está fuera de la ciudad esta noche y me pidieron que le diese de comer y la paseara. En condiciones normales, Kitty suplicaría de rodillas para que le permitiese hacerlo, pero quiere ver una película que echan en la tele.

Sadie y yo seguimos nuestra ruta habitual cuando aparece Josh con su ropa de ir a correr. Se agacha para acariciar a *Sadie* y dice:

—¿Cómo van las cosas con Kavinsky?

«Me alegra que me hagas esa pregunta, Josh, porque me he preparado la respuesta.» Peter y yo nos peleamos por videochat esta mañana (por si Josh se ha dado cuenta de que no he salido de casa en todo el fin de semana) y hemos roto y estoy hecha polvo porque llevo enamorada de Peter Kavinsky desde séptimo, pero *c'est la vie*.

—De hecho, Peter y yo hemos roto esta mañana. —Me muerdo el labio e intento parecer triste—. Es muy duro, ¿sabes? Me gusta desde hace tanto y por fin le gusto yo. Pero no ha podido ser. Creo que aún no ha superado la ruptura. Creo que sigue pensando en Genevieve, y no hay espacio en su corazón para mí.

Josh me mira extrañado.

—Eso no es lo que iba diciendo esta mañana en Mc-Calls.

¿Qué demonios hacía Peter K. en una librería? Las librerías no son lo suyo.

—¿Qué ha dicho? —Intento sonar relajada, pero el corazón me palpita tan fuerte que estoy convencida de que *Sadie* puede oírlo.

Josh sigue acariciando a *Sadie*.

—¿Qué ha dicho? —Ahora intento no chillar—. ¿Qué ha dicho exactamente?

—Cuando le estaba cobrando, le he preguntado cuándo empezasteis a salir, y me ha dicho que hace poco tiempo. Ha dicho que le gustabas mucho.

¿Qué...?

Debo de parecer tan sorprendida como me siento, porque Josh se endereza y dice:

—Sí, yo también me he sorprendido.

—¿Te sorprende que le pueda gustar?

—Bueno, en cierto modo. Kavinsky no es el tipo de chico que saldría con una chica como tú.

Cuando le miro sin sonreír y con gesto amargo, intenta desdecirse:

—Bueno, porque no eres, ya sabes...

—No soy, ¿qué? ¿Tan guapa como Genevieve?

—¡No! Yo no quería decir eso. Lo que intento decir es que eres una chica dulce e inocente que disfruta quedándose en casa con su familia y..., no sé..., Kavinsky no parece el tipo de chico a quien le gusten esas cosas.

Antes de que pueda soltar otra palabra, me saco el móvil del bolsillo y digo:

—Me está llamando Peter, así que supongo que sí le deben de gustar las chicas feúchas y hogareñas.

—¡No he dicho que fueses feúcha! ¡He dicho que te gustaba quedarte en casa!

—Adiós, Josh. —Me marcho a toda prisa. Arrastro a *Sadie* conmigo—. Ah, hola, Peter —le digo al teléfono.

24

En clase de química, Peter se sienta en la fila de delante. Le escribo una nota. *¿Por qué le dijiste a Josh que...* —vacilo un momento y termino con— *éramos algo?*

Le doy una patada en la silla, se da la vuelta y le entrego la nota. Se encorva para leerla y veo que está garabateando algo. Se inclina hacia atrás en la silla y suelta la nota en mi pupitre sin mirarme

¿Algo? Jaja.

Aprieto tanto con el lápiz que se rompe la punta.

Responde a la pregunta, por favor.

Luego lo hablamos.

Suelto un suspiro frustrado y Matt, mi compañero de laboratorio, me lanza una mirada llena de curiosidad.

Después de clase, Peter desaparece con sus amigos. Se marchan todos en grupo. Estoy guardando el material en la mochila cuando regresa solo. Se sienta de un salto en una mesa.

—Hablemos —dice en tono súper casual.

Me aclaro la garganta para poner mis ideas en orden.

—¿Por qué le dijiste a Josh que éramos... —casi digo

«algo» otra vez, pero en el último momento lo cambio a— pareja?

—No sé por qué te enfadas. Te hice un favor. Podría haberte dejado tirada con la misma facilidad.

Me detengo un momento. Tiene razón. Podría haberlo hecho.

—¿Por qué no lo hiciste?

—Tienes una manera curiosa de dar las gracias. No hay de qué, por cierto.

De forma automática, digo:

—Gracias.

Un momento. ¿Por qué le doy las gracias?

—Te agradezco que me dejaras besarte, pero...

—No hay de qué —repite.

¡Ah! Es insufrible. Sólo por eso se merece que le lance una pulla.

—Fue... muy generoso de tu parte. Dejar que lo hiciese, digo. Pero ya le he contado a Josh que lo nuestro no va a funcionar porque Genevieve te tiene domado, así que ya no tienes por qué preocuparte. Ya puedes dejar de fingir.

Peter me taladra con la mirada.

—No me tiene domado.

—¿Ah, no? A ver, los dos estáis juntos desde séptimo. Eres básicamente de su propiedad.

—No sabes de lo que hablas —resopla Peter.

—El año pasado corrió el rumor de que te obligó a tatuarte sus iniciales en el culo para su cumpleaños. —Hago una pausa—. ¿Y bien? ¿Lo hiciste?

Alargo el brazo fingiendo querer levantarle la camiseta. Peter chilla y se aparta de un salto y yo me desternillo de la risa.

—¡Así que tienes un tatuaje!

—¡No tengo ningún tatuaje! —grita—. Y ya no estamos juntos, así que ¿te importaría dejar ya de remover la basura? Hemos roto. Hemos terminado. He acabado con ella.

—Espera, ¿no fue ella quien rompió contigo? —pregunto.

Peter me lanza una mirada asesina.

—Fue de común acuerdo.

—Bueno, seguro que volveréis a estar juntos dentro de nada. Ya habíais roto antes, ¿no? Y volvisteis a estar juntos en muy poco tiempo, casi de inmediato. Seguro que fuisteis la primera vez del otro. Por eso no podéis separaros y ya está. Eso es lo que he oído decir de la primera vez, sobre todo con los chicos —añado a toda prisa.

Peter se queda con la boca abierta.

—¿Cómo lo sabes...?

—Ah, lo sabe todo el mundo. Lo hicisteis en primero en el sótano de sus padres, ¿verdad?

Peter asiente de mala gana.

—¿Ves? Incluso yo lo sé, y eso que soy una don nadie. Aunque rompáis de verdad esta vez, cosa que dudo, tampoco es que puedas salir con ninguna otra chica. —Y añado, con una mirada elocuente—: No nos olvidemos de lo que le pasó a Jamila Singh.

Peter y Genevieve rompieron durante un mes el año pasado, así que Peter empezó a salir con Jamila Singh. Es posible que Jamila sea incluso más guapa que Genevieve, pero su tipo de belleza es distinto. Es más bien atractiva. Tiene el pelo negro y ondulado, una cintura estrecha y un gran trasero. Digamos que las cosas no le fueron bien. Genevieve no sólo la expulsó de su grupo de amigas sino que además le contó a todo el mundo que la familia de Jamila tenía un esclavo indonesio viviendo con ellos, cuando en realidad sólo era su primo. También estoy casi segura de que fue Genevieve quien difundió el rumor de que Jamila sólo se lavaba el pelo una vez al mes. La gota que colmó el vaso fue cuando los padres de Jamila recibieron un *e-mail* anónimo asegurando que se estaba acostando con Peter. Sus padres se la llevaron directamente a un colegio privado. Genevieve y Peter volvieron a estar juntos a tiempo para el baile de primavera.

—Gen dice que no tuvo nada que ver con todo eso.

Le lanzo una mirada incrédula.

—Venga ya, Peter. La conozco bien, y tú también. Bueno, la conocía. Pero no creo que la gente cambie tanto. Es lo que es.

—Es cierto. En su momento erais las mejores amigas —apostilla Peter.

—Éramos amigas —asiento—. Pero no diría que las mejores amigas...

Un momento. ¿Por qué estamos hablando de mí?

—Todo el mundo sabe que fue Genevieve quien se lo contó a los padres de Jamila. No hace falta ser un lumbreras para llegar a la conclusión de que Genevieve estaba celosa de ella. Jamila era la chica más guapa de nuestro curso junto a Genevieve. Gen siempre ha sido muy celosa. Me acuerdo de cuando mi padre me compró...

Peter me está mirando todo pensativo y, de repente, empiezo a ponerme nerviosa.

—¿Qué?

—Hagámoslo durante una temporada.

—¿El qué?

—Hagámosle pensar a la gente que somos pareja.

Un momento... ¿Qué?

—Gen se está volviendo loca pensando en lo que hay

entre nosotros. ¿Por qué no dejamos que le dé unas cuantas vueltas más? De hecho, sería perfecto. Si sales conmigo primero, Gen comprenderá que hemos acabado. Habrás roto el sello. —Arquea una ceja—. ¿Sabes lo que significa romper el sello?

—Claro que sé lo que significa.

No tengo ni idea de lo que significa. Nota mental: preguntarle a Chris la próxima vez que la vea.

Peter se me acerca y yo retrocedo. Ríe, ladea la cabeza y apoya una mano en mi hombro.

—Entonces, rompe el sello.

Suelto una risa nerviosa.

—Ja, ja. Lo siento, Peter, pero no estoy interesada. En ti.

—Bueno, claro. De eso se trata. Yo tampoco estoy interesado en ti. Pero nada de nada. —Peter se estremece—. Así que ¿qué te parece?

Me encojo de hombros para apartarle la mano.

—¿Hola? ¡Acabo de contarte que Gen le destroza la vida a cualquier chica que se te acerca!

Peter hace caso omiso de mi respuesta.

—Gen ladra mucho. Nunca le haría nada a nadie. No la conoces como yo. —En vista de que no respondo, interpreta mi silencio en positivo y añade—: Tú también te beneficiarías. Con el tal Josh. ¿No te preocupaba quedar mal con él? Bueno, pues finge que estás conmigo. Pero sólo negocios. No me conviene que también te enamores de mí.

Me proporciona gran placer mirar a los ojos de este Chico Apuesto y decirle:

—No quiero ser tu novia de mentira, y mucho menos la de verdad.

Peter parpadea.

—¿Por qué no?

—Ya leíste mi carta. No eres mi tipo. Nadie creerá que me gustas.

—Como quieras. Intento hacerte un favor. —Entonces se encoge de hombros y mira la puerta como si esta conversación le aburriese—. Pero Josh, sin duda, la creyó.

De súbito, sin pensar, digo:

—Vale. Hagámoslo.

Horas después, estoy tumbada en la cama completamente asombrada por lo que ha ocurrido. Lo que dirá la gente cuando me vea andando por el pasillo junto a Peter Kavinsky.

25

A la mañana siguiente, Peter me está esperando en el aparcamiento cuando bajo del autobús.

—Hola. ¿De verdad vienes en autobús todos los días?

—Están reparando mi coche, ¿te acuerdas? Tuve un accidente...

Suspira como si el hecho de que vaya en autobús le resultase ofensivo. Entonces me agarra la mano y la sujeta mientras entramos juntos en la escuela.

Ésta es la primera vez que camino por los pasillos del instituto de la mano de un chico. Debería ser un momento trascendental, especial, pero no lo es porque no es real. La verdad es que no siento nada.

Emily Nussbam tiene que mirar dos veces cuando nos ve pasar. Emily es la amiga del alma de Gen. Nos está mirando tan fijamente que me sorprende que no tome una foto rápida con el móvil y se la envíe a Gen.

Peter no deja de detenerse para hablar con gente, y yo permanezco ahí de pie, sonriendo como si fuese lo más normal del mundo. Peter Kavinsky y yo.

En una ocasión intento soltarle de la mano, porque la

empiezo a notar sudada, pero Peter aprieta con más fuerza.

—Tienes la mano demasiado caliente —bufo entre dientes.

—No, es tu mano —replica, mientras aprieta los dientes.

Seguro que a Genevieve nunca le sudan las manos. Seguramente podría ir de la mano durante días sin que se le recalentara.

Cuando llegamos a mi taquilla, por fin nos soltamos para que pueda guardar mis libros. Estoy cerrando la puerta de la taquilla cuando Peter se inclina e intenta besarme en la boca. Estoy tan sobresaltada que vuelvo la cabeza y nuestras frentes chocan.

—¡Ay! —Peter se frota la frente y me taladra con la mirada.

—Bueno, ¡pues nada de besos furtivos!

A mí también me duele la frente. Nos hemos golpeado muy fuerte, como unos címbalos. Si levantase la vista ahora mismo, vería pajaritos azules de dibujos animados.

—¡Baja la voz, boba! —me apremia, con los dientes apretados.

—No me llames boba, bobo —susurro en respuesta.

Peter da un gran suspiro como si estuviese súper irritado conmigo. Estoy a punto de espetarle que la culpa no es mía sino suya cuando entreveo a Genevieve bajando por el pasillo.

—Tengo que irme —digo, y salgo corriendo en dirección contraria.

—¡Espera! —grita Peter.

Pero sigo corriendo.

Estoy tumbada en la cama, con la almohada tapándome la cara. Revivo el horrible beso-que-no-fue. Intento bloquear el recuerdo, pero no deja de reaparecer.

Me pongo la mano en la frente. No creo que pueda hacerlo. Es todo tan... Quiero decir, los besos, las manos sudorosas, todo el mundo mirando. Es demasiado.

Tendré que decirle que he cambiado de opinión y que no quiero seguir con esto y ya está. No tengo su número de teléfono y no quiero explicárselo por *e-mail*. Tendré que ir a su casa. No está lejos. Todavía me acuerdo de cómo llegar.

Bajo la escalera corriendo y paso junto a Kitty, que tiene un plato de Oreos y un vaso de leche en una bandeja.

—¡Te tomo prestada la bici! —grito al pasar junto a ella como una exhalación—. ¡Vuelvo enseguida!

—¡Será mejor que no le ocurra nada! —responde Kitty.

Cojo el casco y la bici y salgo a toda prisa del patio. Pedaleo a toda velocidad. Las rodillas me llegan al pecho, pero no soy mucho más alta que Kitty, así que tampoco es tan incómodo. Peter vive a un par de manzanas de distancia. Tardo menos de veinte minutos en llegar allí.

Cuando llego, no hay ningún coche en la entrada. Peter no está en casa. El corazón me cae a los pies. Y ahora, ¿qué hago? ¿Me siento y me pongo a esperarlo en el porche delantero como una especie de acosadora? ¿Y si llega primero su madre?

Me quito el casco y me siento un momento para descansar. Tengo el pelo húmedo y sudado, y estoy agotada. Intento pasarme los dedos por el pelo, alisarlo un poco. Pero es una causa perdida.

Se me pasa por la cabeza la idea de enviarle un mensaje a Chris para que venga a buscarme, pero aparece el coche de Peter rugiendo en la entrada. Suelto el móvil y tengo que hacer equilibrios para recogerlo.

Peter sale del coche y me arquea una ceja.

—Mira quién está aquí. Mi amantísima novia.

Me pongo de pie y le saludo con la mano.

—¿Podemos hablar un momento?

Se pone la mochila en el hombro y se acerca a paso tranquilo. Se sienta en el peldaño como un príncipe en su trono y yo me quedo de pie frente a él, con el casco en una mano y el móvil en la otra.

—Y bien, ¿qué pasa? —Arrastra las palabras—. Déjame adivinarlo. Has venido para echarte atrás, ¿me equivoco?

Es tan engreído y está tan seguro de sí mismo. No quiero darle la satisfacción de estar en lo cierto.

—Sólo quería repasar el plan —respondo mientras me siento a su lado—. Tenemos que coordinar nuestras historias antes de que la gente empiece a hacer preguntas.

Peter arquea las cejas.

—Ah. Vale. Tiene sentido. Bueno, ¿cómo empezamos a salir?

Apoyo las manos en el regazo y recito:

—Cuando tuve el accidente la semana pasada, nos encontramos por casualidad, esperaste a que llegase la grúa conmigo y me llevaste a casa. Estabas muy nervioso porque en realidad te he gustado desde que íbamos a la escuela. Yo fui tu primer beso. Así que ésta era tu gran oportunidad...

—¿*Tú* fuiste mi primer beso? —interrumpe—. ¿Qué te parece si lo dejamos en que fui *yo tu* primer beso? Es mucho más plausible.

No le hago caso y sigo adelante.

—Era tu gran oportunidad, de modo que la aprove-

127

chaste. Me invitaste a salir el mismo día y nos hemos estado viendo desde entonces y ahora somos pareja, básicamente.

—No creo que Gen se lo trague. —Sacude la cabeza.

—Peter —le replico, con mi tono de voz más paciente—. Las mentiras más plausibles son las que tienen un poco de verdad. Tuve el accidente de coche; te detuviste y me hiciste compañía; nos besamos cuando íbamos a la escuela.

—No es eso.

—Entonces ¿qué?

—Gen y yo nos enrollamos ese día después de verte.

Se me escapa un suspiro.

—Bien. Ahórrate los detalles. Eso no afecta a la historia. Después del accidente de coche, no conseguías dejar de pensar en mí, así que me invitaste a salir en cuanto Genevieve te plantó, quiero decir, en cuanto rompisteis. —Me aclaro la garganta—. Hablando del tema, me gustaría establecer algunas normas básicas.

—¿Qué tipo de normas? —pregunta, reclinándose.

Aprieto los labios y respiro hondo.

—Bueno... No quiero que intentes besarme de nuevo.

Peter tuerce los labios.

—Créeme, yo tampoco quiero hacerlo. Todavía me duele la frente de esta mañana. Me parece que tengo un moretón. —Se aparta el pelo de la frente—. ¿Ves el moretón?

—No, pero veo entradas.

—¿Qué?

Ja. Sabía que eso le afectaría. Peter es muy vanidoso.

—Tranquilo. Es broma. ¿Tienes lápiz y papel?

—¿Piensas anotarlo?

—Nos ayudará a recordar —digo en tono afectado.

Peter pone los ojos en blanco y rebusca en su mochila, saca un cuaderno y me lo da. Busco una página en blanco y escribo: *Contrato*. A continuación escribo: *Nada de besos*.

—¿Crees que la gente se lo va a tragar si no nos tocamos nunca en público? —pregunta Peter, escéptico.

—No creo que las relaciones sean solamente físicas. Existen otras maneras de demostrar que te importa alguien sin tener que utilizar los labios. —Peter está sonriendo y parece a punto de hacer una broma, así que me apresuro en añadir—: Ni ninguna otra parte del cuerpo.

—Tienes que darme algo, Lara Jean. Tengo una reputación que mantener. Ninguno de mis amigos va a creerse que me he convertido en un monje, de un día para otro, sólo para salir contigo. ¿Qué tal ponerte la mano en el bolsillo trasero de tus vaqueros? Confía en mí. Será estrictamente profesional.

No menciono lo que estoy pensando, que a Peter le importa demasiado lo que opinen de él. Me limito a asentir y escribo: *A Peter le está permitido poner la mano en el bolsillo trasero de los vaqueros de Lara Jean*.

—Pero nada de besos —insisto, y mantengo la cabeza baja para que no vea que me estoy sonrojando.

—Empezaste tú —me recuerda—. Y además, no tengo ninguna enfermedad de transmisión sexual, así que ya puedes olvidarlo.

—No pienso que tengas ninguna enfermedad de transmisión sexual. —Levanto la vista para mirarle a la cara—. El caso es que... Nunca he tenido novio. Ni una cita de verdad, ni le he dado la mano a un chico caminando por el instituto. Todo esto es nuevo para mí, así que perdona por lo de la frente de esta mañana. Es que... Me gustaría que estas primeras veces me ocurriesen de verdad y no contigo.

Peter parece estar pensándoselo.

—Ah. Muy bien. Entonces, reservaremos algunas cosas.

—¿Sí?

—Claro. Reservaremos algunas cosas para que las hagas cuando sea de verdad y no un espectáculo.

Estoy conmovida. ¿Quién se iba a imaginar que Peter fuera tan considerado y generoso?

—Por ejemplo, no te invitaré a nada. Lo reservaremos para un chico a quien le gustes de verdad.

Mi sonrisa se desvanece.

—¡No esperaba que me invitases!

Peter está que se sale.

—Y no te acompañaré a clase, ni tampoco te compraré flores.

—Me hago a la idea. —Parece que a Peter le preocupa más su cartera que yo. Mira que es tacaño—. Bueno, cuando estabas con Genevieve, ¿qué tipo de cosas le gustaba hacer?

Temo que aproveche la oportunidad para soltar alguna broma, pero en lugar de eso, su mirada se vuelve distante y dice:

—Siempre me estaba dando la lata para que le escribiese notas.

—¿Notas?

—Sí, en clase, No sé por qué, no podía enviarle un mensaje de texto directamente. Es inmediato y eficiente. ¿Por qué no hacer uso de la tecnología que tienes a tu alcance?

Lo comprendo a la perfección. Genevieve no quería notas. Quería cartas. Cartas de verdad escritas con su propia letra en papel de verdad que pudiese tocar y conservar y releer siempre que le apeteciera. Era una prueba sólida y tangible de que alguien pensaba en ella.

—Te escribiré una nota todos los días —dice Peter de repente, con entusiasmo—. Eso la volverá loca.

Escribo: *Peter le escribirá una nota a Lara Jean todos los días.*

Peter se inclina hacia delante.

—Escribe que tienes que acompañarme a unas cuantas fiestas. Y que nada de comedias románticas.

—¿Quién ha dicho nada de comedias románticas? No a todas las chicas les gustan.

—Se nota que eres el tipo de chica a quien le encantan.

Me molesta que tenga esa percepción de mí... y aún más que tenga razón. Escribo: *NADA DE PELÍCULAS DE ACCIÓN ESTÚPIDAS.*

—Entonces ¿qué queda? —protesta Peter.

—Películas de superhéroes, de miedo, históricas, documentales, películas extranjeras...

Peter pone una mueca, me quita el boli y el papel de las manos y escribe: *NADA DE PELÍCULAS EXTRANJERAS.* Y luego añade: El *fondo de pantalla del móvil de Lara Jean será un foto de Peter.*

—¡Y viceversa! —replico, y le apunto con el móvil—. Sonríe.

Peter sonríe y... ¡Puaj! Es irritante lo guapo que es. Hace ademán de sacar el móvil, pero le detengo.

—Ahora no. Tengo el pelo sudado y asqueroso.

—Bien pensado —asiente, y tengo ganas de darle un puñetazo.

—¿Puedes escribir que bajo ninguna circunstancia le contaremos la verdad a nadie? —le pregunto.

—La primera regla del club de la lucha... —responde Peter deliberadamente.

—No he visto la peli.

—¿Por qué no me sorprende? —dice y le hago una mueca. Nota mental: ver *El club de la lucha*.

Peter lo anota y yo le quito el boli de las manos y subrayo dos veces «bajo ninguna circunstancia».

—¿Qué hay de la fecha de finalización? —pregunto de improviso.

—¿A qué te refieres?

—Me refiero a cuánto tiempo va a durar todo esto. ¿Dos semanas? ¿Un mes?

Peter se encoge de hombros.

—Lo que nos apetezca.

—Pero ¿no crees que deberías definir...?

—Tienes que relajarte, Lara Jean. La vida no tiene que ser tan organizada. Sigue la corriente y déjate llevar —interrumpe.

Suspiro y digo:

—Perlas de sabiduría del gran Kavinsky. —Peter arquea las cejas haciéndose el listillo—. Siempre y cuando haya acabado cuando mi hermana regrese a casa en Navidad. Siempre sabe cuándo estoy mintiendo.

—Sin duda habremos terminado para entonces.

—Bien —apostillo. Firmo el papel, y él también, y tenemos nuestro contrato.

Soy demasiado orgullosa como para pedirle que me lleve a casa, y Peter no se ofrece, de modo que me pongo el casco y vuelvo a casa con la bici de Kitty. Estoy a mitad de camino cuando me doy cuenta de que no hemos intercambiado números de teléfono. Ni siquiera me sé el número de móvil de mi supuesto novio.

26

Estoy en la librería McCalls, comprando una copia de *El zoo de cristal* para la clase de literatura y buscando a Josh. Ahora que Peter y yo lo hemos aclarado todo, puedo jactarme cuanto me apetezca. Se lo merece por pensar que soy una chica hogareña con quien ningún chico querría salir.

Le veo colocando un expositor de libros nuevos en la sección de no ficción. Él no me ve, así que me acerco sigilosamente por detrás y chillo:

—¡Bu!

Josh da un salto y se le cae el libro al suelo.

—¡Me has dado un susto de muerte!

—¡De eso se trataba, Joshy! —Me ha dado un ataque de risa. ¡La cara que pone! ¿Por qué será tan deliciosamente divertido asustar a la gente?

—Vale, vale. No te rías. ¿Para qué has venido?

Levanto el libro y lo agito en su cara.

—Tengo al señor Radnor en literatura. Tú lo tuviste, ¿verdad?

—Sí, es bueno. Estricto, pero justo. Aún conservo los apuntes, si los quieres.

—Gracias —respondo y, con una sonrisa radiante, añado—: Adivina qué. Peter y yo no hemos roto. Fue todo un malentendido.

—¿Ah, sí? —Josh está colocando libros en una pila.

—Ajá. Nos vimos ayer y hablamos y hablamos durante horas. Siento que puedo hablar con él de cualquier cosa, ¿sabes? Me entiende de verdad.

Josh arruga la frente.

—¿De qué habláis?

—Oh, de todo. Pelis..., libros... Lo típico.

—Vaya. No pensaba que fuese el tipo de chico que lee. —Entorna los ojos y echa un vistazo hacia atrás—. Eh, tengo que ayudar a Janice en el mostrador. Cuando estés lista, pásate por mi caja registradora y te aplicaré mi descuento.

Mmm, ésta no era precisamente la reacción que esperaba. Casi no he tenido oportunidad de jactarme.

—De acuerdo —digo, pero ya se está alejando.

Me abrazo el libro al pecho. Ahora que Josh sabe que ya no estoy enamorada de él y que estoy con Peter, supongo que todo volverá a la normalidad. Como si la carta no hubiese existido nunca.

27

—Margot ha llamado cuando estabas fuera —comenta mi padre durante la cena.

Sólo tenemos ensalada para cenar. Ensalada para mí y para papá, y cereales para Kitty. Se suponía que iban a ser pechugas de pollo, pero se me olvidó sacarlas del congelador por la mañana, de modo que sólo tenemos lechuga y zanahoria con vinagre balsámico. Papá lo complementa con dos huevos cocidos y yo con una tostada con mantequilla. Vaya cena. Cereales y lechuga. Tengo que ir a la tienda de inmediato.

Desde que se marchó, sólo he hablado con Margot dos veces, y una de ellas por videochat con todos apelotonados en torno a la pantalla del portátil. No pude preguntarle sobre las cosas interesantes de verdad, sus aventuras y la gente a la que ha conocido. Me parece que oí en alguna parte que los ingleses beben absenta en los pubs. Me pregunto si ya la habrá probado. Le he enviado un montón de *e-mails* a Margot, pero sólo me ha respondido una vez. Comprendo que esté ocupada, pero al menos podría responder una vez al día. Podrían encontrarme muerta en una cuneta y ella ni se enteraría.

—¿Qué ha dicho? —pregunto mientras corto mi zanahoria en pedacitos diminutos.

—Está pensando en apuntarse al equipo de *shinty* —explica mi padre, mientras se limpia vinagre de la barbilla.

—¿Qué es el *shinty*? —me pregunta Kitty y yo me encojo de hombros.

—Es un deporte escocés que se parece al hockey hierba. Empezó como una forma segura de practicar la esgrima en la Escocia medieval —aclara papá.

Qué rollo. Antes de que papá empiece a darnos más explicaciones sobre la Escocia medieval, digo:

—¡Enviémosle un paquete a Gogo! Cosas que allí no pueda conseguir.

—¡Sí! —exclama Kitty.

—¿Qué le enviamos? Tenemos que contribuir todos.

Papá mastica y se acaricia la barbilla con la mano.

—Le enviaré vitaminas de gominola. Y Advil. Creo que sólo se llevó un paquete pequeño, y ya sabes que a veces tiene migrañas —concluye papá.

—Lo apruebo. —Señalo a Kitty con mi tenedor—. ¿Y tú qué dices?

—Hay algo que puedo enviarle. ¿Voy a buscarla? —dice Kitty.

Papá y yo nos miramos y nos encogemos de hombros.

—Muy bien.

Kitty regresa corriendo con un dibujo de Margot. Acariciando un perro. De la misma raza que quiere Kitty. Akita. Se me escapa la risa.

Kitty frunce el ceño.

—¿De qué te ríes?

—De nada.

—¿Te parece bien? —me pregunta Kitty—. ¿Es lo bastante bueno como para que lo cuelgue en su pared?

—Sin duda.

—No, quiero que lo mires bien. Analízalo. Siempre puedo mejorar. Margot no lo querrá a menos que sea mi mejor obra.

—Kitty, sin duda alguna lo es. ¿Por qué te iba a engañar?

Kitty suspira.

—No sé si está terminada.

—El artista es el único que lo sabe —dice papá, y asiente como si fuese un erudito.

—¿Qué opinas del perro? —le pregunta—. ¿A que es adorable?

Papá coge el dibujo y lo mira de cerca.

—No puede negarse que es un perro de lo más bonito.

—Yo también soy asiática —dice Kitty, se sienta y toma una cucharada de cereales intentando no sonreír. Está tratando de plantarle una idea en la cabeza. En este caso, plantar asociaciones positivas sobre perros en la cabeza de papá. Esta niña no descansa nunca. Siempre tiene un plan.

—¿Qué más vamos a meter en el paquete? —indaga Kitty.

Empiezo a contar con los dedos.

—Tampones, porque no sé si tienen nuestra marca en Escocia, un pijama de franela, calcetines gruesos, galletas de las Girl Scouts...

—¿De dónde vamos a sacarlas en esta época del año? —pregunta papá.

—Tengo una caja de galletas de menta y chocolate escondida en el congelador.

Papá me mira dolido.

—¿De quién la escondes?

Las galletas de menta son sus preferidas. Si hay galletas de menta y chocolate en la casa, ya puedes irte olvidando de ellas. Papá es el Monstruo de las Galletas de Menta y Chocolate.

Me encojo de hombros con ademán enigmático.

—También le enviaré su marca de bolígrafo favorita y... Eso es todo.

—No te olvides de sus botas marrones —me recuerda papá—. Pidió específicamente que le enviáramos las botas marrones de lazo.

—¿Ah sí? —Esperaba que no hubiese notado su falta—. ¿Cuándo lo dijo?

—Me envió un *e-mail* ayer.

—Ya veré si las encuentro.

—¿No las llevabas puestas este fin de semana? —me pregunta mi padre a la vez que Kitty comenta:

—Están en tu armario.

Levanto las manos en señal de derrota.

—De acuerdo, de acuerdo.

—Si preparáis la caja esta noche, puedo dejarla en la oficina de correos mañana de camino al trabajo —sugiere papá.

Niego con la cabeza.

—Quiero enviarle la bufanda que he estado tejiendo y no estará terminada a tiempo. ¿Quizá dentro de una o dos semanas?

Sorbiendo la leche, Kitty agita la mano y me aconseja:

—Olvídate ya de la bufanda. Hacer punto no es lo tuyo.

Abro la boca para discutírselo, pero la vuelvo a cerrar. Puede que tenga razón. Si nos esperamos a que haya terminado la bufanda para enviar el paquete, es posible que Margot ya haya acabado la universidad.

—Muy bien. Enviaremos el paquete sin la bufanda.

Aunque no digo que vaya a dejar de tejer. La seguiré haciendo a ritmo de caracol hasta que esté lista para tu regalo de Navidad, Kitty —concluyo con una dulce sonrisa—. Es de color rosa. Tu preferido.

Kitty abre los ojos como platos, completamente horrorizada.

—O para Margot. Podrías dársela a Margot.

Kitty desliza una hoja de papel bajo mi puerta esa noche. Es su lista de regalos de Navidad. Estamos en septiembre. ¡Todavía faltan unos cuantos meses para Navidad! Ha escrito «CACHORRO» arriba del todo, con mayúsculas. También quiere una granja de hormigas y una tele en su habitación. Sí, lo lleva claro con la tele. Aunque podría comprarle la granja de hormigas. O podría discutir con papá lo del cachorro. No ha dicho nada, pero creo que echa mucho de menos a Margot. En cierto modo, Margot es la única madre que ha tenido. Debe de ser duro para Kitty saber que está tan lejos. Tengo que acordarme de ser más paciente con ella, más atenta. Ahora me necesita.

Voy a su habitación y me subo a su cama. Acaba de apagar las luces y está medio dormida.

—¿Y si adoptamos un gatito? —susurro.

Kitty abre los ojos de inmediato.

—Ni lo sueñes.

—¿No te parece que somos más una familia de gatito? —digo en tono ensoñador—. Un gatito gris y blanco de pelo suave y cola peluda. Podría llamarse *Príncipe*, si es un chico. ¡Ooh, o *Gandalf el Gris*! ¿A que sería adorable? O si es una chica, puede que *Agatha*. O *Tilly*. O *Jefa*. Depende de su personalidad.

—Déjalo yo —me advierte—. No vamos a adoptar ningún gato. Los gatos son *bleh*. Y también son muy manipuladores.

—¿Dónde aprendiste esa palabra? —comento impresionada.

—En la tele.

—Un cachorro da mucho trabajo. ¿Quién le dará de comer, lo paseará y lo educará?

—Lo haré yo. Lo haré yo. Soy lo bastante responsable como para ocuparme de él sola.

Me acurruco a su lado. Me encanta cómo le huele el pelo después de un baño.

—¡Ja! Pero si siquiera lavas los platos. Y nunca limpias tu habitación. ¿Y alguna vez en toda tu vida me has ayudado a doblar la ropa limpia? A ver, si no haces ninguna de estas cosas, ¿cómo vas a responsabilizarte de una criatura con vida?

Kitty me aparta de un empujón.

—¡Entonces ayudaré más!

—Te creeré cuando lo vea.

—Si colaboro más, ¿me ayudarás a convencer a papá de lo del cachorro?

—Si colaboras más y me demuestras que ya no eres ningún bebé —concluyo.

Kitty cumplirá diez años en enero. Ya tiene edad suficiente como para ayudar en casa. Creo que Margot y yo la hemos malcriado un poco.

—A partir de ahora te encargarás de vaciar las papeleras del piso de arriba una vez a la semana. Y de ayudar con la colada.

—¿Me subirás la paga?

—No. El incentivo es ayudarte a convencer a papá de que adoptemos un perro, y también que no seas tan inmadura —respondo mientras ahueco la almohada—. Y por cierto, esta noche me quedo a dormir aquí.

Kitty me da una patada y casi me caigo de la cama.

—La inmadura eres tú, no yo, Lara Jean.

—¡Déjame dormir aquí esta noche!

—Siempre me quitas las mantas.

Kitty intenta darme otra patada, pero finjo que me he quedado dormida. Al cabo de un rato, las dos nos hemos quedado dormidas de verdad.

El domingo por la noche estoy haciendo los deberes en la cama cuando recibo una llamada de un número desconocido.

—¿Hola?

—Hola. ¿Cómo te va?

—Mmm... disculpa, pero ¿quién eres?

—¡Soy Peter!

—Ah. ¿De dónde has sacado mi número?

—Eso no importa.

Se sucede un silencio bastante largo. Cada milisegundo que pasa sin que hablemos es un tormento, pero no sé qué decir.

—Bueno, ¿qué querías?

Peter se ríe.

—Mira que eres torpe, Covey. Tu coche está en el taller, ¿no? ¿Qué te parece si te recojo para ir al instituto?

—Vale.

—A las siete y media.

—Vale.

—Vaaale...

—Adiós —añado, y cuelgo el teléfono.

28

A la mañana siguiente, despierto a Kitty temprano para que me trence el pelo.

—Déjame en paz —dice, y se da la vuelta—. Estoy durmiendo.

—Porfa, porfa, porfa, ¿me trenzas el pelo en forma de corona? —le pido agachada delante de su cama.

—No. Te puedo hacer una trenza a un lado, y ya está.

Kitty me trenza el pelo rápidamente y vuelve a dormirse, y yo me dispongo a decidir qué ropa ponerme. Ahora que lo mío con Peter es oficial, la gente se fijará en mí, así que debo ir bien vestida. Me pruebo un traje de lunares con las mangas abombadas, pero no parece adecuado. Tampoco lo es mi suéter favorito de corazones con los pompones. De repente, todo me parece muy infantil. Al final me decido por un vestido corto con estampado floral que compré en una página web japonesa de moda callejera y lo combino con botines. Es un *look* estilo Londres años setenta.

Cuando bajo la escalera a las siete y veinticinco, Kitty está sentada a la mesa de la cocina con su chaqueta vaquera, esperándome:

—¿Qué haces aquí tan temprano? —le pregunto. Su autobús no pasa hasta las ocho.

—Hoy me voy de excursión, así que tengo que llegar temprano a la escuela, ¿te acuerdas?

Le echo un vistazo al calendario de la nevera. Ahí está, escrito con mi letra: *Excursión de Kitty*. Vaya.

Tenía que llevarla yo, pero eso fue antes del accidente. Papá tenía turno de noche en el hospital y todavía no ha llegado, así que no tengo coche.

—¿No puede llevarte la madre de alguna de tus amigas?

—Es demasiado tarde. El autobús sale a las ocho menos veinte. —A Kitty le están saliendo manchas rojas en la cara y empieza a temblarle la barbilla—. ¡No puedo perder el bus, Lara Jean!

—Vale, vale. No te pongas triste. Ahora vienen a buscarme. No te preocupes, ¿de acuerdo? —Saco un plátano verde del frutero y añado—: Vamos afuera a esperarle.

—¿Quién es?

—Date prisa.

Kitty y yo estamos esperando en los peldaños de delante de casa compartiendo un plátano. Las dos preferimos los que están un poco verdes a los que tienen manchas marrones. Es a Margot a quien le gustan manchados. Siempre intento guardarlos para preparar pan de plátano, pero Margot los devora, incluyendo las partes blandas y chafadas. Me estremezco sólo de pensarlo.

El aire es fresco, a pesar de que estamos en septiembre y prácticamente en verano. Kitty se restriega las piernas para entrar en calor. Dice que llevará pantalones cortos hasta el mes de octubre. Ésa es su idea, al menos.

Son más de las siete y media, y Peter no ha aparecido. Empiezo a estar nerviosa, pero no quiero que Kitty se preocupe. Decido que si no ha llegado dentro de dos minutos exactos, iré a casa de Josh y le pediré que lleve a Kitty a la escuela.

Desde el otro lado de la calle, nuestra vecina, la señorita Rothschild, nos saluda mientras cierra la puerta con llave. Tiene un gran termo de café en la mano. Corre hacia el coche.

—Buenos días, señorita Rothschild —coreamos. Le doy un codazo suave a Kitty y digo—: Cinco, cuatro, tres...

—¡Maldita sea! —chilla la señorita Rothschild. Se ha derramado el café en la mano. Lo hace al menos dos veces a la semana. No sé por qué no frena un poco o por qué no pone la tapa en el termo o por qué lo llena tanto.

Justo entonces llega Peter, y su Audi negro reluce incluso más a la luz del día. Me levanto y digo:

—Vamos, Kitty.

—¿Quién es? —oigo que susurra mientras me sigue de cerca.

Tiene las ventanillas bajadas. Me acerco al lado del pasajero y meto la cabeza.

—¿Te importa si dejamos a mi hermana en la escuela? Tiene que llegar temprano para un excursión —pregunto.

Peter parece molesto.

—¿Por qué no lo me lo dijiste ayer?

—¡Ayer no lo sabía! —Detrás de mí, siento más que oigo los movimientos inquietos de Kitty.

—Es un coche de dos plazas —dice Peter, como si yo no tuviese ojos en la cara.

—Lo sé. Kitty se sentará en mi regazo y pasaremos el cinturón de seguridad por encima de las dos.

Mi padre me mataría si lo supiera, pero ni Kitty ni yo se lo vamos a contar.

—Sí, eso suena perfectamente seguro. —Está siendo sarcástico. No soporto a la gente que se pone sarcástica. Es tan obvio.

—¡Son tres kilómetros!

—Vale. Subid —suspira.

Abro la puerta y entro. Dejo mi mochila en el suelo.

—Venga, Kitty. —Le dejo espacio entre las piernas y entra en el coche. Abrocho el cinturón y la rodeo con los brazos.

—No se lo digas a papá.

—Claro que no.

—Hola. ¿Cómo te llamas? —le pregunta Peter.

Kitty titubea. Esto ocurre cada vez con más frecuencia. Con la gente nueva tiene que decidir si será Kitty o Katherine.

—Katherine.

—Pero ¿todos te llaman Kitty?

—Todos los que me conocen. Tú puedes llamarme Katherine —contesta ella.

A Peter se le iluminan los ojos.

—Eres una chica dura —dice, admirado. Kitty no le hace caso, pero no deja de mirarle de reojo. Peter produce este efecto en la gente. En las chicas. En las mujeres, incluso.

Cruzamos el vecindario en silencio. Al fin, Kitty pregunta:

—¿Y quién eres tú?

Me vuelvo para mirarle y tiene la vista fija al frente.

—Soy Peter. El... huumm... novio de tu hermana.

Me quedo con la boca abierta. ¡No dijimos nada de mentir a nuestras familias! Creía que esto se limitaría al instituto.

Kitty se queda completamente inmóvil en mis brazos. Entonces se da la vuelta, me mira y chilla:

—¡¿Es tu novio? ¿Desde cuándo?!

—Desde la semana pasada.

Al menos esa parte es cierta. En cierto modo.

—¡Pero no has dicho nada! ¡Ni una puñetera palabra, Lara Jean!

—No digas «puñetera» —la reprendo de forma automática.

—Ni una puñetera palabra —repite Kitty sin dejar de sacudir la cabeza con incredulidad.

Peter se parte de risa y yo le lanzo una mirada asesina.

—Ocurrió muy deprisa. Casi no hubo tiempo de contárselo a nadie... —trata de explicarse.

—¿Estoy hablando contigo? —espeta Kitty—. Diría que no. Estaba hablando con mi hermana.

Peter se queda boquiabierto y se nota que intenta mantener la compostura.

—¿Margot lo sabe? —me pregunta.

—Todavía no, y no se lo cuentes antes de que tenga oportunidad de decírselo.

—Hum. —Esto parece calmar un poco a Kitty. Para ella es importante enterarse de algo la primera, antes que Margot.

Cuando llegamos a la escuela, doy gracias a Dios de que el autobús siga en el aparcamiento. Todos los niños están en fila delante de él. Suelto un suspiro que he estado reprimiendo durante todo el trayecto, y Kitty ya se está desembarazando de mí y saliendo del coche.

—¡Que te diviertas en la excursión!

Se da la vuelta y me señala con un dedo acusador.

—¡Quiero que me lo cuentes con todo lujo de detalles cuando llegue a casa!

Y tras esta sentencia, se marcha corriendo al autobús.

Vuelvo a abrocharme el cinturón de seguridad.

—Mmm, no recuerdo que hubiéramos decidido contarles a nuestras familias que íbamos a ser novio y novia.

—Iba a enterarse tarde o temprano; sobre todo, si voy a haceros de chófer por toda la ciudad.

—No tenías por qué decir «novio». Podrías haber dicho «amigo». —Nos estamos acercando al instituto, sólo quedan un par de semáforos. Me doy un tirón nervioso de la trenza—. Hum, ¿has hablado con Genevieve?

Peter frunce el entrecejo.

—No.

—¿No te ha dicho nada al respecto?

—Nop. Pero seguro que no tardará.

Peter acelera al entrar en el aparcamiento y aparca. Cuando salimos del coche y nos dirigimos a la entrada, los dedos de Peter se entrelazan con los míos. Pienso que me acompañará a mi taquilla como la última vez, pero nos guía en dirección contraria.

—¿Adónde vamos? —le pregunto.

—A la cafetería.

Estoy a punto de protestar, pero me interrumpe:

—Tenemos que dejarnos ver en público. En la cafetería es donde vamos a llamar más la atención.

Josh no estará en la cafetería (que sólo es para gente popular), pero estoy completamente segura de quién va a estar: Genevieve.

Cuando entramos, la rodea toda su corte en su mesa habitual: ella, Emily Nussbaum y Gabe y Darrell del equipo de *lacrosse*. Están desayunando y tomando café. Debe de tener un sexto sentido en lo relativo a Peter, porque su mirada nos atraviesa como un láser al instante. Empiezo a aflojar el paso, pero Peter no parece darse cuenta. Peter se dirige directo a la mesa, pero en el último segundo me acobardo. Le tiro de la mano y digo:

—Sentémonos allí —y señalo una mesa vacía en su línea de visión.

—¿Por qué?

—Por favor... —Tengo que pensar rápido—. Porque, verás, sería una auténtica bordería que llevases a otra chica a su mesa después de que hayáis roto hace tan poquito tiempo. Y así Genevieve puede observar de lejos y rumiarlo un poco más.

Y además, estoy aterrorizada.

Mientras le arrastro a la mesa, Peter saluda a sus amigos y se encoge de hombros, como si dijera: «¿Qué le vamos a hacer?». Me siento. Peter se sienta a mi lado, luego empuja mi silla y la acerca a la suya. Arquea las cejas y me pregunta:

—¿Le tienes miedo?

—No. —Pues claro que sí.

—Pero algún día tendrás que plantarle cara.

Peter se inclina hacia delante, me toma de la mano otra vez y empieza a trazar líneas en la palma.

—Déjalo. Me pone de los nervios —le ruego.

Me lanza una mirada dolida.

—A las chicas les encanta que lo haga.

—No, a Genevieve le encanta. O finge que le encanta. ¿Sabes? Ahora que lo pienso, tú tampoco tienes tanta experiencia con las chicas. Sólo con una chica. —Aparto la mano y la apoyo en la mesa—. A ver, todo el mundo te considera un donjuán cuando en realidad sólo has estado con Genevieve... y con Jamila, durante un mes.

—Vale, vale. Lo pillo. Déjalo ya. Nos están mirando.

—¿Quiénes? ¿Tu mesa?

Peter se encoge de hombros.

—Todo el mundo.

Echo un vistazo rápido alrededor. Tiene razón. Todos nos están mirando. Peter está acostumbrado a que le observen, pero yo no. Es una sensación extraña, como un jersey nuevo que te provoca picores. Porque a mí nunca me mira nadie. Es como estar encima de un escenario. Y lo más curioso, lo más extraño de todo es que no es una sensación completamente desagradable.

Le estoy dando vueltas al asunto cuando mi mirada se encuentra con la de Genevieve. Se sucede un breve instante de reconocimiento entre las dos: «Sé quién eres». Entonces aparta la mirada y le susurra algo a Emily. Genevieve me está mirando como si fuese un bocado delicioso y estuviera a punto de devorarme viva y escupir mis huesos. Y a continuación, como si nada, la mirada ha desaparecido y está sonriendo.

Me estremezco. La verdad es que Genevieve me da miedo desde que éramos pequeñas. En una ocasión, estábamos jugando en su casa y Margot llamó para que fuese a comer y Genevieve le dijo que yo no estaba allí. No dejaba que me fuera porque quería seguir jugando a las muñecas. Me bloqueó la salida y tuve que llamar a su madre.

Son las ocho y cinco. El timbre no tardará en sonar.

—Deberíamos ir tirando —le digo y, cuando me pongo de pie, me tiemblan las rodillas—. ¿Listo?

Peter está distraído pues está mirando a la mesa de sus amigos.

—Sí, claro. —Peter se levanta y me guía hacia la puerta con una mano al final de mi espalda. Con la otra mano saluda a sus amigos.

—Sonríe —me susurra, así que lo hago.

He de admitir que no es desagradable tener a un chico que te acompañe y te escolte entre la multitud. Te sientes cuidada. Es como un sueño. Yo sigo siendo yo y Peter sigue siendo Peter, pero todo lo que me rodea parece indiferente e irreal, como la vez en que Margot y yo bebimos champán en Nochevieja.

Nunca me había dado cuenta, pero creo que durante todo este tiempo quizá he sido invisible. Alguien que tan sólo estaba ahí. Ahora que se creen que soy la novia de Peter Kavinsky, la gente se hace preguntas sobre mí. Como, por ejemplo, ¿por qué? ¿Qué tengo de especial para que le guste a Peter? ¿Cómo soy? ¿Qué es lo que me hace tan especial? Yo también me lo estaría preguntando.

Ahora soy una Chica Misteriosa. Antes sólo era la Chica Callada. Pero ser la novia de Peter me ha elevado a la condición de Chica Misteriosa.

Tomo el autobús para ir a casa porque Peter tiene entrenamiento de *lacrosse*. Me siento delante como siempre, pero hoy todo el mundo tiene algo que preguntarme. Sobre todo, los alumnos de los cursos inferiores, porque los mayores no suelen tomar el autobús.

—¿Qué pasa contigo y Kavinsky? —me pregunta una chica de segundo llamada Manda. Finjo que no la he oído.

En su lugar, me hundo en mi asiento y abro la nota que dejó Peter en mi taquilla.

Querida Lara Jean,
Buen trabajo.
Peter.

Estoy a punto de sonreír cuando oigo a Manda susurrar a una amiga:

—Es rarísimo que le guste a Kavinsky. A ver, mírala a ella y mira a Genevieve.

Siento que empiezo a encogerme. ¿Eso es lo que piensan todos? Quizá no sea la Chica Misteriosa, quizá sea la Chica Que No Es Lo Suficientemente Buena.

Cuando llego a casa, voy directa a mi habitación, me pongo un camisón suave y me suelto la trenza. Es todo un descanso. Mi cuero cabelludo cosquillea agradecido. Luego me tumbo en la cama y miro por la ventana hasta que oscurece. Mi móvil no deja de sonar y estoy segura de que es Chris, pero no levanto la cabeza para mirar.

Kitty irrumpe en mi habitación y dice:

—¿Estás enferma? ¿Por qué te tumbas en la cama como si tuvieses cáncer como la madre de Brielle?

—Necesito paz —contesto cerrando los ojos—. Necesito reponerme con un poco de paz.

—Bueno, pero ¿qué vamos a cenar?

Abro los ojos. Tiene razón. Hoy es lunes. Los lunes estoy a cargo de la cena. Uf, Margot, ¿dónde estás? Ya está oscuro y no hay tiempo de descongelar nada. Quizá los lunes deberían ser noche de pizza.

—¿Tienes dinero?

Las dos recibimos una paga semanal (Kitty, de cinco dólares, y yo, de veinte), pero Kitty siempre tiene más dinero que yo. Lo ahorra todo como si fuese una ardillita astuta. No sé ni dónde lo guarda porque cierra la puerta con pestillo siempre que saca algo de sus reservas. Y te lo presta, pero cobra intereses. Margot tiene una tarjeta de crédito que utiliza para comprar comida y gasolina, pero se la llevó a Escocia. Tendría que pedirle a papá que me consiga una a mi también ahora que soy la hermana mayor.

—¿Para qué necesitas el dinero?

—Porque quiero encargar una pizza para cenar. —Kitty se dispone a negociar, pero antes de que suelte palabra, añado—: Papá te lo devolverá cuando llegue a casa, así que ni se te ocurra cobrar intereses. La pizza también es para ti. Con veinte bastará.

Kitty se cruza de brazos.

—Te daré el dinero, pero primero tienes que explicarme lo del chico de esta mañana. Tu *novio*.

—¿Qué quieres saber? —resoplo.

—Quiero saber cómo empezasteis a salir.

—Éramos amigos cuando íbamos a la escuela, ¿te acuerdas? Quedábamos en la casa del árbol de los Pearce. —Kitty se encoge de hombros—. Bueno, ¿te acuerdas de cuando tuve el accidente? Pues Peter pasaba por allí y se detuvo y me ayudó. Y... volvimos a conectar. Fue el destino.

De hecho, contarle esta historia a Kitty me servirá de práctica. Esta noche le contaré lo mismo a Chris.

—¿Eso es todo? ¿Toda la historia?

—Eh, es una historia bastante buena —objeto—. A ver, los accidentes de coche son bastante dramáticos y, si le sumas nuestra historia anterior...

Kitty se limita a decir:

—Mmm —y deja las cosas como están.

Cenamos pizza de salchicha y champiñones y, cuando sugiero la idea de que el lunes sea noche de pizza, papá accede enseguida. Creo que está pensando en los macarrones con queso y *bossam*.

Es un alivio que Kitty dedique la mayor parte de la

cena a relatar su excursión, de modo que yo me limito a masticar mi pizza. Sigo pensando en lo que dijo Manda y me sigo preguntando si, al fin y al cabo, todo esto no habrá sido una idea terrible.

Cuando Kitty hace una pausa para engullir su trozo de pizza, papá me mira y dice:

—¿Te ha ocurrido algo interesante hoy?

Me trago mi bocado de pizza y respondo:

—La verdad es que no.

Esa misma noche me preparo un baño de burbujas y me pongo en remojo tanto tiempo que Kitty aporrea la puerta dos veces para comprobar que no me haya dormido. En una ocasión, casi lo hago.

Acabo de dormirme cuando me suena el teléfono. Es Chris. Aprieto la tecla de ignorar, pero sigue sonando y sonando y sonando. Al final, acabo por contestar.

—¡¿Es cierto?! —chilla Chris.

Me aparto el teléfono de la oreja.

—Sí.

—Oh. Dios. Mío. Cuéntamelo todo.

—Mañana, Chris. Mañana te lo contaré todo al detalle. Buenas noches.

—Espera...

—¡Buenas noches!

29

Ese viernes asisto al primer partido de fútbol americano de mi vida. Nunca me ha interesado en lo más mínimo, y sigue sin interesarme. Estoy sentada en lo alto de las gradas con Peter y sus amigos y, por lo que veo, no ocurre nada interesante. Parece que se limitan a esperar y a apiñarse, y no pasa nada. No se parece a los partidos de fútbol americano de las películas y las series.

A las nueve y media el partido está a punto de acabar, o eso espero, y estoy bostezando en mi abrigo cuando de repente Peter me rodea con el brazo y casi me atraganto con mi bostezo.

Abajo, Genevieve está animando con el resto de las animadoras. Se está contoneando y meneando sus pompones. Mira a las gradas y, cuando nos ve, se detiene medio segundo antes de lanzarse a otro baile con los ojos ardiendo.

Miro de reojo a Peter, a cuya cara aflora una mueca de satisfacción. Cuando Genevieve regresa a la banda, aparta el brazo y parece recordar de repente que estoy ahí.

—Eli ha invitado a unos cuantos a su casa. ¿Quieres ir?

No sé ni quién es Eli. Suelto otro bostezo, bien grande esta vez para que quede claro.

—Estoy cansada. Así que... no. No, gracias. ¿Puedes dejarme en casa cuando vayas de camino allí?

Peter me mira escéptico, pero no dice nada.

De camino a casa, pasamos por la cafetería y Peter suelta de improviso:

—Tengo hambre. ¿Quieres que nos paremos a tomar algo? —Y añade con énfasis—: ¿O estás demasiado cansada?

Hago caso omiso de la pulla y digo:

—Tengo un poco de hambre.

Así que Peter da media vuelta y vamos a la cafetería. Nos metemos en un reservado de la parte delantera. Siempre que venía aquí con Margot y Josh, nos sentábamos detrás, cerca de la gramola para echar monedas. Ésta estaba estropeada la mitad de las veces, pero, de todos modos, nos gustaba estar cerca. Se me hace raro estar aquí sin ellos. Hemos creado muchas tradiciones en este sitio. Los tres pedíamos dos sándwiches de queso y los cortábamos en cuadraditos y pedíamos un bol de sopa de tomate para bañarlos. Luego Josh y yo compartíamos un gofre con extra de nata y Margot tomaba un pudín de tapioca. Asqueroso. Lo sé. Estoy casi segura de que sólo a las abuelas les gusta el pudín de tapioca.

Nuestra camarera es Kelly, una estudiante universitaria. Se marchó durante el verano, pero supongo que ha regresado. Observa con disimulo a Peter mientras nos trae el agua.

—¿Dónde están tus amigos? —me pregunta.

—Margot se ha ido a Escocia y Josh... no está —respondo, y Peter pone los ojos en blanco.

Peter pide tortitas de arándanos y bacón y huevos revueltos. Yo pido un sándwich de queso con patatas fritas y un refresco de cereza.

Cuando Kelly se marcha con nuestros pedidos, le pregunto:

—¿Por qué odias tanto a Josh?

—No le odio —resopla—. Casi no le conozco.

—Bueno, está claro que no te gusta.

Peter se enfurruña.

—¿Cómo me va a gustar? En séptimo me delató por copiar.

¿Peter copió? El estómago se me retuerce un poco.

—¿Cómo copiaste? ¿En los deberes?

—No, en un examen de lengua. Escribí las respuestas en mi calculadora y Josh se chivó. ¿Qué tipo de persona hace algo así?

Examino su expresión en busca de vergüenza o incomodidad por haber copiado, pero no veo ni gota.

—¿Por qué te haces el ofendido? ¡Fuiste tú quien copió!

—¡Fue en séptimo!

—Bueno, ¿sigues copiando?

—No. Casi nunca. Bueno, lo he hecho. —Me frunce el ceño—. ¿Te importaría dejar de mirarme así?

—¿Así? ¿Cómo?

—En plan sentencioso. Mira, iré a la universidad con una beca de *lacrosse*, así que tampoco importa.

Tengo una revelación. Bajo la voz y digo:

—Espera... ¿Sabes leer?

Peter estalla en carcajadas.

—¡Sí, sé leer! De verdad, Lara Jean. No todo tiene una historia detrás, ¿vale? Soy perezoso y ya está. —Resopla—. ¿Que si sé leer? ¡Te he escrito varias notas! Eres súper graciosa.

Noto que empiezo a sonrojarme.

—No tiene tanta gracia —digo, y entorno los ojos—. ¿Todo te parece una broma?

—No todo; pero la mayoría de las cosas, sí.

Bajo la barbilla.

—Pues quizá sea un defecto de carácter que deberías trabajar. Porque algunas cosas son serias y deberías tomártelas en serio. Perdona si te parezco sentenciosa.

—Sip, me lo pareces bastante. Creo que, en general, eres bastante sentenciosa. Creo que es un defecto de carácter que *tú* deberías trabajar. También creo que deberías aprender a relajarte y a divertirte.

Estoy recopilando una lista de todas las formas en las que me divierto: ir en bici (lo odio), preparar dulces y leer. Se me pasa por la cabeza añadir las labores de punto, pero estoy bastante segura de que se burlará de mí. En ese momento Kelly nos trae la comida y me detengo para morder el sándwich mientras aún está caliente.

Peter me roba una de las patatas fritas.

—¿Y quién más?

—¿Quién más qué?

—¿Quién más recibió una carta? —dice con la boca llena.

—Hum, eso es privado —le respondo, y sacudo la cabeza como si quisiera decir: «Hay que ver, qué maleducado».

—¿Qué? Tengo curiosidad.

Peter moja otra patata en mi pequeño ramequín de ketchup. Con una sonrisa de suficiencia, añade:

—Venga, no seas tímida. Sé que soy el número uno, obviamente. Pero quiero saber quién más entró en la lista.

Está tan seguro de sí mismo que sólo le falta ponerse a

hacer flexiones. Vale, si tiene tantas ganas de saberlo, se lo diré:

—Josh, tú...

—Obviamente.

—Kenny.

—¿Kenny? ¿Quién es? —resopla.

Apoyo los codos en la mesa y descanso la barbilla en las manos.

—Le conocí en el campamento de verano. Era el mejor nadador de entre los chicos. Una vez salvó a un niño de ahogarse. Nadó hasta el centro del lago antes de que los socorristas se dieran cuenta de que pasaba algo.

—¿Qué dijo cuando recibió la carta?

—Nada. La devolvieron al remitente.

—Bien, ¿quién es el siguiente?

Le doy otro mordisco a mi sándwich.

—Lucas Krapf.

—Es gay —dice Peter.

—¡No es gay!

—Sigue soñando. Es gay. Ayer se puso corbata para venir a clase.

—Seguro que la llevaba a modo de ironía. Además, llevar corbata no te convierte en gay. —Le miro como si quisiera decir: «¡Guau, qué homófobo!».

—Eh, no me mires así —objeta—. Mi tío favorito es súper gay. Apuesto cincuenta pavos a que si le enseño una foto suya a mi tío Eddie, me lo confirma al instante.

—El hecho de que Lucas sea aficionado a la moda no significa que sea gay. —Peter abre la boca para discutírmelo, pero levanto la mano para silenciarlo—. Lo que significa es que es un chico de ciudad atrapado en... esta aburrida zona residencial. Seguro que acaba en la Universidad de Nueva

York o en algún otro sitio en Nueva York. Podría ser actor de televisión. Tiene el físico, ¿sabes? Esbelto con rasgos delicados. Unos rasgos muy sensibles. Parece... un ángel.

—¿Qué ha respondido el ángel a la carta?

—Nada... Estoy segura de que eso se debe a que es un caballero y no quiere hacerme pasar vergüenza. —Le lanzo una mirada cargada de significado. «Y no como otros», le digo con los ojos.

Peter pone los ojos en blanco.

—Vale, vale. Lo que tú digas, a mí me da igual.

Se arrellana en su silla y apoya el brazo en el respaldo de la silla de al lado.

—Sólo has mencionado cuatro. ¿Quién es el quinto?

Me sorprende que lleve la cuenta.

—John Ambrose McClaren.

A Peter se le ponen los ojos como platos.

—¿McClaren? ¿Cuándo te gustaba?

—En octavo.

—¡Pensaba que en octavo te gustaba yo!

—Creo que se solapó un poco —admito.

Revuelvo la bebida con la pajita y le explico:

—Una vez, en educación física, tuvimos que quedarnos a recoger las pelotas de fútbol y empezó a llover. —Suspiro—. Seguramente es lo más romántico que me haya ocurrido nunca.

—¿Qué manía tienen las chicas con la lluvia? —se pregunta Peter.

Me encojo de hombros.

—Ni idea... Creo que es porque todo parece más dramático bajo la lluvia.

—Pero ¿ocurrió algo entre los dos, o sólo os quedasteis bajo la lluvia recogiendo pelotas de fútbol?

—No lo comprenderías.

Alguien como Peter no lo entendería nunca.

Peter pone los ojos en blanco.

—¿Así que McClaren recibió la carta en su antigua casa? —apunta.

—Creo que sí. No he vuelto a saber nada más de él.

Le doy un buen sorbo al refresco.

—¿Por qué me da la impresión de que esto te hace sentir muy triste?

—¡No lo estoy!

Puede que lo esté un poco. Aparte de Josh, creo que John Ambrose McClaren es el que más me importa de todos los chicos de los que me he enamorado. Era muy dulce. Era la promesa del quizá, quizá algún día. Creo que John Ambrose McClaren es El Chico Que Se Me Escapó.

—Es que siempre me he preguntado cómo acabó —digo, en voz alta—. Si sigue siendo el mismo. Apuesto a que sí.

—¿Sabes qué? Creo que te mencionó una vez. Sí, sin duda. Dijo que le parecías la chica más guapa de nuestro curso. Dijo que sólo se arrepentía de no haberte invitado al baile de gala de octavo.

Me quedo completamente paralizada y dejo de respirar.

—¿De verdad? —murmuro.

Peter estalla en carcajadas.

—¡Tía! ¡Pero qué crédula eres!

Siento un nudo en el estómago, y parpadeo.

—Eso ha sido muy cruel. ¿Por qué lo has dicho?

Peter para de reír y responde:

—Eh, lo siento. Era una broma.

Extiendo el brazo sobre la mesa y le doy un puñetazo en el hombro.

—Eres un imbécil.

Se frota el hombro y grita:

—¡Ay! ¡Eso duele!

—Me alegro. Te lo mereces.

—Lo siento —repite Peter. Pero conserva una sonrisa en la mirada, así que giro la cabeza para no verle.

—Venga, no te enfades. ¿Quién sabe? Quizá le gustabas. Llamémosle y lo sabremos.

Levanto la cabeza de golpe.

—¿Tienes su número? ¿Tienes el número de teléfono de John Ambrose McClaren?

Peter saca su móvil.

—Pues claro. Llamémosle.

—¡No! —Intento arrebatarle el móvil de las manos, pero es demasiado veloz. Peter levanta el teléfono por encima de su cabeza y no puedo alcanzarlo—. ¡No te atrevas a llamarle!

—¿Por qué? Pensaba que tenías curiosidad por saber cómo le iba.

Niego fervientemente con la cabeza.

—¿De qué tienes miedo? ¿De que no se acuerde de ti? —Peter cambia de expresión, como si hubiese comprendido algo sobre mí—. ¿O de que sí se acuerde?

Niego con la cabeza.

—Es eso. —Peter asiente para sí, se balancea hacia atrás con la silla y entrelaza las manos detrás de la cabeza.

No me gusta cómo me está mirando. Como si me conociese. Le tiendo la palma de la mano:

—Dame tu móvil.

Peter se queda boquiabierto.

—¿Vas a llamarle? ¿Ahora?

Me alegro de haberle sorprendido. Me siento como si

hubiese ganado algo. Creo que pillar desprevenido a Peter podría ser una afición divertida. En un tono imperativo que sólo utilizo con Kitty, le ordeno:

—Dame el móvil. —Peter me entrega el teléfono y copio el número de John en el mío—. Le llamaré cuando a mí me apetezca, no cuando te apetezca a ti.

Peter asiente con una expresión reacia de respeto. Claro que no pienso llamar a John, pero Peter K. no tiene por qué enterarse.

Esa noche, estoy tumbada en la cama pensando en John. Me divierte pensar en la posibilidad. Asusta un poco, pero es divertido. Es como si una puerta que estaba cerrada, se hubiese abierto un poco. ¿Y si...? ¿Cómo sería si John Ambrose McClaren y yo...? Si cierro los ojos, casi puedo imaginármelo.

30

Margot y yo estamos al teléfono. Aquí es sábado por la tarde y allí es sábado por la noche.

—¿Ya tienes prácticas para la primavera?

—Todavía no...

Margot suelta un suspiro.

—Pensaba que intentarías trabajar en Montpelier. Sé que necesitan ayuda en el archivo. ¿Quieres que llame a Donna por ti?

Margot hizo prácticas en Montpelier dos veranos seguidos y le encantó. Estuvo en una excavación importante en la que encontraron un fragmento de la vajilla de porcelana de Dolley Madison y parecía que hubiesen encontrado diamantes o un hueso de dinosaurio. Cuando se marchó, le regalaron una placa por todo su esfuerzo. Papá la colgó en el salón.

—Montpelier está demasiado lejos.

—¿Y si haces de voluntaria en el hospital? —sugiere Margot—. Papá te podría llevar.

—Sabes que no me gusta el hospital.

—¡O la biblioteca! La biblioteca te gusta.

—Ya he rellenado una solicitud —miento.

—¿De verdad?

—O estaba a punto de hacerlo.

—No tendría que obligarte a querer hacer cosas. Deberías quererlas por ti misma. Tienes que tomar la iniciativa. No siempre estaré a tu lado para darte un empujón.

—Ya lo sé.

—¿Te das cuentas de lo importante que es este año, Lara Jean? Lo es prácticamente todo. No tendrás una segunda oportunidad: éste es tu penúltimo año.

Siento una burbuja de pánico que me sube por el pecho, y se me están humedeciendo los ojos. Si me hace otra pregunta, no aguantaré más, y me echaré a llorar.

—¿Hola?

—Estoy aquí. —Mi voz suena minúscula y sé que Margot sabe lo cerca que estoy de ponerme a llorar.

Margot hace una pausa.

—Mira, aún tienes tiempo, ¿sí? Pero no quiero que esperes demasiado y que las mejores plazas se las queden los demás. Me preocupo por ti, eso es todo. Pero todo va bien, y tú también estás bien.

—Vale. —Incluso esta única palabra representa un esfuerzo.

—¿Cómo va todo lo demás?

He empezado la conversación deseando hablarle de Peter, pero ahora me siento aliviada de que haya tantos kilómetros de distancia entre las dos y Margot no sepa en lo que estoy metida.

—Todo va bien —le digo.

—¿Cómo está Josh? ¿Has hablado con él últimamente?

—La verdad es que no.

No he hablado con él. He estado tan ocupada con Peter que no he tenido oportunidad.

31

Kitty y yo estamos sentadas en los peldaños de enfrente de la casa. Kitty se está bebiendo un batido de yogur, y yo estoy trabajando en la bufanda para Margot mientras espero a Peter. Kitty está esperando a que salga papá. Hoy la llevará él a la escuela.

La señorita Rothschild aún no ha salido. Quizá esté enferma, o puede que se esté retrasando más de lo habitual.

Tenemos la mirada fija en su puerta cuando un monovolumen entra en la calle y se detiene delante de casa. Entorno los ojos. Es Peter Kavinsky. Conduciendo un monovolumen de color beis. Peter saca la cabeza por la ventana.

—¿Vienes o no?

—¿Por qué vas en eso? —pregunta Kitty.

—No importa, Katherine. Sube de una vez —responde Peter.

Kitty y yo intercambiamos una mirada.

—¿Yo también? —me pregunta.

Me encojo de hombros. Luego me inclino hacia atrás, abro la puerta y grito:

—¡Kitty vendrá conmigo, papá!

—¡Vale!

Nos ponemos de pie y, en ese momento, la señorita Rothschild sale a toda prisa vestida con traje azul marino, el maletín en una mano y el café en la otra. Kitty y yo nos miramos muertas de risa.

—Cinco, cuatro, tres...

—¡Maldita sea!

Entre risas, corremos hasta el monovolumen de Peter. Yo me siento delante y Kitty atrás.

—¿De qué os reíais? —pregunta Peter.

Estoy a punto de explicárselo cuando Josh sale de su casa. Se detiene y nos mira fijamente un segundo antes de saludarnos con la mano. Yo le devuelvo el saludo y Kitty saca la cabeza por la ventanilla y chilla:

—¡Hola, Josh!

—¿Qué hay? —dice Peter, y se inclina hacia mí.

—Hola —responde Josh y entra en su coche.

Peter me da un pellizco, sonríe de oreja a oreja y recula con el coche.

—Explicadme de qué os reíais.

—Al menos una vez a la semana, la señorita Rothschild sale corriendo de casa y se derrama café caliente encima —le respondo, mientras me abrocho el cinturón de seguridad.

—Es súper gracioso —añade Kitty.

—Sois unas sádicas —resopla Peter.

—¿Qué quiere decir «sádicas»? —inquiere Kitty mientras coloca la cabeza entre los dos.

La empujo hacia atrás y le digo:

—Ponte el cinturón.

—Eso significa que ver sufrir a los demás te hace feliz.

—Ah. —Y repite para sí, con suavidad—: Sádico.

—No le enseñes cosas raras.

—Me gustan las cosas raras —protesta Kitty.

—¿Ves? A la niña le gustan las cosas raras —dice Peter y, sin mirar atrás, levanta la mano para chocarla con Kitty—. Eh, dame un sorbo de eso que estás bebiendo.

—Casi no queda. Te lo puedes terminar.

Kitty se lo pasa a Peter y éste inclina el envase de plástico sobre su boca.

—Está bueno.

—Es de la tienda de comida coreana —le explica Kitty—. Vienen en un paquete y puedes meterlos en el congelador y, si te lo llevas para comer, estará fresco cuando te lo bebas.

—Suena bien. Lara Jean, tráeme uno mañana por la mañana. A cambio de los servicios prestados.

Le lanzo una mirada asesina, y Peter se defiende:

—¡Me refiero a los trayectos en coche! ¡Demonios!

—Ya te lo traeré yo, Peter —dice Kitty.

—Ésa es mi chica.

—Siempre y cuando mañana también me lleves a la escuela —concluye Kitty, y Peter canta victoria.

32

Antes de mi cuarta clase estoy en mi taquilla, intentando fijar con una horquilla mi trenza de lechera delante del espejo que cuelga de la puerta

—Lara Jean.

—¿Sí?

Me vuelvo y veo a Lucas Krapf, con una camiseta azul brillante de cuello en uve y unos pantalones color piedra.

—Esto me llegó hace unos días... No iba a decir nada, pero luego se me ocurrió que quizá lo querrías.

Lucas me entrega un sobre de color rosa. Es mi carta. Así que Lucas también recibió la suya.

La meto en la taquilla, me pongo cara de «¡Ostras!» a mí misma en el espejo y cierro la puerta.

—Te estarás preguntando de qué va todo esto —comienzo, pero enseguida flaqueo—. Es..., estooo..., la escribí hace mucho tiempo.

—No hace falta que me expliques nada.

—¿En serio? ¿No tienes curiosidad?

—No. Fue muy grato recibir una carta como ésa. De hecho, me siento bastante honrado.

Suelto un suspiro de alivio y me apoyo en la taquilla. ¿Cómo puede ser tan perfecto? Lucas Krapf siempre encuentra las palabras adecuadas.

Entonces hace un mohín, mitad mueca, mitad sonrisa.

—Pero... —Baja la voz—. Sabes que soy gay, ¿no?

—Ah, sí, claro —respondo, intentando no sonar decepcionada—. Lo sabía perfectamente.

Lucas sonríe.

—Qué adorable eres —replica, y vuelvo a animarme—. ¿Te importaría no decírselo a nadie? A ver, he salido del armario, pero no estoy del todo fuera. ¿Sabes lo que digo?

—Desde luego —digo yo súper segura.

—Por ejemplo, mi madre lo sabe, pero mi padre sólo lo intuye. No se lo he dicho directamente.

—Entendido.

—Dejo que la gente piense lo que le apetezca. No creo que sea responsabilidad mía explicarme ante nadie. Tú ya sabes de lo que hablo. Como persona birracial, seguro que mucha gente te pregunta de qué raza eres, ¿verdad?

Nunca me lo había planteado de esta manera, pero ¡sí, sí, síii! Lucas lo pilla.

—Exacto. Y te quedas como con ganas de preguntarles para qué quieren saberlo.

—Exacto.

Nos sonreímos y me invade la maravillosa sensación de que alguien me comprende. Los dos caminamos juntos en la misma dirección: él tiene clase de mandarín y yo de francés. Me pregunta por Peter, y estoy tentada de contarle la verdad porque me siento súper unida a él. Pero Peter y yo hicimos un pacto: acordamos de manera explícita que nunca se lo contaríamos a nadie, y no quiero ser la responsable de romperlo. Así que cuando Lucas dice:

—Eh, ¿qué hay entre Peter Kavinsky y tú?

Me encojo de hombros y sonrío de forma enigmática.

—Es de locos, ¿no? Porque es tan... —Busco la palabra exacta, pero no se me ocurre—. Podría interpretar el papel de chico guapo en una película. Tú también, claro. Tú serías el chico a quien la chica debería elegir.

Lucas ríe, pero se nota que está complacido.

Querido Lucas:

Nunca he conocido a ningún chico con tan buenos modales como tú. Deberías tener acento británico. Para el baile te pusiste un pañuelo en el cuello, y te sentaba tan bien que creo que podrías ponértelo siempre y nadie te diría nada.

¡Oh, Lucas! Ojalá supiese qué tipo de chicas te gustan. Por lo que sé, todavía no has salido con nadie... a menos que tengas una novia en otro instituto. Eres tan misterioso... No sé casi nada de ti. Los detalles que conozco son insustanciales e insatisfactorios. Por ejemplo, sé que para el almuerzo siempre comes sándwich de pollo y que formas parte del equipo de golf. Creo que el único detalle remotamente importante que sé de ti es que eres un gran escritor, lo que significa que tienes grandes reservas emocionales. Como ese cuento que escribiste en clase de escritura creativa sobre el pozo envenenado, y estaba escrito desde la perspectiva de un niño de seis años. ¡Era tan sensible y sutil!

Ese cuento me hizo sentir que te conocía al menos un poco. Pero no te conozco, y desearía hacerlo.

Creo que eres muy especial. Creo que probablemente seas una de las personas más especiales de la escuela, y desearía que lo supiera más gente. O quizá no, porque a veces es agradable ser el único que sabe algo.

Con amor,
Lara Jean

33

Después de clase, Chris y yo estamos matando el rato en mi habitación. Se ha buscado un lío con su madre por pasarse toda la noche fuera de casa, así que se esconde aquí hasta que su madre se marche al club de lectura. Compartimos una bolsa de patatas de Kitty que tendré sustituir pronto porque, de lo contrario, se quejará de que ha desaparecido de su almuerzo del lunes.

Chris se mete un puñado de patatas en la boca.

—Dime, Lara Jean. ¿Hasta dónde habéis llegado?

Casi me atraganto.

—¡A ninguna parte! Y no tenemos planes de llegar a ninguna parte en el futuro cercano.

Ni nunca.

—¿En serio? ¿Ni siquiera te ha pasado la mano por encima del sujetador? ¿Una pasada rápida por encima del pecho?

—¡No! Ya te lo he dicho, mi hermana y yo no somos así.

—¿Estás de broma? Claro que Margot y Josh se han acostado. No seas tan ingenua, Lara Jean —resopla Chris.

—No soy ingenua. Estoy completamente segura de que Margot y Josh no lo han hecho.

—¿Cómo? ¿Cómo puedes estar tan segura? Me encantaría oírlo.

—No te lo voy a contar.

Si se lo cuento a Chris, se partirá de risa. Ella no lo comprende, sólo tiene un hermano pequeño. No sabe cómo son las cosas entre hermanas. Margot y yo hicimos un pacto cuando íbamos a la escuela. Juramos que no nos acostaríamos con nadie hasta que estuviéramos casadas o muy, muy enamoradas, y tuviésemos al menos veintiún años. Puede que Margot esté muy, muy enamorada, pero no está casada y no tiene veintiún años. Margot nunca rompería un juramento. Entre hermanas, un pacto lo es todo.

—No, en serio. Me gustaría saberlo.

Chris tiene ese brillo hambriento en la mirada y sé que esto es sólo el calentamiento.

—Te vas a burlar de mí, y no pienso permitírtelo.

Chris pone los ojos en blanco.

—Vale. Pero es imposible que no hayan echado un polvo.

Creo que Chris habla de este modo para provocarme. Le encanta provocar a la gente, así que me esfuerzo por evitarlo.

—¿Te importaría dejar de hablar de si mi hermana y Josh se han acostado? Sabes que no me gusta —le replico sin perder la compostura.

Chris saca un rotulador indeleble de su mochila y empieza a pintarse la uña del pulgar.

—Tienes que dejar de ser tan miedosa. En serio, te has hecho a la idea de que será un momento espectacular que te cambiará la vida, pero en realidad no dura ni cinco minutos, y ni siquiera es la mejor parte.

Sé que está esperando a que le pregunte cuál es la mejor parte, y tengo curiosidad, pero no le hago ni caso, y digo:

—Creo que el rotulador indeleble es tóxico para las uñas.

A lo que responde sacudiendo la cabeza como si fuese un caso perdido.

Aunque a veces me pregunto... ¿Cómo será? Estar tan unida a un chico y dejar que te vea completamente, sin esconder nada. ¿Será terrorífico sólo durante un segundo o dos, o lo será siempre? ¿Y si no me gustase en absoluto? ¿O si me gustase demasiado? Todo esto da que pensar.

34

—¿Crees que, si un chico y una chica llevan mucho tiempo saliendo, eso significa que han tenido relaciones sexuales? —pregunto a Peter.

Estamos sentados en el suelo de la biblioteca, apoyados de espaldas a la pared de la sección de referencias a la que no va nadie. Las clases han acabado, la biblioteca está vacía y estamos haciendo deberes. Peter siempre saca notas bajas en química, así que lo estoy ayudando.

Peter levanta la vista del libro de química. Parece que he suscitado su interés. Deja el libro a un lado y dice:

—Necesito más información. ¿Cuánto tiempo llevan saliendo?

—Mucho tiempo. Unos dos años o así.

—¿Cuántos años tienen? ¿Nuestra edad?

—Más o menos.

—Entonces es probable, pero no tiene por qué. Depende del chico y de la chica. Pero si tuviese que apostar algo, diría que sí.

—Pero la chica no es así. Ni el chico tampoco.

—¿De quiénes estamos hablando?

—Es un secreto. —Pero, después de titubear un poco, añado—: Chris dice que seguro que lo han hecho. Dice que es imposible que no lo hayan hecho.

Peter suelta un bufido.

—¿Por qué le haces caso? Esa chica es un desastre.

—¡No es ningún desastre!

Peter me lanza una mirada escéptica.

—En primero se emborrachó con Four Loko, se subió al tejado de Tyler Boylan e hizo un estriptís.

—¿Estuviste allí? —replico—. ¿Lo viste con tus propios ojos?

—Claro que sí. Pesqué su ropa de la piscina como el caballero que soy.

Inflo las mejillas.

—Bueno, Chris nunca lo ha mencionado, así que no puedo confirmarlo. Además, ¿el Four Loko o como se llame no está prohibido?

—Todavía lo fabrican, pero es una mierda de versión aguada. Le puedes añadir una bebida energética y produce el mismo efecto. —Me estremezco, y eso hace sonreír a Peter—. ¿De qué habláis Chris y tú? No tenéis nada en común.

—¿De qué hablamos nosotros dos? —repongo yo.

Peter se ríe.

—Bien dicho.

Peter se aparta de la pared y apoya la cabeza en mi regazo y yo me quedo completamente inmóvil.

Intento que mi voz suene normal cuando digo:

—Hoy estás de un humor muy extraño.

Peter arquea una ceja.

—¿De qué humor estoy? —A Peter le encanta que hablen de él. Por lo general, no me molesta, pero hoy no estoy de humor para transigir. Ya tiene a demasiada gente a su alrededor que le dice lo fantástico que es.

—De un humor insoportable —le digo, y se echa a reír.

—Tengo sueño. —Peter cierra los ojos y se acurruca a mi lado—. Cuéntame una historia para dormir, Covey.

—No coquetees —le digo.

Abre los ojos de golpe.

—¡No estaba coqueteando!

—Sí que lo estabas. Coqueteas con todo el mundo. Es como si no pudieses evitarlo.

—Bueno, contigo no coqueteo nunca.

Peter se endereza y mira su móvil y, de repente, desearía no haber dicho nada.

35

Estoy en clase de francés, mirando por la ventana. Veo a Josh, que camina hacia las gradas que están junto a la pista. Lleva su comida y está solo. ¿Por qué come solo? Tiene a su grupito de aficionados a los cómics. Tiene a Jersey Mike.

Pero supongo que Jersey Mike y él no se vieron mucho el año pasado. Josh siempre estaba con Margot y conmigo. El trío. Y ahora no somos ni siquiera un dúo, y está completamente solo. En parte es culpa de Margot por haberse marchado, pero también lo es mía. Si no hubiese empezado a gustarme, no habría tenido que inventarme toda esta historia con Peter K. y podría seguir siendo su buena amiga Lara Jean.

Quizá por eso mamá le dijo a Margot que no se marchase a la universidad teniendo pareja. Cuando tienes novio o novia, sólo quieres estar con esa persona y te olvidas de los demás. Cuando rompéis, has perdido a todos tus amigos, que se lo están pasando bien sin ti.

Lo único que sé es que Josh es una figura bien solitaria que se come su sándwich a solas en lo alto de las gradas.

Voy en autobús a casa porque Peter ha tenido que marcharse temprano a un partido de *lacrosse* con su equipo. Estoy delante de casa, sacando el correo del buzón, cuando Josh aparca en su entrada.

—¡Hola! —grita. Sale del coche y viene corriendo, con la mochila colgada del hombro.

»Te he visto en el autobús. Te he saludado, pero estabas soñando despierta. ¿Hasta cuándo tendrás el coche en el taller?

—No lo sé. Cada vez me dicen una fecha diferente. Tuvieron que encargar una pieza de Indiana o por ahí.

Josh me ofrece una sonrisa cómplice.

—En tu fuero interno estás aliviada, ¿verdad?

—¡No! ¿Por qué iba a estarlo?

—Venga ya, que te conozco. No te gusta conducir. Seguro que estás encantada de tener una excusa para no hacerlo.

Me dispongo a protestar, pero freno a tiempo. No tiene sentido. Josh me conoce demasiado bien.

—Bueno, quizá esté una pizquita aliviada.

—Si necesitas ir a algún sitio, sabes que puedes llamarme.

Asiento. Lo sé perfectamente. No le llamaría para cosas relacionadas conmigo, pero lo haría por Kitty, en caso de urgencia.

—A ver, sé que ahora estás con Kavinsky, pero vivimos al lado. Es más práctico que te lleve yo a clase. Es más sostenible desde el punto de vista ecológico. —No digo nada y Josh se frota la nuca—. Quería decirte una cosa, pero mencionártelo me hace sentir un poco raro. Y eso también es raro porque siempre nos lo hemos contado todo.

—Aún podemos hablar. Nada ha cambiado.

Es la mentira más grande que le he contado en mi vida, incluso mayor que la mentira sobre mi supuesta gemela fallecida, Marcella. Hasta hace un par de años, Josh creía que tenía una gemela llamada Marcella que murió de leucemia.

—Bueno, siento que... Siento que me has estado evitando desde que...

Va a decirlo. Va a decirlo de verdad. Bajo la vista al suelo.

—Desde que Margot rompió conmigo.

Alzo la cabeza de golpe. ¿Eso es lo que piensa? ¿Que le estoy evitando por Margot? ¿De verdad le afectó tan poco mi carta? Intento mantener el gesto impasible cuando respondo:

—No te he estado evitando. He estado ocupada.

—Con Kavinsky, lo sé. Tú y yo nos conocemos desde hace tiempo. Eres una de mis mejores amigas, Lara Jean. No quiero perderte a ti también.

El «también» es la palabra crucial. El «también» es lo que hace que me frene en seco. Es lo que se me atraganta. Porque si no hubiese dicho «también», se trataría de mí y de Josh. No de Josh, Margot y yo.

—La carta que escribiste...

Demasiado tarde. Ya no quiero hablar de la carta. Antes de que pueda soltar una palabra, lo corto en seco:

—Siempre seré tu amiga, Joshy.

Y entonces le sonrío. Pero requiere un gran esfuerzo. Requiere muchísimo esfuerzo. Pero si no sonrío, lloraré.

Josh asiente.

—Vale. Bien. Entonces... ¿podemos volver a vernos?

—Claro.

Josh alarga el brazo y me levanta la barbilla.

—Entonces ¿puedo llevarte a clase mañana?

—Vale —respondo. Porque de eso iba toda esta historia, ¿no? ¿Poder ver a Josh sin tener que pensar en la carta? ¿Ser su buena amiga Lara Jean una vez más?

Después de cenar, enseño a Kitty a hacer la colada. Al principio se resiste, pero le cuento que es una tarea que a partir de ahora compartiremos los tres, así que más le vale hacerse a la idea.

—Cuando suena el timbre, eso quiere decir que ya está terminada, y si no la doblas enseguida se arrugará.

Para sorpresa de las dos, a Kitty le gusta hacer la colada. Más que nada porque puede sentarse delante de la tele y doblar la ropa mientras ve sus programas preferidos tranquilamente.

—La próxima vez te enseñaré a planchar.

—¿A planchar también? ¿Qué pasa, soy la Cenicienta o qué?

No le hago ningún caso.

—Se te dará bien planchar. Te gustan la precisión y las líneas rectas. Seguro que se te da mejor que a mí.

Esto despierta su interés.

—Sí, puede ser. Tus cosas siempre parecen arrugadas.

Después de terminar la colada, Kitty y yo limpiamos el baño que compartimos. Hay dos lavabos; Margot tenía el de la izquierda y Kitty y yo nos peleábamos para dirimir a quién pertenecía el de la derecha. Ahora es suyo.

Kitty se está cepillando los dientes y yo me estoy aplicando una máscara de aloe vera y pepino. Entonces me pregunta:

—¿Crees que si se lo pido, Peter nos llevará al McDonald's mañana antes de clase?

Masajeo otro pegote de máscara verde sobre mi mejilla.

—No quiero que te acostumbres a que Peter nos lleve en coche. A partir de ahora irás en autobús, ¿vale?

—¡¿Por qué?! —gime Kitty.

—Porque sí. Además, mañana no me lleva Peter sino Josh.

—¿Peter no se enfadará?

La máscara se está secando y noto la piel tirante. Con los diente apretados, digo:

—No. No es del tipo celoso.

—Entonces ¿quién lo es?

No sé bien qué responder. ¿Quién es del tipo celoso? Lo estoy rumiando cuando a Kitty se le escapa una risita y dice:

—Pareces un zombi.

Levanto los brazos hacia su cara y Kitty me esquiva agachándose. Con mi mejor voz de zombi, digo:

—¡Quiero comerte el cerebro!

Kitty sale huyendo entre chillidos.

Cuando vuelvo a mi habitación, le envío un mensaje a Peter diciéndole que no necesito que me lleve a clase mañana. No le digo que me va a llevar Josh. Por si acaso.

36

Hoy la nota de Peter dice: *¿Dulce y Ácido después de clase?*

Ha dibujado dos cuadrados, uno para el sí y otro para el no. Marco el sí y dejo la nota en su taquilla.

Después de clase, me reúno con Peter en su coche y vamos con sus amigos del equipo de *lacrosse* a Dulce y Ácido. Yo pido un yogur helado con cereales, fresas, kiwi y piña, y Peter uno de lima con Oreos desmenuzadas. Saco la cartera para pagar, pero Peter me detiene. Me guiña el ojo y dice:

—Ya me ocupo yo.

—Pensaba que no ibas a pagar nada —susurro.

—Los chicos están aquí. No quiero parecer un tacaño delante de los demás. —Entonces me rodea con el brazo y dice en voz alta—. Mientras seas mi chica, no pienso dejar que pagues el yogur helado.

Pongo los ojos en blanco, pero no voy a decirle que no a un yogur helado gratis. Ningún chico me había invitado nunca. Podría acostumbrarme a que me traten de esta forma.

Me estaba preparando mentalmente para ver a Genevieve, pero no aparece por aquí. Creo que Peter también se está preguntando dónde está, porque mantiene la mirada fija en la puerta. Tratándose de Genevieve, sigo esperando a que suceda lo peor. Por el momento ha conservado la calma de una manera tan escalofriante como inquietante. Casi nunca está en la cafetería durante la comida porque ella y Emily Nussbaum han estado almorzando fuera del campus y, cuando nos cruzamos por los pasillos, me ofrece sonrisas falsas sin enseñar los dientes, lo que, de hecho, resulta incluso más amenazador.

¿Cuándo piensa contraatacar? ¿Cuándo experimentaré mi momento Jamila Singh? Chris dice que Genevieve está demasiado obsesionada por su novio universitario como para perder el tiempo conmigo, pero no lo creo. He visto cómo mira a Peter. Como si le perteneciese.

Los chicos han juntado unas cuantas mesas, y básicamente hemos invadido la tienda. Es como en la mesa de la cafetería. Los chicos hablan a grito pelado y discuten sobre el partido de fútbol americano del próximo viernes. Creo que no he dicho ni dos palabras. La verdad es que no tengo nada que decirles. Me dedico a mi yogur helado y disfruto del hecho de que no estoy en casa organizando el armario de los zapatos ni viendo el canal de golf con mi padre.

Estamos yendo hacia los coches cuando Gabe dice:

—Eh, Lara Jean, ¿sabes que si pronuncias tu nombre muy rápido suena como Large? ¡Prueba! Larajean.

—Larajean. Larjean. Largy —repito obedientemente—. En realidad, creo que suena más como Largy, no Large.

Gabe asiente para sí y anuncia:

—Creo que voy a empezar a llamarte Larguirucha. Eres tan pequeña que resulta gracioso, ¿verdad? Es como esos tíos grandotes que se hacen llamar Pigmeo o algo por el estilo.

—Vale —respondo con un encogimiento de hombros.

Gabe se dirige a Darrell.

—Es tan pequeña que podría ser nuestra mascota.

—Eh, que tampoco soy tan pequeña —protesto.

—¿Cuánto mides? —me pregunta Darrell.

—Un metro cincuenta y siete —miento. Más bien, mido un metro cincuenta y cinco.

Gabe tira la cucharilla de plástico a la basura y grita:

—¡Eres tan pequeñita que me cabes en el bolsillo! —El resto de los chicos estallan en carcajadas. Peter sonríe divertido. Entonces Gabe me agarra de repente y me levanta encima de su hombro como si fuese una niña y él mi padre.

—¡Bájame! ¡Gabe! —chillo, y le doy patadas y puñetazos en el pecho.

Gabe empieza a girar en círculos y todos los chicos se están partiendo de risa.

—¡Voy a adoptarte, Larguirucha! Serás mi mascota. ¡Te voy a meter en la antigua jaula de mi hámster!

Me río tanto que me quedo sin aliento y empiezo a sentirme mareada.

—¡Bájame!

—Suéltala, tío —lo urge Peter, pero él también se está riendo.

Gabe corre hasta la camioneta de alguien y me deposita en la plataforma trasera.

—¡Sácame de aquí! —chillo. Gabe ya ha salido huyendo. Los chicos están entrando en sus coches.

—¡Adiós, Larguirucha! —gritan.

Peter se acerca corriendo y me tiende la mano para ayudarme a bajar.

—Tus amigos están como cabras —comento, y bajo de un salto.

—Les gustas.

—¿De verdad?

—Claro. No soportaban que trajese a Gen. Pero no les importa que tú vengas con nosotros. —Peter me rodea con el brazo—. Vamos, Larguirucha. Te llevaré a casa.

Mientras nos dirigimos al coche, dejo que el pelo me caiga sobre la cara para que Peter no vea que estoy sonriendo. Es agradable formar parte de un grupo, sentir que encajas.

37

Me presenté voluntaria para preparar seis docenas de *cupcakes* para el acto de recaudación de fondos de la Asociación de Padres y Madres de Alumnos. Lo hice porque Margot lo había hecho los dos últimos años. El único motivo por el que lo hizo Margot fue porque no quería que la gente pensase que la familia de Kitty no se dedicaba lo suficiente a la asociación. Ella preparó *brownies* las dos veces, pero yo me apunté para preparar *cupcakes* porque pensé que tendrían más éxito. Compré diferentes tipos de virutas azules e hice unas banderas con palillos en las que pone «ACADEMIA BLUE MOUNTAIN». Pensé que Kitty se divertiría ayudándome a decorar.

Pero ahora me doy cuenta de que el sistema de Margot es mucho mejor porque con los *brownies* sólo tienes que verter la masa en el molde, hornearlos, cortarlos y ya está. Los *cupcakes* dan mucho más trabajo. Tienes que servir la cantidad exacta seis docenas de veces, después tienes que esperar a que se enfríen, y después queda el glaseado y la decoración.

Estoy midiendo la octava taza de harina cuando suena el timbre.

—¡Kitty! ¡La puerta! —chillo.

Vuelve a sonar.

—¡Kitty!

Desde arriba, Kitty responde a gritos:

—¡Estoy realizando un experimento importante!

Corro a la puerta y abro de golpe sin mirar quién es.

Es Peter. Se está tronchando de risa.

—Tienes harina por toda la cara —comenta, y me desempolva la mejilla con el dorso de la mano.

Me aparto de él y me limpio la cara con el delantal.

—¿Qué haces aquí?

—Vamos al partido. ¿No leíste la nota que te dejé ayer?

—Mecachis. Tenía un examen y se me olvidó. —Peter frunce el ceño y añado—: Tampoco puedo ir, porque tengo que preparar seis docenas de *cupcakes* para mañana.

—¿Un viernes por la noche?

—Bueno... Sí.

—¿Es para la Asociación de Padres? —Peter entra en casa y se quita las zapatillas de deporte—. Aquí no lleváis zapatos, ¿verdad?

—Sí —digo sorprendida—. ¿Tu madre también ha preparado algo?

—Galletas de Rice Krispies.

Eso es mucho más práctico que mis *cupcakes*.

—Siento que hayas venido hasta aquí para nada. Podemos ir al partido del viernes que viene —comento, convencida de que volverá a ponerse las zapatillas.

Pero no lo hace. Peter entra en la cocina y se sienta en un banco. «¿Eh?»

—Tu casa es exactamente como la recuerdo —dice mientras echa un vistazo alrededor. Señala una foto enmarcada en la que aparecemos Margot y yo tomando un baño de bebés—. Adorable.

Las mejillas me arden. Pongo la foto del revés.

—¿Cuándo has estado en mi casa?

—En séptimo. ¿Te acuerdas de cuando quedábamos en la casa del árbol de tus vecinos? Tenía que hacer pis y me diste permiso para usar tu baño.

—Ah, sí.

Se me hace raro ver en la cocina a un chico que no sea Josh. No sé por qué, pero de súbito me noto nerviosa.

—¿Cuánto vas a tardar? —pregunta con las manos en los bolsillos.

—Horas, seguramente.

Levanto la taza de medir una vez más. No me acuerdo de por qué número iba.

—¿Por qué no los compramos en la tienda? —gruñe Peter.

Empiezo a medir la harina que está en el bol, separándola en pilas.

—¿Porque crees que las otras madres se presentarán con *cupcakes* compradas en una tienda? Haría quedar mal a Kitty.

—Bueno, si es para Kitty, entonces ella debería ayudar. —Peter se levanta de un salto, se me acerca, desliza las manos por mi cintura e intenta desatar las tiras del delantal—. ¿Dónde está la enana?

Me lo quedo mirando.

—¿Qué... haces?

Peter me mira como si fuese tonta.

—Si te ayudo, necesitaré un delantal. No quiero ensuciarme la ropa.

—No llegaremos a tiempo para el partido.

—Entonces iremos a la fiesta de después. —Peter me lanza una mirada incrédula—. ¡Estaba en la nota que te escribí! No sé ni por qué me molesto.

—Hoy he estado muy ocupada —musito. Me siento culpable. Peter está cumpliendo con su parte del trato y escribiéndome fielmente una nota al día, y yo ni me molesto en leerlas—. No sé si podré ir a la fiesta. No sé si tengo permiso para salir hasta tan tarde.

—¿Está tu padre en casa? Se lo preguntaré.

—No, está en el hospital. Además, no puedo dejar sola a Kitty —respondo mientras levanto una vez más la taza de medir.

—Bueno, ¿y a qué hora llega a casa?

—No lo sé. Puede que tarde. —O puede que durante la próxima hora. Pero Peter ya se habrá marchado para entonces—. Deberías ir tirando. No quiero hacerte llegar tarde.

—Covey. Te necesito. Gen aún no ha dicho ni pío sobre nosotros, y era de eso de lo que se trataba. Y... puede que traiga al imbécil con el que está saliendo —gruñe Peter mientras hace un mohín—. Venga. Yo te ayudé con Josh, ¿verdad?

—Sí, pero Peter, tengo que hacer los *cupcakes* para mañana...

Peter estira los brazos.

—En ese caso, te ayudaré. Dame un delantal.

Me aparto de él y hurgo en la cocina en busca de un delantal. Encuentro uno con un estampado de *cupcakes* y se lo doy.

Peter hace una mueca y señala el mío.

—Quiero el que llevas puesto.

—¡Pero es mío! —Es a cuadros con ositos marrones. Mi

abuela me lo compró—. Siempre me lo pongo para cocinar. Ponte este otro.

Peter niega con la cabeza con deliberada lentitud y alarga la mano.

—Dame el tuyo. Me lo debes por no leer mis notas.

Me desato el delantal y se lo ofrezco. Me doy la vuelta y me dedico una vez más a medir la harina.

—Eres más inmaduro que Kitty.

—Date prisa y dame algo que hacer.

—¿Estás cualificado? Porque tengo los ingredientes exactos para seis docenas de *cupcakes*. No quiero tener que empezar de cero otra vez...

—¡Sé cocinar!

—Muy bien. Pon la mantequilla en el bol.

—¿Y luego?

—Y entonces habrás acabado y te daré tu próxima tarea.

Peter pone los ojos en blanco, pero hace lo que mando.

—¿Así que esto es lo que haces los viernes por la noche? ¿Quedarte en casa y cocinar postres en pijama?

—También hago otras cosas —respondo, recogiéndome el pelo en una cola más alta.

—¿Como qué?

La aparición repentina de Peter me tiene tan aturdida que no puedo ni pensar.

—Mmm, salgo.

—¿Adónde?

—¡Dios mío, no lo sé! Para ya de interrogarme, Peter —respondo, y soplo hacia arriba para apartarme el flequillo de los ojos. Empieza a hacer mucho calor aquí dentro. Más vale que apague el horno porque la llegada de Peter ha retrasado todo el proceso. A este paso, estaré aquí toda la noche—. Me has hecho perder la cuenta. ¡Tendré que empezar de cero!

—Mira, déjame a mí —dice Peter, acercándose por detrás.

Me aparto con brusquedad.

—No, no, ya lo hago yo.

Sacude la cabeza e intenta quitarme la taza de las manos, pero no quiero soltarla y una nube de harina sale disparada de la taza y nos cubre a los dos. Peter se desternilla de risa y yo suelto un bramido encolerizado.

—¡Peter!

Se está riendo tanto que no puede ni hablar.

—Más vale que quede suficiente harina —le advierto, y me cruzo de brazos.

—Pareces una abuela —dice entre risas.

—Bueno, pues tú pareces un abuelo —respondo mientras vierto la harina del bol otra vez en el bote.

—De hecho, te pareces mucho a mi abuela. No te gustan las palabrotas. Te gusta preparar postres. Te quedas en casa los viernes por la noche. Guau, estoy saliendo con mi abuela. Qué asco.

Empiezo a medir otra vez. Uno, dos.

—No me quedo en casa todos los viernes por la noche.

—Tres.

—Nunca te he visto por ahí. No vas a las fiestas. Antes nos veíamos. ¿Por qué dejamos de vernos?

Cuatro.

—No... No lo sé. En la escuela las cosas eran diferentes.

¿Qué quiere que diga? ¿Que Genevieve decidió que no era lo bastante guay, de modo que me dejó tirada? ¿Cómo es posible que no se entere de nada?

—Siempre me he preguntado por qué dejaste de quedar con nosotros.

¿Iba por la quinta o la sexta?

—¡Peter! ¡Me has hecho perder la cuenta otra vez!

—Tengo ese efecto sobre las mujeres.

Le lanzo una mirada escéptica y Peter me sonríe, pero antes de que pueda decir nada, chillo:

—¡Kitty! ¡Baja de una vez!

—Estoy trabajando...

—¡Peter está aquí! —Sé que esto la convencerá.

En menos de cinco segundos, Kitty entra corriendo en la cocina. Frena en seco. De repente se ha puesto tímida.

—¿Qué haces aquí? —le pregunta.

—Vengo a recoger a Lara Jean. ¿Por qué no estás ayudando?

—Estaba haciendo un experimento. ¿Quieres ayudarme?

—Claro, Peter te ayudará —respondo en su lugar, y le digo a Peter—: Me estás distrayendo. Ve a ayudar a Kitty.

—No sé si podré ayudarte, Katherine. Verás, resulta que distraigo mucho a las mujeres. Hago que pierdan la cuenta. —Peter le guiña el ojo y yo hago ademán de vomitar—. ¿Por qué no te quedas y nos ayudas a cocinar?

—¡Qué rollo! —Kitty se da la vuelta y se va corriendo escalera arriba.

—¡No te atrevas a probar el glaseado ni las virutas cuando haya acabado! ¡No te has ganado el derecho a hacerlo!

Cuando llega mi padre, estoy batiendo la mantequilla y Peter está rompiendo los huevos en un bol de ensalada.

—¿De quién es el coche que está aparcado aquí delante? —pregunta papá. Entra en la cocina y se detiene en seco al ver a Peter.

»Hola —dice, sorprendido. Tiene una bolsa del restaurante chino Chan's en las manos.

—Hola, papá —respondo, como si fuese completamente normal que Peter Kavinsky esté cocinando en nuestra cocina—. Pareces cansado.

Peter se yergue un poco.

—Hola, doctor Covey.

Papá deja la bolsa en la mesa de la cocina.

—Ah, hola. —Carraspea—. Me alegro de verte. Eres Peter K., ¿verdad?

—Sí.

—Un miembro de la vieja pandilla —comenta jovialmente y yo me encojo—. ¿Qué planes tenéis para esta noche?

—Estoy preparando *cupcakes* para la Asociación de Padres y Peter me está ayudando.

Mi padre asiente.

—¿Tienes hambre, Peter? Hay de sobra. Gambas *lo mein*, pollo *kung pao* —dice mientras levanta la bolsa.

—En realidad, Lara Jean y yo nos íbamos a pasar por la fiesta de un amigo. ¿Le parece bien? La traeré temprano a casa.

Antes de que mi padre pueda responder, le digo a Peter:

—Tengo que acabar los *cupcakes*.

—Kitty y yo los acabaremos. Vosotros dos id a la fiesta de cumpleaños —interrumpe mi padre.

Me da un vuelco el estómago.

—Da igual, papá. Tengo que hacerlos yo, les pondré una decoración especial.

—Kitty y yo nos las arreglaremos. Ve a cambiarte, nosotros seguiremos con los *cupcakes*.

Abro y cierro la boca como un pez.

—De acuerdo —respondo, pero no me muevo. Me quedo ahí de pie porque tengo miedo de dejarlos a solas.

Peter sonríe de oreja a oreja.

—Ya lo has oído. Lo tenemos todo controlado.

«No te muestres tan seguro de ti mismo o mi padre pensará que eres arrogante», pienso.

Hay ropa que te hace sentir bien siempre que te la pones y hay otra ropa que te has puesto tantas veces seguidas porque te gusta tanto que ahora te parece una porquería. Estoy mirando dentro de mi armario y todo me parece una porquería. Mi ansiedad se ve agravada por el hecho de que sé que Gen llevará la ropa perfecta, porque siempre lleva la ropa perfecta. Y yo también tengo que llevar la ropa perfecta. Peter no habría venido e insistido tanto en asistir a la fiesta si no la considerase importante.

Me pongo unos vaqueros y me pruebo varios tops, uno con volantes de color salmón que de repente me parece demasiado remilgado y un suéter largo con un pingüino que parece demasiado infantil. Me estoy poniendo unos pantalones cortos grises con unos tirantes negros cuando alguien llama a la puerta. Me quedo inmóvil y cojo un jersey para taparme.

—¿Lara Jean? Soy Peter.

—¿Sí?

—¿Estás lista?

—¡Casi! Espérame abajo. Enseguida voy.

Peter suelta un suspiro audible.

—Vale. Iré a ver qué hace la enana.

Cuando oigo sus pasos alejándose, me pruebo la blusa

de lunares con el conjunto de pantaloncitos cortos y tirantes. Es mono, pero ¿no será demasiado? ¿Es excesivo? Margot comentó que con este conjunto parecía parisina. Eso es bueno. Es sofisticado y romántico. Me pruebo la boina, para ver el efecto, y me la quito enseguida. Sin duda es excesiva.

Ojalá Peter no me hubiese pillado desprevenida. Necesito tiempo para hacer planes, prepararme. Aunque, para ser sincera, si me hubiese avisado con tiempo se me habría ocurrido una excusa para no asistir. Una cosa es ir a Dulce y Ácido y otra muy distinta es ir a una fiesta con los amigos de Peter. Por no mencionar a Genevieve.

Revuelvo la habitación en busca de mis calcetines hasta la rodilla y después en busca de mi brillo de labios de fresa con forma de fresa. Tengo que ordenar mi habitación de una vez. Es imposible encontrar nada entre tanto desorden.

Voy corriendo a la habitación de Margot en busca de su cárdigan y paso por delante de la puerta abierta de la habitación de Kitty. Peter y ella están tumbados en el suelo, trabajando con su equipo de laboratorio. Rebusco en el cajón de los jerséis de Margot, pero se los ha llevado casi todos y ahora está lleno de camisetas y de pantalones cortos. El cárdigan no está por ninguna parte. Pero en el fondo del cajón hay un sobre. Es una carta, de Josh.

Me muero de ganas de abrirla. Sé que no debería.

Con mucho, mucho cuidado, saco la carta y la desdoblo.

Querida Margot:
Dices que quieres romper porque no quieres ir a la universidad teniendo novio, quieres ser libre y no quieres ningún lastre.

Pero sabes que sé que ésa no es la verdadera razón. Rompiste conmigo porque nos acostamos y te entró miedo de que me acercase más a ti.

Dejo de leer.

No me lo puedo creer. Chris tenía razón y yo estaba equivocada. Margot ha tenido relaciones sexuales. Es como si todo lo que creía saber fuese un error. Creía saber exactamente quién era mi hermana, pero resulta que no sé nada.

Oigo a Peter que me llama:

—¡Lara Jean! ¿Estás lista?

Doblo la carta a toda prisa, la guardo en el sobre y vuelvo a meterlo en el cajón, que cierro con brusquedad.

—¡Ya voy!

38

Estamos de pie delante de la mansión de Steve Bledell. Steve es del equipo de fútbol americano; se le conoce sobre todo porque tiene un padrastro rico con un avión privado.

—¿Preparada? —me pregunta Peter.

Me seco las manos en los pantalones cortos. Ojalá hubiese tenido tiempo de hacerme algo en el pelo.

—La verdad es que no.

—Vamos a discutir la estrategia un momento. Sólo tienes que actuar como si estuvieses enamorada de mí. No puede ser muy difícil.

Pongo los ojos en blanco.

—Eres el chico más vanidoso que he conocido en mi vida.

Peter sonríe y se encoge de hombros. Tiene una mano en el pomo de la puerta, pero se detiene.

—Espera —me dice, y me quita la goma con la que me sujetaba el pelo y la tira al suelo.

—¡Eh!

—Está mejor así. Confía en mí.

Peter me pasa las manos por el pelo y me lo peina, y yo

le aparto la mano. Entonces se saca el móvil del bolsillo trasero de los pantalones y me saca una foto.

Le ofrezco una mirada perpleja y explica:

—Por si Gen me mira el móvil.

Le observo mientras sustituye el fondo de pantalla por mi foto.

—¿Podemos hacer otra? No me gusta cómo me ha quedado el pelo.

—No, a mí me gusta. Estás guapa.

Seguro que lo ha dicho para darse prisa por entrar, pero me hace sentir bien.

Estoy entrando en una fiesta con Peter Kavinsky. No puedo evitar que me invada una sensación de orgullo. Está aquí conmigo. ¿O estoy yo aquí con él?

La veo en cuanto entramos. Está en el sofá con sus chicas, bebiendo de vasos de plástico. No hay ningún novio a la vista. Arquea las cejas y le susurra algo a Emily Nussbaum.

—Eeeh, Lara Jean —dice Emily—. Ven a sentarte con nosotras.

Me dirijo hacia ellas pensando que Peter está a mi lado, pero no lo está. Se ha detenido para saludar a alguien. Le miro con expresión de pánico, pero hace un gesto para que siga adelante. Sus labios dibujan las palabras «Te toca».

Cruzar sola la habitación es como cruzar todo un continente cuando Gen y sus amigas me están observando.

—Hola, chicas —les digo, y mi voz suena aguda y aniñada. No hay espacio para mí en el sofá, de modo que me siento en el reposabrazos como un pájaro sobre el cable del teléfono. Mantengo la mirada fija en la espalda de Peter. Está en la otra punta de la habitación con unos chicos del equipo de *lacrosse*. Debe de ser agradable ser él. Tan relajado, tan cómodo en su propia piel, consciente de que los demás le están esperando. «Peter ya está aquí. La fiesta puede comenzar por fin.» Le echo un vistazo a la habitación y veo a Gabe y a Darrell. Me hacen un saludo cortés, pero no se acercan. Siento que todo el mundo está observando y esperando, esperando y observando la reacción de Genevieve.

Desearía no haber venido.

Emily se inclina hacia delante.

—Nos morimos de ganas por saber tu historia con Kavinsky.

Sé que Gen le ha ordenado que lo pregunte. Gen está sorbiendo su bebida, más relajada imposible, pero está a la espera de mi respuesta. ¿Estará borracha ya? Por lo que he oído, y conociéndola, Gen es una borracha cruel. No es que lo haya experimentado en persona, pero me han contado cosas. Corren algunas historias.

Me humedezco los labios.

—Lo que os haya contado Peter... Ésa es la historia.

Emily hace caso omiso, como si lo que haya contado Peter no sirviera.

—Queremos que nos lo expliques tú. La verdad es que resulta sorprendente. ¿Cómo ocurrió? —Emily se inclina un poco más hacia mí, como si fuésemos amigas.

Cuando titubeo y la miro de reojo, Genevieve sonríe y pone los ojos en blanco.

—No pasa nada. Se lo puedes contar, Lara Jean. Peter y yo hemos terminado. No sé si te lo dijo, pero fui yo la que rompió con él.

—Eso es lo que dijo.

No es lo que dijo, pero es lo que ya sabía.

—¿Cuándo empezasteis a salir? —Intenta sonar casual,

pero sé que mi respuesta es importante para ella. Está intentando pillarme desprevenida.

—La cosa es bastante reciente.

—¿Cómo de reciente? —insiste ella.

Me aclaro la garganta.

—Justo antes de que empezaran las clases —le digo. ¿No es lo que acordamos Peter y yo?

A Gen se le iluminan los ojos y me da un vuelco el corazón. Me he equivocado, pero ya es demasiado tarde. Es el tipo de persona a la que le quieres gustar porque sabes que puede ser cruel; la has visto ser cruel. Pero cuando te pone los ojos encima y te está prestando atención, deseas que dure. En parte se debe a su belleza, pero hay algo más, algo que te atrae. Creo que es su transparencia. Lleva escrito en la cara todo lo que piensa o siente y, aunque no fuese así, lo diría igualmente, porque dice lo que piensa, sin pararse a meditarlo.

Comprendo que Peter la haya querido durante tanto tiempo.

—Me parece adorable —dice Genevieve, y entonces las chicas se ponen a hablar sobre un concierto del que intentan conseguir entradas. Yo permanezco ahí sentada, contenta de no tener que seguir hablando, preguntándome cómo les irá en casa con los *cupcakes*. Espero que papá no los hornee demasiado. No hay nada peor que un *cupcake* seco.

Las chicas discuten acerca de los disfraces que llevarán en Halloween, así que me levanto y voy al baño. Cuando vuelvo me encuentro a Peter sentado en una butaca de cuero, bebiendo cerveza y charlando con Gabe. No hay espacio para sentarme; mi sitio en el reposabrazos está ocupado. ¿Y ahora, qué?

Me quedo de pie un segundo y luego me lanzo. Hago lo

que haría una chica enamorada de Peter. Hago lo que haría Genevieve. Avanzo con decisión y me dejo caer en su regazo, como si fuese mi merecido puesto.

Peter suelta un gañido de sorpresa.

—Hola —dice, y tose en su cerveza.

—Hola —respondo, y entonces le doy un toquecito en la nariz como le vi hacer a una chica en una película en blanco y negro.

Peter se remueve en su asiento y me mira como si estuviese conteniendo la risa, y yo me pongo nerviosa. Eso ha sido un gesto romántico, ¿no? Con el rabillo del ojo, veo a Genevieve. Nos está lanzando una mirada asesina. Le susurra algo a Emily y se marcha de la habitación echando chispas.

¡Éxito!

Más tarde, me estoy sirviendo una Coca-Cola y veo a Genevieve y a Peter hablando en la cocina. Ella le está hablando en voz baja e insistente y alarga la mano y le toca el brazo. Peter intenta apartarle la mano, pero Gen no le suelta.

La escena me tiene tan hipnotizada que ni siquiera veo a Lucas Krapf acercándose a mí con una botella de Bud Light en la mano.

—Hola, Lara Jean.

—¡Hola! —Es un alivio ver una cara conocida.

Lucas se pone a mi lado, de espaldas al comedor.

—¿Por qué se pelean?

—¿Quién sabe? —digo, sonriendo para mí. Con un poco de suerte, estarán peleando por mí, y Peter estará feliz de que nuestro plan haya funcionado por fin.

Lucas hace un ademán para que me acerque y susurra:

—Las peleas son una mala señal, Lara Jean. Significan que todavía sienten algo.

El aliento le huele a cerveza.

Mmm. Está claro que a Genevieve todavía le importa. Supongo que a Peter también.

Lucas me da una palmadita afectuosa en la cabeza.

—Ten cuidado.

—Gracias.

Peter sale de la cocina echando pestes y dice:

—¿Estás lista para marcharte?

No espera a que le responda. Tan sólo empieza a andar. Está envarado.

Me encojo de hombros mientras miro a Lucas.

—¡Nos vemos el lunes, Lucas! —y me apresuró a seguir a Peter.

Sigue estando enfadado; lo sé por la violencia con que mete la llave para arrancar.

—¡Me saca de mis casillas!

Está tan cargado de energía nerviosa que parece vibrar.

—¿Qué le has dicho?

Me remuevo incómoda en mi sitio.

—Me preguntó cuándo empezamos a salir. Le dije que antes de que empezaran las clases.

Peter suelta un gruñido de exasperación.

—Ese primer fin de semana nos enrollamos.

—Pero... Ya habíais roto.

—Sí, bueno. Da igual. Lo hecho, hecho está.

Y se encoge de hombros.

Aliviada, me abrocho el cinturón y me quito los zapatos.

—¿Por qué os habéis peleado?

—Da igual. Por cierto, buen trabajo. Se está muriendo de celos.

—¡Bien!

Siempre y cuando no acabe asesinándome.

Conducimos en silencio hasta que pregunto:

—Peter... ¿Cómo supiste que querías a Genevieve?

—Dios mío, Lara Jean. ¿Por qué tienes que preguntar estas cosas?

—Porque soy una persona de naturaleza curiosa. —Bajo el espejo y empiezo a trenzarme el pelo—. Y quizá la pregunta que deberías hacerte es por qué te asusta responder a este tipo de preguntas.

—¡No estoy asustado!

—Entonces ¿por qué no contestas?

Peter se sume en el silencio. Estoy casi segura de que no va a responder, pero, tras una larga pausa, lo hace:

—No sé si quería a Genevieve. ¿Cómo voy a saber lo que se siente? Tengo diecisiete años, por Dios bendito.

—Con diecisiete años no se es tan joven. Hace cien años, la gente se casaba a nuestra edad.

—Sí, antes de la electricidad y de internet. ¡Hace cien años, había chicos de dieciocho años luchando en la guerra con bayonetas y sosteniendo las vidas de otros en sus manos! Para cuando llegaban a nuestra edad, habían vivido mucho. ¿Qué sabrán de la vida y del amor los chicos de nuestra edad?

Nunca le había oído hablar de esta manera, como si algo le importase de verdad. Creo que sigue estando alterado por su pelea con Genevieve.

Me enrollo el pelo en un moño y me lo aguanto con una goma de pelo.

—¿Sabes cómo suenas? Suenas como un abuelo. También creo que me estás dando largas para no tener que contestarme.

Nos detenemos delante de mi casa. Peter apaga el motor, lo cual es un indicio de que quiere hablar un rato más. Así que no salgo del coche enseguida. Me pongo el bolso en el regazo y busco las llaves, a pesar de que las luces están encendidas en el piso de arriba. Dios mío. Estar sentada en el Audi negro de Peter Kavinsky. ¿No es ése el sueño de todas las chicas que ha habido en el mundo? No me refiero específicamente a Peter Kavinsky, o sí, quizá sea específicamente Peter Kavinsky.

Peter se arrellana en su asiento y cierra los ojos.

—¿Sabes que cuando la gente se pelea es porque todavía sienten algo el uno por el otro? —En vista de que Peter no responde, añado—: Genevieve aún debe de tener mucho poder sobre ti.

Espero a que lo niegue, pero no lo hace. Dice:

—Lo tiene, pero desearía que no lo tuviese. No quiero que nadie me controle. No quiero pertenecerle a nadie.

Margot diría que se pertenece a sí misma. Kitty diría que no le pertenece a nadie. Y supongo que yo diría que les pertenezco a mis hermanas y a mi padre, pero eso no será cierto para siempre. Pertenecer a alguien. No lo sabía, pero ahora parece que es lo que siempre he deseado. Ser de alguien y que sea mío.

—¿Por eso estás haciendo todo esto? Para demostrar que no perteneces a nadie. O que no le perteneces a ella. ¿Crees que es posible pertenecerle a alguien sin que te alcance el poder que ejerce sobre ti?

—Sí. Siempre y cuando seas tú quien decida.

—Debes de quererla mucho para tomarte tantas molestias.

Peter suelta un gruñido desdeñoso.

—Eres demasiado soñadora.

—Gracias —respondo, aunque sé que no era ningún cumplido. Lo digo sólo para picarle.

Sé que ha funcionado porque añade, con ademán agrio:

—¿Qué sabes tú del amor, Lara Jean? Nunca has tenido novio.

Me siento tentada de inventarme a alguien, algún chico del campamento, de otra ciudad o de cualquier parte. Tengo en la punta de la lengua las palabras «Se llama Clint». Pero sería demasiado humillante, porque Peter sabría que estoy mintiendo. Le dije que nunca había salido con nadie. Y aunque no se lo hubiese dicho, sería aún más patético inventarme un novio que admitir la verdad.

—No, nunca he tenido novio. Pero conozco a mucha gente que los ha tenido pero que nunca ha estado enamorada. Yo he estado enamorada.

Por eso estoy haciendo todo esto.

—¿De quién? ¿De Josh Sanderson? ¿Ese imbécil? —resopla Peter.

—No es ningún imbécil —replico, frunciendo el ceño—. Ni siquiera le conoces.

—Cualquier persona con dos dedos de frente te dirá que es un imbécil.

—¿Insinúas que mi hermana está ciega y es una descerebrada?

Si dice algo malo de mi hermana, hemos acabado. Todo esto se habrá acabado. Tampoco le necesito tanto.

—No. ¡Lo que digo es que tú lo eres! —contesta Peter riendo.

—¿Sabes qué? He cambiado de opinión. Está claro que

nunca has querido a nadie aparte de ti mismo. —Intento abrir la puerta, pero está cerrada con el seguro.

—Lara Jean, era una broma. Vamos.

—Nos vemos el lunes.

—Espera, espera. Dime una cosa primero. ¿Cómo es que nunca has salido con nadie?

Me encojo de hombros.

—No sé... ¿Tal vez porque nadie me ha invitado a salir?

—Mentira. Sé de buena tinta que Martínez te invitó al baile y le dijiste que no.

Me sorprende que lo sepa.

—¿Por qué los chicos siempre os llamáis por el apellido? Es tan... —Me esfuerzo por encontrar la palabra exacta—. ¿Amanerado? ¿Afectado?

—No cambies de tema.

—Supongo que dije que no porque estaba asustada. —Fijo la mirada en la ventana y dibujo una M de Martínez en el cristal.

—¿De Tommy?

—No. Tommy me gusta. No es eso. Asusta cuando es de verdad. Cuando no se trata solamente de pensar en la persona, sino de tener a una persona de verdad delante con expectativas. Y apetitos.

Al final, miro a Peter y me sorprende que esté prestando tanta atención. Su expresión es resuelta y está concentrado como si de verdad le interesase lo que le estoy contando.

—Incluso cuando me gustaba un chico, o le quería, prefería estar con mis hermanas, porque ése es el lugar al que pertenezco.

—Espera. ¿Y ahora, qué?

—¿Ahora? Bueno, no me gustas de esa manera...

—Bien. No te enamores de mí, ¿vale? No puedo tener a más chicas enamoradas de mí. Es agotador.

—Pero ¡qué creído te lo tienes! —le respondo, y suelto una carcajada.

—Es broma —protesta, pero no lo es—. ¿Qué es lo que te gustaba de mí?

Entonces sonríe, con una sonrisa arrogante, totalmente seguro de su encanto.

—¿Quieres que te diga la verdad? No tengo ni idea.

Su sonrisa flaquea un momento y, aunque la recupera, no parece tan seguro de sí mismo.

—Dijiste que era porque hago que la gente se sienta especial. ¡Dijiste que era porque sé bailar y fui compañero de Jeffrey Suttleman en la clase de ciencias!

—Vaya, has memorizado toda la carta, ¿eh? —digo en tono burlón. Ver cómo desaparece la sonrisa de Peter me procura un breve momento de satisfacción que enseguida se ve reemplazado por remordimientos porque he herido sus sentimientos sin venir a cuento. ¿Por qué quiero herir los sentimientos de Peter Kavinsky?

Intento arreglarlo.

—No, es cierto. Entonces tenías algo especial.

Creo que lo he empeorado porque Peter se encoge aún más.

No sé qué más decir, así que abro la puerta y salgo del coche.

—Gracias por traerme, Peter.

Cuando entro en casa, voy a la cocina a ver cómo han quedado los *cupcakes*. Están guardados en una fiambrera. El glaseado no es perfecto y han puesto las virutas al tuntún, pero en general han quedado bastante bien. ¡Al menos, Kitty no pasará vergüenza por mi culpa!

De: Margot Covey mcovey@st-andrews.ac.uk
A: Lara Jean Covey larajeansong@gmail.com

¿Cómo van las cosas? ¿Te has apuntado a algún club? Creo que deberías plantearte apuntarte a la revista literaria o a las Naciones Unidas en miniatura. ¡Y no te olvides de que esta semana se celebra Acción de Gracias en Corea y tienes que llamar a la abuela, o de lo contrario se enfadará! Os echo de menos.
PS: ¡Envía Oreos, por favor! Echo de menos nuestras competiciones de remojar galletas.
Con amor, M.

De: Lara Jean Covey larajeansong@gmail.com
A: Margot Covey mcovey@st-andrews.ac.uk

Las clases van bien. No me he apuntado a ningún club todavía, pero ya veremos. Ya anoté en mi agenda que tengo que llamar a la abuela. No te preocupes por nada. ¡Todo está bajo control!
Xx

39

La madre de Peter es la dueña de una tienda de antigüedades que hay en el casco antiguo y se llama Linden & White. Sobre todo vende muebles, pero también tiene joyeros ordenados por décadas. Mi favorita es la primera década del siglo xx. Hay un relicario de oro en forma de corazón con un diminuto diamante en el centro; es como una explosión de estrellas. La tienda está justo al lado de la librería McCalls, de modo que a veces me paso a visitarla. Siempre tengo la sensación de que el relicario habrá desaparecido, pero siempre está allí.

Una vez le compramos a mi madre un broche en forma de trébol de los años cuarenta para el Día de la Madre. Margot y yo vendimos limonada delante de casa durante todos los sábados de un mes y pudimos aportar dieciséis dólares para el regalo. Me acuerdo de lo orgullosas que estábamos cuando le ofrecimos el dinero a papá, bien guardado en una bolsa transparente de cierre hermético. Por aquel entonces estaba convencida de que nosotras estábamos pagando la mayor parte y de que papá sólo estaba colaborando un poco. Ahora me doy cuenta de que el broche costaba mucho más de dieciséis dólares. Debería preguntar a papá cuánto costó. Aunque quizá no quiera saberlo. Es mejor así. La enterramos con el broche porque era su favorito.

Estoy de pie delante del expositor, tocando el cristal con el dedo, cuando Peter aparece del interior de la tienda.

—Hola —dice, sorprendido.

—Hola, ¿qué haces aquí?

Peter me mira como si fuese tonta.

—Mi madre es la dueña, ¿te acuerdas?

—Pues claro, pero nunca te había visto en la tienda. ¿Trabajas aquí?

—No, he venido a traerle una cosa a mi madre. Ahora dice que mañana tengo que recoger un juego de sillas a Huntsburg. Son dos horas de ida y dos de vuelta. Es un rollazo —refunfuña.

Asiento con afabilidad y me aparto del expositor. Finjo estar mirando un globo terráqueo rosa y negro. De hecho, a Margot le gustaría. Sería un buen regalo de Navidad. Lo hago girar un poco.

—¿Cuánto cuesta el globo terráqueo?

—Lo que ponga en la pegatina. —Peter apoya los codos en el expositor y se inclina hacia delante—. Deberías ir.

—¿Ir adónde? —respondo, y alzo la vista.

—A recoger las sillas conmigo.

—Acabas de quejarte de lo aburrido que será.

—Sí, si lo hago yo solo. Si me acompañas, será un poco menos aburrido.

—Vaya, gracias.

—No hay de qué.

Pongo los ojos en blanco. ¡Peter responde «no hay de qué» a todo! Dan ganas de decirle: «No, Peter no era un gracias sincero, así que no tienes que responderme que no hay de qué».

—¿Irás conmigo o qué?

—O qué.

—¡Venga! Recogeré las sillas de una venta de patrimonio. El dueño de la finca era una especie de ermitaño que no salía de casa. Algunos objetos llevaban ahí desde hace cincuenta años. Seguro que hay cosas que te interesarán. Te gustan las antigüedades, ¿no?

Sorprendida de que sepa eso de mí, respondo:

—Sí. De hecho, siempre he querido ir a una de estas ventas. ¿Cómo murió el dueño? ¿Cuánto tardaron en encontrarle?

—Mira que eres morbosa. No conocía esa faceta tuya —comenta Peter, con un estremecimiento.

—Tengo muchas facetas distintas —le digo, y me inclino hacia él—. ¿Y bien? ¿Cómo murió?

—No está muerto, bicho raro. Sólo se ha hecho viejo. Su familia le envía a una residencia de ancianos —contesta Peter, y arquea una ceja—. Te paso a recoger a las siete.

—¿A las siete? ¡No habías dicho nada de salir un sábado a las siete de la mañana!

—Lo siento. Tenemos que salir temprano antes de que desaparezca todo lo bueno —se disculpa, con tono de arrepentimiento.

Esa noche preparo el almuerzo de mañana para Peter y para mí. Preparo sándwiches de carne asada con queso, tomate y mayonesa para mí y mostaza para Peter. A Peter no le gusta la mayonesa. La de cosas que puedes aprender con una relación falsa.

211

Kitty entra disparada en la cocina e intenta agarrar un sándwich, pero le aparto la mano de una palmada.

—No es para ti.

—¿Y para quién es?

—Es mi comida de mañana. Mía y de Peter.

Kitty sube a un taburete y me observa mientras envuelvo los sándwiches en papel de aluminio. Los sándwiches tienen mucho mejor aspecto si los envuelves en papel de aluminio que en una bolsa hermética. Siempre que puedo, utilizo papel de aluminio.

—Me gusta Peter. No se parece en nada a Josh, pero me gusta —comenta Kitty.

—¿Qué quieres decir? —inquiero, y levanto la vista.

—No sé. Es muy gracioso. Le gusta bromear. Debes de estar muy enamorada si le preparas sándwiches. Cuando Margot y Josh se convirtieron en pareja, no dejaban de preparar macarrones a los tres quesos porque eran su plato favorito. ¿Cuál es el de Peter?

—No sé. Bueno, le gusta todo.

Kitty me mira de reojo con gesto escéptico.

—Si eres su novia, deberías saber cuál es su comida favorita.

—Sé que no le gusta la mayonesa —sugiero.

—Porque la mayonesa es asquerosa. Josh también odia la mayonesa.

Siento una punzada en el corazón. Es verdad: Josh odia la mayonesa.

—Kitty, ¿echas de menos a Josh?

Kitty asiente.

—Me gustaría que viniese de visita como antes. —Una expresión melancólica le cruza el rostro y estoy a punto de darle un abrazo cuando se pone las manos en las caderas—. No utilices toda la carne asada porque la necesito para el almuerzo de la semana que viene.

—Hay que ver... Si se acaba, te prepararé ensalada de atún.

—A ver si es verdad —dice Kitty, y sale disparada una vez más.

—¿A ver si es verdad?

¿De dónde saca estas cosas?

A las siete y media estoy sentada junto a la ventana esperando a que llegue Peter. Tengo una bolsa marrón de papel con nuestros sándwiches y mi cámara, en caso de que encontremos algo chulo o espeluznante. Me imagino una vieja mansión gris medio derruida como en las películas de terror, con una verja y un estanque turbio o un laberinto en el jardín trasero.

El monovolumen de la madre de Peter aparece a las ocho menos cuarto, lo que resulta irritante porque podría haber dormido una hora más. Corro hasta el coche y entro en él, pero antes de que pueda soltar palabra, Peter dice:

—Lo siento, lo siento. Pero mira lo que te he traído. —Me pasa un donut envuelto en un pañuelo. Todavía está caliente—. Me he detenido ex profeso para comprártelo a las siete y media, justo cuando abre la tienda. Es de azúcar y café con chocolate.

Parto un pedacito y me lo meto en la boca.

—¡Mmm!

Me mira de reojo al arrancar el motor.

—¿Así que he hecho bien llegando tarde?

Asiento, y le doy un buen bocado al donut.

—Mejor que bien: perfecto —contesto, con la boca llena—. Eh, ¿tienes agua?

Peter me pasa una botella de agua medio llena y bebo un buen trago.

—Es el mejor donut que he comido en mi vida.

—Bien —responde, y entonces le echa un vistazo a mi cara y se pone a reír.

—Tienes azúcar por toda la cara.

Me limpio la cara con el otro lado del pañuelo.

—Y en las mejillas también.

—Vale, vale. —Entonces nos quedamos en silencio, lo que me pone nerviosa—. ¿Puedo poner música?

—¿Te importa si conducimos en silencio un rato? No puedo tener música retumbándome en la cara hasta que me hace efecto la cafeína.

—Hum, vale. —No sé si eso significa que yo también tengo que estar callada. No habría accedido a acompañarle en esta salida de haber sabido que tendría que permanecer en silencio.

Peter tiene una expresión serena en la cara, como si fuese el capitán de un barco pesquero y estuviésemos flotando plácidamente en medio del mar. Excepto por el hecho de que no conduce despacio. Lo está haciendo muy deprisa.

Consigo mantenerme callada diez segundos hasta que digo:

—Espera, ¿también quieres que yo esté callada?

—No, lo que no quiero es música. Puedes hablar cuanto quieras.

—Vale. —Y luego me callo, porque me resulta extraño que alguien me diga que puedo hablar cuanto quiera—. Eh, ¿cuál es tu comida favorita?

—Me gusta todo.

—Pero ¿cuál es tu favorita? Tu favorita, favorita. ¿Son los macarrones con queso, el pollo frito, el filete, la pizza...?

—Me gusta todo. Por igual.

Suelto un suspiro agraviado. ¿Cómo es que Peter no entiende el concepto de comida favorita?

Peter imita mi suspiro y sonríe.

—Muy bien. Me gustan las tostadas con canela.

—¿Tostadas con canela? —repito—. ¿Las tostadas con canela te gustan más que las patas de cangrejo? ¿Más que una hamburguesa con queso?

—Sí.

—¿Más que una barbacoa?

Peter vacila un momento, pero al final dice:

—¡Sí! Y deja ya de meterte con mi decisión. Es definitiva.

Me encojo de hombros.

—Vale. —Espero un momento, para darle la oportunidad de preguntarme cuál es mi comida favorita. Como no lo hace, añado—: Mi comida favorita es el pastel.

—¿Qué tipo de pastel?

—No importa. Todos los pasteles.

—Acabas de darme la vara por no decidirme —rezonga Peter.

—¡Pero es que es muy difícil decidirme sólo por uno! —exclamo—. Está el de coco, con el glaseado que parece una bola de nieve; ése me gusta mucho. Pero también están la tarta de queso, la de limón y la de zanahoria. Por no hablar del pastel de terciopelo rojo con glaseado de queso, o el de chocolate con glaseado de crema de chocolate. ¿Has probado el pastel de aceite de oliva?

—No. Suena raro.

—Está muy, muy bueno. Es muy tierno y delicioso. Te prepararé uno.

—Me está entrando hambre. Tendría que haber comprado una bolsa entera de donuts —gruñe Peter.

Abro la bolsa de papel y saco su sándwich. He escrito una P con rotulador en el suyo para saber cuál es cuál.

—¿Quieres un sándwich?

—¿Lo has hecho para mí?

—Me he preparado uno para mí. Habría sido de mala educación traer un sándwich y comérmelo delante de ti.

Peter acepta el sándwich y se lo come con la mitad inferior todavía envuelta.

—Está rico. ¿Qué tipo de mostaza es?

—Es mostaza de cerveza. Mi padre la encarga en un club del *gourmet*. A mi padre le gusta mucho cocinar —respondo, satisfecha.

—¿No vas a comerte el tuyo?

—Me lo guardo para después.

A mitad de camino, Peter empieza a adelantar coches y no deja de mirar el reloj del salpicadero.

—¿Por qué tienes tanta prisa?

—Los Epstein —dice Peter, golpeando repetidamente el volante con los dedos.

—¿Quiénes son los Epstein?

—Son un viejo matrimonio que tiene una tienda de antigüedades en Charlottesville. La última vez, Phil llegó cinco minutos antes que yo y desvalijó el lugar. No permitiré que me pase hoy también.

—Vaya, no tenía ni idea de que fuese un negocio tan competitivo —comento, impresionada.

—¿No lo son todos los negocios? —replica Peter como el sabelotodo que es.

Pongo los ojos en blanco y miro por la ventana. Peter es muy Peter.

Estamos parados en un semáforo cuando Peter se endereza de repente y dice:

—¡Mierda! ¡Los Epstein!

Yo estaba medio dormida. Abro los ojos de golpe y chillo:

—¿Dónde? ¿Dónde?

—¡El todoterreno rojo! Van dos coches por delante.

Estiro el cuello para mirar. Son una pareja con el pelo blanco. Deben de tener unos sesenta o setenta años. No los veo muy bien desde aquí.

En cuanto el semáforo cambia a verde, Peter aprieta el acelerador.

—¡Vamos, vamos, vamos! —me pongo a gritar, y adelantamos a los Epstein. El corazón me late fuera de sí, y no puedo contenerme y saco la cabeza por la ventanilla y chillo porque ha sido súper emocionante. El viento azota mi pelo y sé que luego estará todo enredado, pero me da igual.

—¡Yiiija! —chillo.

—Estás loca —dice Peter, y tira de mi camiseta para que meta la cabeza en el coche. Me está mirando como el día en que le besé en el pasillo. Como si fuese diferente de como él creía que era.

Llegamos a la casa y ya hay varios coches aparcados enfrente. Estoy alargando el cuello para echarle un buen vistazo. Esperaba una mansión con una puerta de hierro forjado y quizá una gárgola o dos, pero parece una casa normal. Debe de notar que estoy decepcionada porque, cuando aparca, Peter me dice:

—No juzgues la venta antes de ver la casa por dentro. He visto todo tipo de tesoros en casas normales y basura en casas lujosas.

Salgo del coche y me agacho para atarme el cordón de los zapatos.

—¡Date prisa, Lara Jean! ¡Los Epstein llegarán en cualquier momento!

Peter me agarra de la mano y corremos por el camino de entrada. Me cuesta seguirle el ritmo. Sus piernas son mucho más largas que las mías.

En cuanto entramos, Peter se dirige directamente a un hombre trajeado y yo me doblo mientras trato de recuperar el aliento. Hay unas cuantas personas que deambulan por la casa mirando muebles. Sobre una mesa larga de comedor en el centro de la habitación se pueden ver vajillas, botellas de leche y objetos de porcelana. Le echo un vistazo más de cerca. Me gusta una jarrita blanca para la leche con pimpollos de rosa, pero no sé si está permitido tocarla para ver cuánto cuesta. Podría ser muy cara.

Hay una gran cesta con motivos decorativos navideños antiguos, Santa Claus de plástico, Rudolphs y ornamentos de cristal. Estoy hurgando en la cesta cuando aparece Peter con una gran sonrisa en la cara.

—Misión cumplida —dice, y saluda con la cabeza a una pareja mayor que está examinando un aparador de madera.

—Los Epstein —me susurra.

—¿Has conseguido las sillas? —pregunta el señor Epstein. Intenta sonar indiferente en vez de irritado, pero tiene las manos en la cintura y está muy envarado.

—Claro que sí. Que vaya mejor la próxima vez —responde Peter, y a continuación me pregunta—: ¿Ves algo que te guste?

—Muchas cosas. —Le muestro un reno de color fucsia. Es de cristal y tiene la nariz de color azul eléctrico—. Quedaría genial en mi tocador. ¿Le puedes preguntar al señor cuánto cuesta?

—No, pero tú sí. Te irá bien aprender a negociar.

Peter me da la mano y me guía hasta el hombre del traje. Esta rellenando papeleo. Parece ocupado con algo importante. Ni siquiera sé si tengo permiso para estar aquí. Y tampoco necesito el reno.

Pero Peter me está mirando expectante, de modo que me aclaro la garganta:

—Disculpe, señor, ¿cuánto cuesta este reno?

—Forma parte de un lote —responde.

—Oh, Mmm. Disculpe, pero ¿qué es un lote?

—Significa que forma parte de un juego. Tienes que comprar el juego completo de adornos. Setenta y cinco dólares. Son *vintage* —me explica.

—Gracias de todos modos —digo, y comienzo a retroceder.

Peter tira de mí y le ofrece una sonrisa ganadora y apostilla:

—¿No puede añadirlo a las sillas, como regalo por la compra?

El hombre suspira.

—No quiero separarlos —responde, y se vuelve para hojear sus documentos.

Peter me mira como si quisiera decir: «El reno lo querías

tú; redobla tus esfuerzos», y yo le lanzo una mirada que quiere decir: «Tampoco me gusta tanto», pero Peter sacude la cabeza con firmeza y me empuja hacia el hombre.

—¿Podría hacerme el favor, señor? Le daré diez dólares por él. Nadie sabrá que falta un reno. Y mire, tiene la pata un poco descascarillada, ¿lo ve? —insisto, y la levanto un poco.

—Vale, vale. Quédatelo —accede el hombre a regañadientes, y yo le lanzo una mirada radiante y me dispongo a sacar la cartera, pero el hombre me indica con la mano que no hace falta.

—¡Gracias! ¡Muchísimas gracias! —Me abrazo el reno al pecho. Quizá regatear no sea tan difícil.

Peter me guiña el ojo y le dice al hombre:

—Acercaré la furgoneta para que podamos cargar las sillas.

Salen por detrás y yo me quedo dentro, contemplando las fotos colgadas en la pared. Me pregunto si también estarán a la venta. Algunas parecen muy viejas: fotos en blanco y negro de hombres con traje y sombrero. Hay una foto de una chica con vestido de confirmación; es blanco y de encaje como un vestido de novia. La chica no está sonriendo, pero tiene un brillo travieso en la mirada que me recuerda a Kitty.

—Es mi hija, Patricia.

Me doy la vuelta. Es un anciano con un jersey azul marino y pantalones vaqueros. Está apoyado en la escalera, y me observa. Parece muy frágil, tiene la piel pálida y muy fina.

—Vive en Ohio. Es contable.

Me sigue mirando fijamente, como si le recordase a alguien.

—Tiene una casa encantadora —le digo, a pesar de que

no lo es. Es vieja y le convendría una buena limpieza. Pero los objetos que guarda en su interior son encantadores.

—Ahora está vacía. He tenido que vender todas mis cosas. No te lo puedes llevar todo contigo, ¿sabes?

—¿Cuando mueres? —murmuro.

El anciano me fulmina con la mirada.

—No. Me refiero a la residencia.

Ups.

—Claro —le digo, y suelto una risita de esas que uno suelta cuando se siente incómodo.

—¿Qué tienes en la mano?

Levanto el reno.

—Esto. El señor del traje me lo dio. ¿Lo quiere usted? No lo he pagado. Forma parte de un lote.

El anciano sonríe y las arrugas en su piel fina como el papel se profundizan.

—Era el favorito de Patty.

Se lo ofrezco.

—¿Querría conservarlo?

—No, quédatelo. Es tuyo. Ni siquiera se molestó en ayudarme con la mudanza. ¿Quieres llevarte algo más? Tengo un baúl lleno de ropa vieja suya —dice con ademán rencoroso.

Ostras. Un drama familiar. Mejor no meterse en medio. Pero... ¡ropa *vintage*! Es tentador.

Cuando Peter da conmigo, estoy sentada de piernas cruzadas en el suelo de la sala de música, hurgando en un baúl viejo. El señor Clarke está dando una cabezada en el sofá de al lado. He encontrado un mini vestido mod de color rosa chicle que me vuelve loca y una blusa sin mangas con estampado de margaritas que puedo atarme a la cintura.

—¡Mira, Peter! El señor Clarke dice que puedo quedármelo —alardeo, y levanto el vestido.

—¿Quién es el señor Clarke? —pregunta Peter, y su voz resuena por toda la habitación.

Le señalo y me pongo el dedo en los labios.

—Bueno, será mejor que salgamos de aquí enseguida, antes de que el tipo que se encarga de la venta se dé cuenta de que está regalando cosas.

Me apresuro a ponerme de pie.

—Adiós, señor Clarke —le susurro. Probablemente sea mejor dejarle dormir. Antes estaba muy desanimado mientras me hablaba de su divorcio.

El señor Clarke abre los ojos.

—¿Éste es tu enamorado?

—En realidad, no.

—Sí, señor. Soy su enamorado —me interrumpe Peter, y me rodea con el brazo.

No me gusta su tono de voz, como si se burlase. Tanto de mí como del señor Clarke.

—Gracias por la ropa, señor Clarke.

Se endereza y hace el ademán de querer cogerme la mano. Se la ofrezco y la besa. Sus labios están secos. Son como las alas de una polilla desecada.

—No hay de qué, Patty.

Me despido de él con la mano y recojo mis cosas nuevas. Mientras salimos, Peter pregunta:

—¿Quién es Patty?

Hago como si no lo hubiera oído.

Debo de quedarme dormida a los dos segundos a causa de toda la emoción porque, cuando me doy cuenta, hemos aparcado delante de mi casa y Peter me está zarandeando para despertarme.

—Ya hemos llegado, Lara Jean.

Abro los ojos. Tengo el vestido y la blusa aferrados al pecho como si fuesen un amuleto, y el reno está en mi regazo. Mis nuevos tesoros. Me siento como si acabase de atracar un banco con total impunidad.

—Gracias por lo de hoy, Peter.

—Gracias por acompañarme. —Y, de improviso, añade—: Mi madre quiere que vengas a cenar mañana por la noche.

Me quedo boquiabierta.

—¿Se lo has contado a tu madre?

Peter me lanza una mirada turbia.

—¡Kitty sabe lo nuestro! Además, mi madre y yo nos llevamos bien. Somos mi madre, yo y mi hermano, Owen. Si no quieres venir, no vengas. Pero que sepas que mi madre pensará que eres una maleducada si no lo haces.

—Lo único que digo es que... cuanta más gente lo sepa, más difícil será de gestionar. Tienes que limitar las mentiras lo más posible.

—¿Cómo es que sabes tanto de mentiras?

—Ah, de pequeña mentía continuamente.

Pero claro, no lo consideraba mentir. Lo consideraba un juego. Una vez le conté a Kitty que era adoptada y que su verdadera familia formaba parte de un circo ambulante. Por eso empezó a hacer gimnasia rítmica.

40

No estoy segura de si debería arreglarme mucho para
la cena en casa de Peter. Cuando la veo en la tienda, su
madre parece muy sofisticada. No quiero que me conozca
y piense que desmerezco de Genevieve. La verdad es que
no entiendo por qué tengo que conocerla.

Pero quiero gustarle.

Hurgo en mi armario y en el de Margot. Al final, es-
cojo un jersey de color crema y una blusa de cuello Peter Pan combinados con una falda de vuelo de pana de
color mostaza. Después me maquillo un poco, cosa que
no hago casi nunca. Me pongo colorete e intento pintar-
me los ojos, pero acabo lavándome la cara y empezando de cero. Esta vez sólo me pongo rímel y brillo de
labios.

Le muestro el conjunto a Kitty y dice:

—Parece un uniforme.

—¿En el buen sentido?

Kitty asiente.

—Como si trabajases en una tienda de lujo.

Antes de que Peter llegue a mi casa, me conecto a internet y compruebo qué tenedor va con cada plato, por si acaso.

Es extraño. Sentada a la mesa de la cocina de Peter me siento como si experimentase la vida de otra persona. Resulta que la madre de Peter ha preparado pizzas, así que no hacía falta que me preocupase por los tenedores. Y su casa no es lujosa por dentro, sino normal y acogedora. Hay una mantequera de verdad expuesta en la cocina, fotos de Peter y de su hermano colgadas de las paredes en marcos de madera, y estampados de cuadros rojos y blancos por todas partes.

En la barra de la cocina hay un montón de ingredientes para la pizza, no sólo pepperoni y salchicha o champiñones y pimientos, sino también corazones de alcachofa, aceitunas de Kalamata, mozzarella fresca y cabezas enteras de ajo.

La madre de Peter es agradable. No para de llenarme el plato de ensalada a lo largo de toda la cena y yo no paro de comer, a pesar de que estoy llena. En una ocasión, la pesco mirándome con una sonrisa tierna en la cara. Cuando sonríe, se parece a Peter.

El hermano pequeño de Peter se llama Owen. Tiene doce años. Es como un Peter en miniatura, pero no habla tanto como él. No tiene el desparpajo de Peter. Owen coge un trozo de pizza y se lo mete en la boca, a pesar de que está demasiado caliente. Owen sopla el aire caliente y casi escupe el trozo de pizza en su servilleta, pero su madre le advierte:

—Ni se te ocurra, Owen. Tenemos compañía.

—Déjame en paz —musita Owen.

—Peter dice que tienes dos hermanas —comenta la señora Kavinsky con una gran sonrisa mientras corta un trozo de lechuga en pedacitos diminutos—. Tu madre debe de estar encantada de tener tres hijas.

Abro la boca para contestar, pero Peter se me adelanta.

—La madre de Lara Jean falleció cuando era pequeña.

Lo dice como si su madre debiese saberlo ya, y una expresión de bochorno aparece en su cara.

—Lo siento mucho. Ahora me acuerdo.

—Le encantaba tener tres hijas. Estaban convencidos de que mi hermana pequeña, Kitty, iba a ser un niño, y mi madre decía que estaba tan acostumbrada a tener niñas que no sabía qué iba a hacer con un chico. Así que fue todo un alivio cuando Kitty resultó ser una niña. Mi hermana y yo también nos alegramos. Todas las noches rezábamos para tener una hermana y no un hermano —me apresuro a añadir.

—Eh, ¿qué tienen de malo los niños? —objeta Peter.

Ahora la señora Kavinsky está sonriendo. Le sirve otra porción de pizza a Owen y dice:

—Sois unos cafres. Animales salvajes. Seguro que Lara Jean y sus hermanas son unos ángeles.

Peter suelta un bufido.

—Bueno... Es posible que Kitty sea un poco cafre —admito—. Pero mi hermana mayor Margot y yo somos bastante buenas.

La señora Kavinsky coge una servilleta e intenta limpiar la salsa de tomate que rodea la boca a Owen, pero éste le aparta la mano de un manotazo.

—¡Mamá!

Cuando se levanta para sacar otra pizza del horno, Peter dice:

—¿Ves cómo mi madre le malcría?

—A él más —replica Owen—. Peter no sabe ni cocinar ramen.

—¿Y tú sí? —digo riendo.

—Claro que sí. Hace años que cocino para mí.

—A mí también me gusta cocinar —añado, mientras le doy un sorbo al té helado—. Deberíamos darle clases a Peter.

Me observa un momento y dice:

—Llevas más maquillaje que Genevieve.

Me encojo como si me hubiese soltado una bofetada. ¡Sólo llevo rímel! ¡Y brillo de labios! Sé a ciencia cierta que Genevieve se pone bronceador, sombra de ojos y corrector todos los días. ¡Y, además del rímel, lápiz de ojos y pintalabios!

—Cállate, Owen —se apresura a decir Peter.

Owen se ríe con disimulo. Frunzo el ceño. ¡Este chico sólo tiene unos años más que Kitty! Me inclino hacia delante y me señalo la cara con el dedo.

—Todo esto es natural. Pero gracias por el cumplido, Owen.

—No hay de qué —contesta, igual que su hermano mayor.

De camino a casa, digo:

—¿Peter?

—¿Qué?

—Da igual.

—¿Qué? Suéltalo.

—Bueno... Tus padres están divorciados, ¿verdad?

—Sip.

—¿Ves a tu padre a menudo?

—No mucho.

—Ah, vale. Tenía curiosidad.

Peter me mira a la expectativa.

—¿Qué? —digo yo.

—Estoy esperando la próxima pregunta. Nunca te limitas a hacer una sola.

—Bueno, ¿le echas de menos?

—¿A quién?

—¡A tu padre!

—Ah. No sé. Creo que echo más de menos cómo eran las cosas antes. Él, mi madre, Owen y yo. Formábamos un equipo. Venía a todos los partidos de *lacrosse*. —Peter hace una pausa—. Papá... se ocupaba de todo.

—Supongo que eso es lo que hacen los padres.

—Es lo que está haciendo por su nueva familia. —Peter lo dice como quien no quiere la cosa, sin rencores—. ¿Y tú, qué? ¿Echas de menos a tu madre?

—A veces, cuando pienso en ella. ¿Sabes lo que más echo de menos? La hora del baño. Que me lave el pelo. Que te laven el pelo es lo mejor, ¿a que sí? El agua caliente, las burbujas y los dedos en tu cabello. Es tan agradable...

—Sí que lo es.

—A veces no pienso en ella en absoluto, y luego... Luego, otras veces, me viene un pensamiento a la cabeza. Me pregunto que opinaría ahora de mí. Me conoció de pequeña y ahora soy una adolescente, y me pregunto si me reconocería si me viese por la calle.

—Claro que sí. Es tu madre.

—Lo sé, pero he cambiado mucho.

Un gesto incómodo le cruza la cara y me doy cuenta de que se arrepiente de haberse quejado de su padre porque, al menos, su padre está vivo. Como parece que Peter está compadeciéndose de mí, me pongo erguida y, en tono altanero, digo:

—Soy muy madura, que lo sepas.

Ahora está sonriendo.

—¿Ah, sí?

—Pues sí. Y muy refinada, Peter.

Cuando Peter me deja en casa, justo antes de que salga del coche, dice:

—Se nota que le gustas a mi madre.

Eso me hace sentir bien. Siempre me ha parecido importante gustarles a las madres de los demás.

Era lo que más me gustaba de visitar la casa de Genevieve: pasar tiempo con su madre. Wendy era muy estilosa. Llevaba blusas de seda y pantalones buenos y collares llamativos para ir por casa. El cabello perfecto, siempre suave y liso. Genevieve tiene el mismo cabello perfecto, pero carece de la nariz recta de su madre. La suya tiene un bultito en el puente que creo que le da mayor atractivo.

—Por cierto, para nada llevas más maquillaje que Genevieve. Siempre me ensuciaba de bronceador las camisas blancas.

Para ser alguien que ha superado lo de Genevieve, la verdad es que habla mucho de ella. Aunque no es el único: yo también estaba pensando en ella. Incluso cuando no está, sigue aquí. Esa chica está en todas partes.

41

Durante la clase de química, Peter me escribe una nota: *¿Puedo ir a tu casa esta noche a estudiar para el examen?*

Le respondo: *Las sesiones de estudio no estaban incluidas en el contrato.* Después de leerla, se vuelve y me pone cara de pena. «¡Era broma!», articulo en silencio.

Durante la cena, anuncio que Peter vendrá a estudiar y que vamos a necesitar la cocina. Mi padre arquea las cejas.

—Dejad la puerta abierta —bromea: no tenemos puerta en la cocina.

—Papá... —gruñimos Kitty y yo.

Como si nada, papá pregunta:

—¿Peter es tu novio?

—Hum, algo así —respondo.

Después de la cena, Kitty y yo lavamos los platos y convierto la cocina en una sala de estudio. Mi libro de texto y mis apuntes están apilados en el centro de la mesa, con una fila de rotuladores fluorescentes en azul, amarillo y rosa, un bol de palomitas para microondas y un plato de *brownies* de mantequilla de cacahuete que he preparado esta tarde. Dejo que Kitty se lleve dos, pero no más.

Dijo que llegaría hacia las ocho. Al principio, creo que llega tarde como siempre, pero a medida que pasan los minutos, comprendo que no va a venir. Le envío un mensaje pero no contesta.

Kitty baja a la cocina entre pausas publicitarias, olisqueando en busca de otro *brownie* y al final acabo por dárselo.

—¿No va a venir Peter? —pregunta. Finjo estar tan concentrada estudiando que no la oigo.

Hacia las diez me envía un mensaje que dice: *Lo siento, ha surgido una cosa. No puedo venir.* No dice dónde está ni lo que está haciendo, pero ya lo sé. Está con Genevieve. Durante el almuerzo, estaba distraído; no paraba de enviar mensajes con el móvil. Y más tarde, los he visto delante del vestuario de chicas. Ellos no me han visto, pero yo a ellos sí. Sólo estaban hablando, pero con Genevieve no puede limitarse a hablar. Gen le puso la mano en el brazo y él le apartó el pelo de los ojos. Quizá yo no sea más que su novia ficticia, pero eso no es nada.

Sigo estudiando, pero es difícil concentrarse cuando te sientes dolido. Me digo a mí misma que es porque me he tomado la molestia de preparar *brownies* y ordenar el piso de abajo. A ver, no presentarse en casa de alguien es de mala educación. ¿Es que no tiene modales? ¿Le haría gracia si se lo hiciese yo? Y además, ¿qué sentido tiene toda esta farsa si va a volver con ella de todos modos? ¿Y qué saco yo de todo esto? Las cosas han mejorado entre Josh y yo, han vuelto prácticamente a la normalidad. Si quisiera, podría poner fin a todo esto.

A la mañana siguiente, me levanto enfadada. Llamo a Josh para pedirle que me lleve a clase. Por un segundo, temo que no responda; hace mucho que no nos vemos. Pero responde y dice que no hay problema.

Veamos la gracia que le hace a Peter cuando venga a mi casa a recogerme y no esté allí.

A medio camino del instituto, empiezo a sentirme mal. Quizá Peter tenía una buena razón para no venir. Quizá no estaba con Genevieve y me he comportado de una manera ruin por puro despecho.

Josh me mira con suspicacia.

—¿Qué te pasa?

—Nada.

No me cree, lo veo enseguida.

—¿Te has peleado con Kavinsky?

—No.

Josh suspira y dice:

—Ten cuidado. No quiero que ese tipo te haga daño.

Lo dice con un tono de voz condescendiente de hermano mayor que hace que me entren ganas de chillar.

—¡Josh! No me va a hacer daño, por Dios.

—Es un cretino. Lo siento, pero lo es. Todos los miembros del equipo de *lacrosse* lo son. Los tipos como Kavinsky sólo quieren una cosa. En cuanto consiguen lo que quieren, se aburren.

—Peter no. ¡Salió con Genevieve cuatro años!

—Confía en mí. No tienes mucha experiencia con chicos, Lara Jean.

—¿Y tú qué sabes? —pregunto en voz baja.

Josh me mira como si quisiera decir: «¡Venga ya!».

—Porque te conozco.

—No tanto como tú te crees.

Los dos nos mantenemos callados el resto del trayecto. Tampoco es para tanto. Peter se pasará por mi casa, verá que no estoy y se marchará. No pasa nada, sólo ha tenido que desviarse cinco minutos de su camino habitual. Anoche yo le estuve esperando durante dos puñeteras horas.

Cuando llegamos al instituto, Josh se dirige a sus clases y yo a las mías. Miro de reojo el final del pasillo, donde está la taquilla de Peter, pero no ha llegado. Espero en mi taquilla hasta que suena el timbre. Sigue sin venir. Voy corriendo a mi primera clase, con la mochila golpeándome la espalda todo el trayecto.

El señor Schuller está pasando lista y cuando levanto la vista, veo a Peter de pie en la entrada fulminándome con la mirada. Trago saliva y bajo los ojos fingiendo no haberle visto. Pero entonces bufa mi nombre y sé que tengo que hablar con él.

Levanto una mano temblorosa.

—Señor Schuller, ¿puedo ir al baño?

—Tendrías que haber ido antes de clase —gruñe, pero me da permiso.

Me apresuro a salir y aparto a Peter de la entrada para que el señor Schuller no nos vea.

—¿Dónde estabas esta mañana? —me recrimina Peter.

Me cruzo de brazos y me pongo derecha. No sirve de mucho porque soy muy bajita y él es muy alto.

—Mira quién habla.

—¡Al menos te envié un mensaje! Te he llamado como diecisiete veces. ¿Por qué tienes el móvil apagado? —resopla Peter.

—¡Sabes que no está permitido traer el móvil a clase!

—Lara Jean, te he estado esperando veinte minutos —refunfuña.

Ostras.

—Vaya, perdona.

—¿Cómo has venido hasta aquí? ¿Sanderson?

—Sí.

Peter suelta un suspiro.

—Mira, si te cabreaste porque no pude venir anoche, tendrías que haber llamado para decírmelo en lugar de provocar este lío de mierda.

—Bueno, ¿y el lío de mierda que provocaste tú anoche? —le susurro.

Las comisuras de sus labios se elevan formando una sonrisa.

—¿Acabas de decir «mierda»? Eso suena rarísimo viniendo de ti.

No le hago ningún caso.

—¿Y bien? ¿Dónde estabas? ¿Estabas con Genevieve?

No le pregunto lo que de verdad quiero saber: «¿Estáis juntos de nuevo?».

Peter vacila un momento y responde:

—Me necesitaba.

No puedo ni mirarle. ¿Cómo puede ser tan tonto? ¿Cómo es que ella tiene tanto poder sobre él? ¿Es por todo el tiempo que han pasado juntos? ¿Es el sexo? No lo entiendo. Es decepcionante que los chicos tengan tan poco autocontrol.

—Peter, si vas a acudir corriendo cada vez que te haga una seña, no le veo el sentido a todo esto.

—¡Covey, venga! He dicho que lo siento. No te cabrees.

—No has dicho que lo sintieras. ¿Cuándo has dicho que lo sentías?

—Lo siento —dice, arrepentido.

—No quiero que vayas más a casa de Genevieve. ¿Qué crees que pensará de mí?

Peter me mira fijamente.

—No puedo darle la espalda a Gen, de modo que no me lo pidas.

—Pero Peter, ¿para qué te necesita, si tiene otro novio?

Se encoge, y al momento me arrepiento de haberlo dicho.

—Perdona —musito.

—No pasa nada. No espero que lo comprendas. Gen y yo... nos entendemos.

Él no lo sabe, pero cuando Peter habla de Genevieve, su gesto se suaviza. Es de ternura mezclada con impaciencia. Y algo más. Amor. Peter podrá quejarse todo lo que quiera, pero sigue enamorado de ella.

—Puedes mirar mis apuntes durante el almuerzo —concluyo, y regreso a clase.

Ahora empieza a tener sentido. Por qué se prestó a un plan como éste, y por qué está perdiendo el tiempo con alguien como yo. No es para olvidarse de Gen. Es para no hacerlo. Soy su excusa. Le estoy calentando el asiento a Genevieve. Cuando esa parte del rompecabezas encaja por fin, todo lo demás también empieza a encajar.

42

Los padres de Josh se pelean mucho. No sé si es normal porque sólo tengo un padre, pero no recuerdo que mis padres se pelearan tanto. Nuestras casas están tan cerca que a veces los oigo si tengo la ventana abierta. Las peleas suelen comenzar por alguna tontería, la señora Sanderson se deja la puerta del coche abierta y la batería se agota, pero acaban subiendo el tono, y entonces el señor Sanderson trabaja demasiado y es egoísta por naturaleza y no está hecho para tener familia.

Cuando las cosas se ponen feas, Josh viene a casa. Cuando éramos pequeños, se escabullía en pijama con su almohada y se quedaba hasta que su madre venía a buscarle. Es algo de lo que no hablamos. Puede que Margot y él sí, pero él y yo, no. Lo máximo que ha comentado es que a veces desearía que se divorciaran para que todo eso acabase de una vez. Pero nunca lo hacen.

Esta noche los estoy oyendo. Los he oído otras noches desde que Margot se marchó, pero esta noche es una pelea especialmente dura. Tan dura que cierro la ventana. Reúno mis deberes, bajo al salón y enciendo las luces para que Josh sepa que puede venir si quiere.

Media hora después, llaman a la puerta. Me envuelvo en una manta de color azul pálido y abro.

Es Josh. Me ofrece una sonrisa avergonzada.

—Hola. ¿Puedo quedarme un rato?

—Claro que puedes. —Dejo la puerta abierta y regreso al salón arrastrando los pies—. Cierra el pestillo.

Josh se pone a ver la tele y yo hago los deberes. Estoy subrayando mi libro de historia cuando Josh me pregunta:

—¿Te presentarás a las audiciones para *Arcadia*?

Es la obra de teatro de primavera. La anunciaron ayer.

—No. ¿Por qué iba a hacerlo? —respondo, cambiando de rotulador.

No me gusta hablar en público ni actuar delante de otras personas, y Josh lo sabe.

—Porque es tu obra favorita. Creo que serías una Thomasina fantástica —dice Josh, cambiando de canal.

—Gracias; pero no, gracias —le respondo con una sonrisa.

—¿Por qué no? Quedaría bien en tus solicitudes para la universidad.

—Tampoco es que vaya a estudiar teatro ni nada por el estilo.

—No te morirías por salir de tu zona de seguridad —me provoca, estirando los brazos detrás de la cabeza—. Mira a Margot. Está en la otra punta del mundo.

—No soy Margot.

—No digo que tengas que mudarte a otro continente. Sé que no lo harías nunca. Eh, ¿y el Comité de Honor? ¡Te encanta juzgar a los demás!

Le pongo una mueca.

—O las Naciones Unidas en miniatura. Seguro que te gustaría. Sólo lo digo porque... tu mundo podría consistir en algo más que jugar a las damas con Kitty y dar vueltas en el coche de Kavinsky.

Dejo de subrayar a mitad de frase. ¿Tiene razón? ¿De verdad mi mundo es tan pequeño? ¡Tampoco es que el suyo sea tan grande!

—Josh —empiezo, pero me detengo porque no sé cómo terminar la frase. De modo que en su lugar, le arrojo el rotulador.

Le rebota en la frente.

—¡Eh! ¡Me podría haber dado en el ojo!

—Y te lo habrías merecido.

—Vale, vale. Sabes que no lo decía con mala idea. Yo sólo digo que deberías darle a más gente la oportunidad de conocerte. —Y me señala con el mando a distancia—. Si te conociesen, te querrían.

Suena como si estuviese dando algo por sentado.

«Josh, me rompes el corazón. Y eres un mentiroso. Porque me conoces casi mejor que nadie y no me quieres.»

Cuando Josh regresa a su casa, ordeno el salón, cierro todas las puertas con llave y apago las luces. Después me sirvo una vaso de agua y subo la escalera.

La luz de mi habitación está encendida y Chris está dormida en mi cama. La empujo a un lado para poder tumbarme yo también. Chris se despierta y musita:

—¿Vamos a comer alitas de pollo?

—Es demasiado tarde para comer alitas de pollo. Josh acaba de marcharse —respondo, y nos tapamos con mi colcha.

Chris abre los ojos de golpe.

—¿Joshy estaba aquí? ¿Por qué?

—Por nada. —No contaré los secretos de Josh, ni siquiera a Chris.

—No se lo menciones a Kavinsky.

—No le importaría.

Chris niega con la cabeza.

—A todos los chicos les importa.

—Peter es diferente. Confía mucho en sí mismo.

—Ésos son los peores —sentencia Chris. Estoy a punto de preguntarle a qué se refiere, pero añade—: Hagamos una locura.

—¿Como qué?

Es un día de diario. No puedo ir a ninguna parte, y lo sabe. Pero me gusta escuchar sus estratagemas. Son como cuentos para irse a dormir.

—Como... No sé. Podríamos colarnos en la residencia de ancianos y fugarnos con esa abuela de la que siempre hablas. ¿Cómo se llamaba? ¿Thunder?

—Stormy —respondo riendo.

—Sí, Stormy. Tiene pinta de saber divertirse. Seguro que nos invitaría a un cóctel. —Bosteza.

—Stormy se va a la cama todas las noches a las nueve para tener un sueño reparador. Hagámoslo mañana.

Mañana Chris lo habrá olvidado por completo, pero no deja de ser una idea bonita. Tiene los ojos cerrados otra vez. Le pellizco el costado.

—Chris, despierta. Ve a cepillarte los dientes.

Guardo un cepillo de dientes en mi cajón del baño sólo para ella. Pinté encima una C en cursiva con esmalte de uñas rojo para no confundirlo con el cepillo de nadie más.

—No puedo. Estoy demasiado cansada como para moverme.

—Hace un segundo querías fugarte con Stormy de Belleview, ¿y ahora estás demasiado cansada como para lavarte la cara y cepillarte los dientes?

Chris sonríe, pero no abre los ojos. Apago la luz de la mesita de noche.

—Buenas noches, Chris.

Chris se arrima a mí un poco más.

—Buenas noches.

43

Una chica asiática lo tiene difícil para disfrazarse en Halloween. Por ejemplo, un año me disfracé de Velma, la de Scooby-Doo, pero la gente me preguntaba si era un personaje de un manga. ¡Y eso que llevaba la peluca! Así que ahora me limito a disfrazarme exclusivamente de personajes asiáticos.

Margot nunca se disfraza de persona; siempre va de objeto inanimado o de algún tipo de concepto abstracto. Por ejemplo, el año pasado Margot se disfrazó de «disculpa formal»: se puso un vestido de noche largo que encontramos en una tienda de ropa usada por diez dólares y llevaba un cártel colgado al cuello escrito en caligrafía en el que decía «LO SIENTO». Ganó el segundo puesto en el concurso del instituto. El primero se lo llevó un alienígena rastafari.

Kitty va disfrazada de ninja, así que supongo que me ha copiado la idea de los disfraces asiáticos.

Este año me disfrazo de Cho Chang, de Harry Potter. Tengo mi bufanda de Ravenclaw y una toga negra que encontré en eBay, además de una de las corbatas de mi padre y una varita. No ganaré ningún concurso, pero al menos la gente sabrá de qué voy disfrazada. Desearía no tener que responder nunca más a la pregunta: «¿Qué eres?».

Estoy esperando a que Peter me venga a recoger. Me subo los calcetines a la rodilla, pero no hay manera de que se mantengan en su sitio.

—¡Lara Jean!

—¡Josh! —respondo de manera automática. Es nuestra versión del juego de Marco Polo.

Entonces levanto la vista. Ahí está Josh, de pie delante de su coche. Disfrazado de Harry Potter. Túnica negra, gafas, cicatriz en forma de relámpago en la frente, y varita mágica.

Los dos estallamos en carcajadas. ¡De entre todos los disfraces posibles!

—Los chicos del club de lectura de novelas gráficas van disfrazados de diferentes personajes de libros de fantasía. Iba a ir de Khal Drogo, de *Juego de tronos*, porque, ya sabes, tengo el torso perfecto... —dice, medio compungido.

Se me escapa la risa. Intento imaginarme a Josh con lápiz de ojos, una trenza larga y sin camisa. Es una imagen graciosa. No es que Josh sea flacucho, pero...

—Eh, no te rías tanto. Tampoco es tan gracioso. ¿Necesitas que te lleve, Cho? —dice Josh, y hace tintinear las llaves.

Le echo un vistazo a mi móvil. Peter llega cinco minutos tarde, como siempre. No puedo quejarme: me lleva gratis y no tengo que tomar el autobús. Pero si voy con Josh, no tendré que apresurarme para llegar a clase, podré pasarme por mi taquilla, ir al lavabo y comprar un zumo en la máquina expendedora. Pero seguro que está a punto de llegar.

—Gracias, pero estoy esperando a Peter.

Josh asiente.

—Ah, sí... Claro. —Se dispone a subir a su coche.

—*Expelliarmus!* —grito yo.

Josh se vuelve y responde:

—*Finite!* —Y los dos sonreímos como un par de bobos.

Josh se aleja con el coche y yo me abrazo las rodillas al pecho. Josh y yo leímos Harry Potter más o menos a la vez, cuando yo iba a sexto y él a séptimo. Margot ya los había leído. Ninguno de los dos lee tan rápido como ella. Se volvía loca esperando a que terminásemos el tercer libro para poder debatir acerca de él.

Cuanto más se alarga la espera, más enfadada me siento. Me quito la túnica y me la vuelvo a poner varias veces. Es de poliéster, y el poliéster no respira y no tiene un tacto agradable. Cuando llega, voy corriendo al coche y entro sin decir ni hola. Extiendo la túnica sobre mi regazo como una manta porque la falda es muy corta.

Los ojos se le ponen como platos.

—Estás hecha un pibón —exclama con tono de sorpresa—. ¿Qué eres? ¿Un personaje de anime?

—No. Soy Cho Chang. —Peter sigue con cara de haberse quedado en blanco—. De Harry Potter.

—Ah, sí. Mola.

Le examino de arriba abajo. Lleva una camisa normal y pantalones vaqueros.

—¿Dónde está tu disfraz?

—Los chicos y yo nos cambiaremos justo antes de la asamblea. Causaremos mejor efecto si lo desvelamos todos a la vez.

Sé que quiere que le pregunte de qué se disfraza, pero no me apetece hablar con él, así que me quedo sentada, sin decir nada y mirando por la ventana. Espero a que me pregunte qué me pasa, pero no lo hace. Es un auténtico inconsciente: creo que no se ha dado ni cuenta de que estoy enfadada.

—Me gustaría que no llegases tarde todos los días —le espeto de repente.

Peter frunce el entrecejo.

—Vaya, perdona. Estaba organizando mi disfraz.

—Hoy estabas organizando tu disfraz. Pero siempre llegas tarde.

—¡No llego siempre tarde!

—Hoy has llegado tarde, y ayer, y el jueves pasado —objeto, mientras miro por la ventana. Las hojas de otoño ya han empezado a caer—. Si no vas a ser puntual, no quiero que me sigas llevando.

No hace falta que mire; sé que me está fulminando con la mirada.

—Perfecto. Así tendré cinco minutos más para dormir. Me va genial.

—Muy bien.

Durante el concurso, Chris y yo nos sentamos en el balcón del teatro. Chris va disfrazada de Courtney Love. Lleva una enagua rosa, calcetines hasta la rodilla agujereados y el maquillaje emborronado.

—Tú también deberías presentarte. Seguro que ganarías algo —le digo.

—Nadie de esta escuela sabría quién es —comenta Chris, despectiva. Pero se nota que le gustaría.

Los chicos del grupo de Peter van de superhéroes. Están Batman, Supermán, Iron Man y el Increíble Hulk, aunque el nivel de esfuerzo varía. Peter ha ido a por todas. Obviamente, va disfrazado de Peter Parker. ¿De quién si no? Su disfraz de Spiderman es súper auténtico, con ojos amarillos de plástico, guantes y botas. En el escenario se dedica a sobreactuar al máximo. Los otros chicos fingen que se pelean, con las capas volando por todas partes. Peter intenta escalar una columna, pero el señor Yelznik le detiene antes de que pueda llegar lejos. Doy vivas cuando ganan el premio al mejor disfraz colectivo.

Genevieve es Catwoman. Lleva *leggings* de vinilo, un corpiño y orejas negras de gato. Me pregunto si sabía lo de los superhéroes, si Peter se lo contó o si se le ocurrió a ella sola. Todos los chicos del auditorio se vuelven locos cuando sube al escenario para participar en el concurso para el mejor disfraz de tercero.

—Qué zorra —comenta Chris, pero su tono es de pura envidia.

Genevieve gana, obviamente. Miro de reojo a Peter y está silbando y zapateando con todos sus amigos.

Después de la asamblea, estoy sacando mi libro de química de la taquilla cuando aparece Peter y se apoya en la taquilla de al lado. A través de su máscara, dice:

—Hola.

—Hola —le respondo, pero Peter no dice nada más, se queda ahí parado. Cierro la puerta de la taquilla y también el candado—. Felicidades por haber ganado el premio al mejor disfraz colectivo.

—¿Eso es todo? ¿Eso es todo lo que piensas decir?

«¿Eh?»

—¿Qué más tengo que decir?

Justo entonces pasa Josh con Jersey Mike, que va disfrazado de hobbit, pies peludos incluidos. Josh se pone a caminar de espaldas, me apunta con la varita y exclama:

—*Expelliarmus!*

Automáticamente, le apunto con la mía y digo:

—*Avada Kedavra!*

Josh se agarra el pecho como si le hubiese disparado.

—¡Cómo te pasas! —grita, y desaparece por el pasillo.

—Eh... ¿No te parece un poco raro que mi supuesta novia lleve un disfraz de pareja con otro chico? —me pregunta Peter.

Pongo los ojos en blanco. Sigo enfadada con él por lo de esta mañana.

—Perdona, pero no puedo hablar contigo mientras lleves estas pintas. ¿Cómo puedo mantener una conversación con una persona vestida de látex de pies a cabeza?

Peter se levanta la máscara.

—¡Hablo en serio! ¿Cómo crees que me hace quedar?

—Para empezar, no estaba planeado. Segundo, ¡a nadie le importa mi disfraz! ¿Quién se va a fijar en algo así?

—La gente se fija. Yo me he fijado —rezonga Peter.

—Pues lo siento. Siento mucho que se haya producido una coincidencia como ésta.

—Dudo mucho que sea una coincidencia —musita Peter.

—¿Qué quieres que haga? ¿Quieres que me pase por la tienda de disfraces a la hora de comer, me compre una peluca pelirroja y vaya de Mary Jane?

—¿Podrías? Sería genial —dice Peter con descaro.

—No, no podría. ¿Sabes por qué? Porque soy asiática y la gente pensaría que voy disfrazada de un personaje de manga. —Le paso mi varita—. Sujétala.

Me agacho y me subo los calcetines, que han vuelto a escurrirse.

—Podría haberme disfrazado de alguien del libro si me hubieses avisado con tiempo —dice, frunciendo el ceño.

—Sí, bueno, serías una Myrtle la llorona fantástico.

Peter se queda en blanco e, incrédula, pregunto:

—Espera un momento... ¿No has leído Harry Potter?

—He leído los dos primeros.

—¡Entonces deberías saber quién es Myrtle la llorona!

—Fue hace mucho tiempo. ¿Es uno de esos que aparece en los cuadros?

—¡No! ¿Y cómo pudiste dejarlo después de *La cámara secreta*? El tercero es el mejor de la serie. Es de locos. ¿Es que no tienes corazón? —le reprocho, sin dejar de observarlo fijamente.

—¡Perdóname por no haber leído todos los libros de Harry Potter! Perdóname por tener vida propia y no formar parte del club Final Fantasy o como se llame el club de los empollones...

Le arrebato mi varita y la agito delante de su cara.

—¡Silencio!

Peter se cruza de brazos. Con una sonrisa de suficiencia, dice:

—El conjuro que has intentado lanzarme no ha funcionado. Creo que tendrás que volver a Hogwarts.

Está tan orgulloso de la referencia a Hogwarts que resulta adorable.

Veloz como un rayo, le bajo la máscara y le tapo la boca con la mano. Con la otra mano, ondeo la varita una vez más.

—¡Silencio! —Peter intenta decir algo, pero aprieto con más fuerza—. ¿Cómo? ¿Qué decías? No te oigo, Peter Parker.

Peter alarga la mano y me hace cosquillas, y me río tanto que casi se me cae la varita. Salgo disparada como una flecha y él se abalanza tras de mí, fingiendo que me lanza telarañas a los pies. Huyo de él entre risas, pasillo abajo, esquivando grupos de gente. Me persigue hasta el aula de química. Un maestro nos grita que frenemos, y lo hacemos; pero, en cuanto giramos la esquina, estoy corriendo otra vez, y él también.

Cuando llego a mi pupitre estoy sin aliento. Peter se vuelve y lanza una telaraña en mi dirección y yo estallo en carcajadas, y el señor Meyers me fulmina con la mirada.

—Calmaos un poco —me urge, y yo asiento obediente con un gesto. En cuanto me da la espalda, escondo mis carcajadas en la túnica. Quiero seguir enfadada con Peter, pero es imposible.

A mitad de clase, me envía una nota. Ha dibujado telarañas en los bordes. *Mañana llegaré puntual*, dice. La nota me arranca una sonrisa. Después la guardo en la mochila, dentro del libro de texto de francés, para que no se arrugue ni se rompa. Cuando todo haya acabado, quiero guardarla para poder mirarla y recordar qué se sentía al ser la novia de Peter Kavinsky. Aunque todo haya sido de mentira.

44

Cuando aparcamos delante de mi casa, Kitty viene corriendo hasta el coche.

—¡Spiderman! ¡¿Vas a entrar?! —chilla mi hermana. Todavía lleva puesto el disfraz de ninja, aunque se ha quitado la máscara.

Miro a Peter de reojo.

—No puede. Tiene que ir a entrenamiento. —Peter consagra una hora al día al entrenamiento para *lacrosse*. Está muy entregado a ello.

—Puedo quedarme un rato —dice Peter y apaga el motor.

—¡Enseñémosle el baile!

—Kitty, no.

El baile es algo que se nos ocurrió a Margot y a mí una noche en que estábamos aburridas hace unos cuantos veranos en la playa. Digamos que ninguna de las dos tiene mucho talento con las coreografías.

A Peter se le iluminan los ojos. Aprovecha la menor

oportunidad para echarse unas risas; sobre todo si es a mi costa.

—Olvídalo —le replico.

Estamos en el salón. Cada uno ocupa su propio sofá o butaca. He servido té helado y un bol de patatas fritas, que ya nos los hemos terminado.

—Venga. Enséñame el baile. Porfa, porfa, porfa, enséñame el baile —me suplica, haciendo un mohín.

—Eso no funciona conmigo, Peter.

—¿Qué es lo que no funciona?

Señalo su cara de Chico Guapo.

—Eso. Soy inmune a tus encantos, ¿recuerdas?

Peter arquea las cejas como si le hubiese desafiado.

—¿Me estás retando? Porque te lo advierto, no quieras tenerme de rival. Te aplastaré, Covey.

Durante unos segundos mantiene la mirada fija en mí, y siento que mi sonrisa se desvanece y el calor me sube por las mejillas.

—¡Vamos, Lara Jean!

Parpadeo. Kitty. Me había olvidado de que seguía en la habitación. Me pongo de pie de golpe.

—Enciende la música. Peter nos ha desafiado a una competición de baile.

Kitty chilla y corre a encender los altavoces. Yo aparto la mesita del café. Las dos ocupamos nuestras posiciones delante de la chimenea, de espaldas, con la cabeza baja y las manos agarradas detrás de la espalda.

Cuando suena el bajo, nos volvemos de un salto. Golpe de cadera, rotación y nos deslizamos sobre las rodillas. Después, el hombre que corre y un movimiento que Margot llama la cinta de correr. La música se detiene, y Kitty y yo nos quedamos paralizadas en nuestras posiciones, y luego vuelve a empezar y hacemos la mariposa y otra vez nos deslizamos sobre las rodillas. Se me olvida el siguiente paso, así que miro de reojo a Kitty, que se está contoneando y dando palmas. *Oh, yeah!*

La traca final consiste en abrirnos de piernas, con los brazos cruzados para darle mayor énfasis.

Peter se está partiendo de risa. Aplaude y aplaude y patea el suelo.

Cuando acabamos, intento recuperar el aliento y me las arreglo para decir:

—Muy bien. Tu turno, Kavinsky.

—No puedo. ¿Cómo quieres que siga una actuación como ésa? Kitty, ¿me puedes enseñar ese movimiento de *pop-and-lock*?

Kitty se siente tímida de repente. Se sienta sobre las manos, con la vista baja y sacude la cabeza.

—Por favor...

Kitty termina por acceder. Creo que sólo quería hacerse de rogar. Los observo mientras bailan durante toda la tarde, mi hermanita la ninja y mi novio de mentira el Spiderman. Al principio, me hace reír, pero luego me viene a la mente un pensamiento preocupante: no puedo permitir que Kitty se encariñe demasiado con Peter. Esto es un arreglo temporal. Kitty le mira como si fuese su héroe...

Cuando Peter tiene que marcharse, le acompaño a su coche. Antes de que entre, le digo:

—Creo que no deberías venir más. Confundirá a Kitty.

—¿Cómo que la confundirá? —dice él, frunciendo el ceño.

—Porque... Porque cuando.... Cuando lo nuestro termine, te echará de menos.

—La seguiré viendo por ahí. Quiero la custodia compartida —dice, pinchándome el estómago.

No hago más que pensar en lo paciente que ha sido con ella, en lo cariñoso que ha sido. Llevada por un impulso, me pongo de puntillas y le doy un beso en la mejilla, y él se echa atrás, sorprendido.

—¿A qué ha venido eso?

Me arden las mejillas.

—Por ser tan bueno con Kitty.

Entonces me despido de él con la mano y entro corriendo en casa.

45

Si no hago la compra hoy mismo, tendremos huevos revueltos para cenar. Otra vez.

El coche de Margot ha salido del taller y está aparcado en la entrada, de donde lleva semanas sin moverse. Podría ir a la tienda si quisiera. Y quiero. Pero no me apetece conducir. Si antes ya me ponía nerviosa al conducir, el accidente no ha hecho más que empeorar las cosas. ¿Qué pinto yo detrás del volante de un coche? ¿Y si le hago daño a alguien? ¿Y si le hago daño a Kitty? No deberían repartir los carnets de conducir con tanta facilidad. A ver, los coches son peligrosos. Son prácticamente armas.

Pero la tienda está a menos de diez minutos de distancia. Tampoco es que vaya a meterme en la autopista. Y no quiero cenar huevos revueltos. Además... Si Peter y Genevieve vuelven a estar juntos, ya no me llevará al instituto. Tengo que aprender a arreglármelas sola. No puedo depender de los demás.

—Vamos a la tienda, Kitty.

Está tumbada delante de la tele, apoyada sobre los codos. Su cuerpo es muy largo; cada día, un poco más. Dentro de nada, será más alta que yo. Kitty no aparta la mirada del televisor.

—No quiero ir. Quiero ver mis series.

—Si vienes, te dejaré escoger un helado.

Kitty se pone de pie.

Durante el trayecto, conduzco tan despacio que Kitty no para de recordarme el límite de velocidad.

—También te ponen multas por ir por debajo del límite de velocidad, ¿sabes?

—¿Quién te lo ha dicho?

—Nadie. Lo sé, y ya está. Seguro que seré mejor conductora que tú, Lara Jean.

Me aferro al volante.

—Seguro que lo eres... —*Mocosa*.

Seguro que cuando Kitty empiece a conducir, será un demonio al volante y no se preocupará lo más mínimo por los demás. Pero lo más probable es que se le dé mejor que a mí. Un conductor temerario es mejor que uno asustado; preguntadle a cualquiera.

—A mí no me asustan las cosas como a ti.

Ajusto el espejo retrovisor.

—Está claro que estás orgullosa de ti misma.

—Sólo era un comentario.

—¿Viene algún coche? ¿Puedo cambiar de carril?

Kitty se vuelve para mirar.

—Adelante, pero date prisa.

—¿Cuánto tiempo me queda?

—Ya es demasiado tarde. Espera... Ahora puedes. ¡Vamos!

Me meto en el carril izquierdo y miro por el retrovisor.

—Buen trabajo, Kitty. Tú sigue siendo mi copiloto.

Mientras empujamos el carrito por la tienda, pienso en

el trayecto a casa y en tener que ponerme al volante otra vez. Se me acelera el corazón incluso mientras intento decidir si deberíamos comprar calabacín o judías verdes para la cena. Para cuando llegamos a la sección de lácteos, Kitty está gimoteando:

—¿Te puedes dar prisa? ¡No quiero perderme el próximo programa!

—Ve a escoger un helado —la urjo, con la intención de calmarla, y Kitty corre hacia la sección de congelados.

De camino a casa, me mantengo en el carril derecho durante varias manzanas para no tener que cambiar de carril. El coche de delante lo conduce una señora mayor que se mueve a paso de tortuga, lo que me va de perlas. Kitty me suplica que cambie de carril, pero no le hago ni caso y sigo haciendo lo mismo, con calma y tranquilidad. Me aferro al volante con tanta fuerza que los nudillos se me ponen blancos.

—El helado se habrá derretido cuando lleguemos a casa. Y me he perdido todos mis programas. ¿Puedes cambiar al carril rápido, por favor? —rezonga Kitty.

—¡Kitty! ¿Me dejas seguir conduciendo?

—¡Pues conduce de una vez!

Me inclino para darle una colleja, pero se arrima a la ventanilla para que no pueda alcanzarla.

—No puedes tocarme —comenta con alegría.

Se aproxima un coche por la derecha, zumbando a toda prisa por una salida de la autopista. Pronto tendrá que incorporarse a mi carril. Veloz como un rayo, miro hacia atrás a mi punto ciego, para ver si puedo cambiar de carril. El pánico me invade y me oprime el pecho cada vez que aparto los ojos de la carretera, aunque sea por un solo segundo. Pero no tengo elección: tomo aliento y cambio al carril izquierdo. No pasa nada malo. Puedo respirar tranquila.

El corazón me palpita a toda velocidad durante el resto del trayecto. Pero conseguimos llegar, sin accidentes y sin que nadie nos toque la bocina, y eso es lo importante. Y el helado está bien, sólo un poco derretido por encima. Cada vez será más fácil, creo. Eso espero. Debo seguir intentándolo.

No soporto la idea de que Kitty me desprecie. Soy su hermana mayor. Debo ser alguien digno de admiración, como Margot. ¿Cómo me va admirar Kitty si soy débil?

Esa noche, preparo el almuerzo de Kitty. Hago lo que mamá acostumbraba a prepararnos cuando íbamos de picnic a la bodega de Keswick. Corto una zanahoria y una cebolla en dados y las frío en aceite de sésamo y un poco de vinagre; luego lo mezclo con arroz para el sushi. Cuando está cocido, coloco varias cucharadas sobre piel de soja. Son como bolitas de arroz dentro de un monedero. No tengo la receta exacta, pero sabe bien. Cuando termino, saco la escalera y busco los recipientes para el bento en los que las servía mi madre. Acabo encontrándolos al fondo del armario de las fiambreras.

No sé si Kitty se acordará de haber comido estas bolas de arroz, pero espero que su corazón sí se acuerde.

46

Durante el almuerzo, Peter y sus amigos se hartan de comer bolitas de arroz. Yo sólo consigo comer tres.

—Están buenísimas —repite Peter una y otra vez. Cuando alarga la mano para coger la última, se detiene de golpe y me mira de reojo para ver si me he dado cuenta.

—Te la puedes quedar —le concedo. Sé en lo que está pensando. La última porción de pizza.

»No pasa nada. Estoy llena.

—Cómetela.

—¡No la quiero!

Levanto la bolita de arroz con los dedos y se la pongo delante de la cara.

—Di «ah».

—No. No pienso darte la satisfacción de estar en lo cierto —apostilla, obstinado.

Darrell se parte de risa.

—Estoy celoso, Kavinsky. Ojala tuviese una chica que me diese la comida en la boca. Lara Jean, si él no la quiere, me la puedes dar a mí —se ofrece Darrell, quien se inclina y abre la boca.

Peter le empuja a un lado y dice:

—¡Aparta, es mía!

Abre la boca y se la doy como si fuese una foca en un parque acuático. Con la boca llena de arroz y los ojos cerrados, dice:

—Rico, rico, rico.

Sonrío porque es adorable. Y por un segundo, sólo un segundo, se me olvida. Se me olvida que todo esto no es real.

Peter traga la comida que tiene en la boca y pregunta:

—¿Qué te pasa? ¿Por qué estás triste?

—No estoy triste. Estoy hambrienta porque habéis devorado mi almuerzo.

Bizqueo un poco para demostrarle que estoy bromeando. Peter se levanta de la silla de inmediato.

—Voy a comprarte un sándwich.

Le agarro de la manga.

—No. Era una broma.

—¿Seguro? —Asiento con un gesto y vuelve a su sitio—. Si te entra hambre luego, podemos detenernos en algún sitio a comer algo.

—De eso quería hablarte. Ya me han arreglado el coche, así que no necesito que me lleves.

—¿De verdad? No me molesta recogerte. Sé que no te gusta conducir —dice, y se arrellana en la silla.

—Sólo mejoraré si practico —le replico, sintiéndome como Margot. Margot la Buena—. Además, así podrás dormir esos cinco minutos más.

—Cierto —dice Peter, sonriendo de oreja a oreja.

47

La cena de domingo virtual se me ocurrió a mí.

Tengo el portátil apoyado sobre una pila de libros en el centro de la mesa. Papá, Kitty y yo estamos sentados enfrente con nuestras porciones de pizza. Para nosotros es el almuerzo, y para Margot, la cena. Margot está sentada a su escritorio con una ensalada. Ya se ha puesto el pijama de franela.

—¿Estáis comiendo pizza otra vez? —nos reprende Margot, y nos lanza a papá y a mí una mirada desaprobadora—. Kitty no crecerá si no le dais de comer verdura.

—Relájate, Gogo, la pizza tiene pimientos —la tranquilizo, levantando mi porción, y todos se echan a reír.

—Esta noche habrá ensalada de espinacas para cenar —acota papá.

—¿Puedes convertir mi porción de espinacas en un batido? Es la manera más saludable de comer espinacas —pregunta Kitty.

—¿Cómo lo sabes? —pregunta Margot a su vez.

—Me lo dijo Peter.

El trozo de pizza que me llevaba a la boca queda paralizado a medio camino.

—¿Qué Peter?

—El novio de Lara Jean.

—Espera un segundo... ¿Con quién está saliendo Lara Jean?

Desde la pantalla, los ojos de Margot están abiertos como platos y tiene un gesto de incredulidad.

—Peter Kavinsky —aclara Kitty.

Giro la cabeza y la taladro con la mirada. Mis ojos dicen: «Gracias por haberte ido de la lengua, Kitty». Y los suyos me responden: «¿Y a mí qué me cuentas? Tendrías que habérselo dicho hace días».

Los ojos de Margot van de Kitty a mí.

—¿Qué narices? ¿Cómo ocurrió?

—Simplemente... ocurrió —explico sin convicción.

—¿En serio? ¿Cómo puedes estar interesada en alguien como Peter Kavinsky? Es tan... ¿Sabes que Josh le pilló una vez haciendo trampas en un examen? —Margot sacude la cabeza con incredulidad.

—¿Peter hace trampas en clase? —repite mi padre, alarmado.

—Una vez, ¡en séptimo! Séptimo no cuenta y no era un examen, era un test.

—No creo que sea bueno para ti. Todos los chicos del equipo de *lacrosse* son unos cretinos.

—Bueno, Peter no es como los demás.

No entiendo por qué Margot no puede alegrarse por mí. Al menos, yo fingí alegrarme cuando empezó a salir con Josh. Ella también podría fingir por mí. Y también me saca de mis casillas que diga todo eso delante de papá y de Kitty.

—Si hablas con él y le das una oportunidad, te darás cuenta, Margot.

No sé por qué me molesto en intentar convencerla de que Peter es un buen chico cuando todo esto acabará pronto. Pero quiero que sepa que es un buen chico, porque lo es.

Margot pone una mueca como de querer decir: «Sí, claro, seguro que sí», y sé que no me cree.

—¿Y qué pasa con Genevieve?

—Rompieron hace meses.

Papá parece estar confundido y dice:

—¿Peter y Genevieve eran pareja?

—Olvídalo, papá.

Margot está callada, masticando su ensalada, y pienso que el interrogatorio ha terminado, pero entonces suelta:

—No es muy listo, ¿verdad? En la escuela, digo.

—¡No todo el mundo es un genio! Y hay diferentes tipos de inteligencia, por si no lo sabes. Peter tiene un cociente intelectual emocional muy alto.

La desaprobación de Margot me enoja. Me enfurece. ¿Qué derecho tiene a opinar cuando ya no vive aquí? Kitty tiene más derecho que ella.

—Kitty, ¿a ti te gusta Peter? —le pregunto. Sé que dirá que sí.

Kitty se anima. Se nota que está contenta de que la incluyan en la conversación de mayores.

—Sí.

—Kitty, ¿tú también has estado con él? —dice Margot, sorprendida.

—Claro. Viene todo el tiempo. Nos lleva en coche.

—¿En su deportivo de dos plazas? —pregunta Margot, mirándome de reojo.

—No, ¡en el monovolumen de su madre! —aclara Kitty y, con gesto inocente, añade—: Aunque me gustaría montar en su descapotable. Nunca he montado en un descapotable.

—¿Ya no conduce el Audi? —pregunta Margot.

—No cuando nos acompaña Kitty.

—Mmm —se limita a decir Margot, y su gesto escéptico hace que me entren ganas de apagar la pantalla.

48

Después de clase, recibo un mensaje de texto de Josh.

Tú, yo y la cafetería como en los viejos tiempos.

Excepto por el hecho de que los viejos tiempos incluían a Margot. Supongo que éstos son los nuevos tiempos. Quizá no sea completamente malo. Lo nuevo puede ser bueno.

OK, pero pediré un sándwich de queso para mí sola porque siempre acaparas más de la cuenta.

Trato hecho.

Nos sentamos en nuestro reservado junto a la máquina de discos.

Me pregunto qué estará haciendo Margot ahora mismo. En Escocia es de noche. Quizá se esté preparando para salir al *pub* con sus compañeros de residencia. Margot dice que allí ir al *pub* es muy habitual; hacen lo que llaman la ronda de los *pubs*: van de *pub* en *pub* y beben y beben. Margot no es bebedora. Nunca la he visto borracha. Espero que a estas alturas ya haya aprendido.

Alargo la mano para que me dé monedas. Otra tradición de Lara Jean y Josh. Josh siempre me da monedas para la gramola. Es porque siempre lleva montones encima para pagar el peaje y yo nunca llevo porque no soporto el cambio.

Dudo entre un *doo-wop* y algo de *folk* con guitarra, pero en el último momento me decido por *Video Killed the Radio Star*, en honor de Margot. Así, en cierto modo, Margot está aquí.

Josh sonríe cuando empieza a sonar.

—Sabía que elegirías ésa.

—No lo sabías porque yo no lo he sabido hasta que la he puesto.

Levanto el menú y lo examino como si no lo hubiese visto mil veces. Josh sigue sonriendo.

—¿Por qué te molestas en leer el menú cuando ya sabes lo que vas a pedir?

—Podría cambiar de opinión en el último segundo. Existe la posibilidad de que pida un sándwich de atún o una hamburguesa de pavo o una ensalada del chef. También puedo ser intrépida, que lo sepas.

—Desde luego —concede Josh, pero sé que sólo me sigue la corriente.

El camarero viene a tomar nota de nuestro pedido y Josh dice:

—Tomaré un sándwich de queso, sopa de tomate y un batido de chocolate.

Josh me mira a la expectativa. Las comisuras de sus labios empiezan a formar una sonrisa.

—Eh... Hum... —Reviso el menú lo más rápido posible, pero no quiero un sándwich de atún, ni una hamburguesa de pavo ni una ensalada del chef. Me rindo. Me gusta lo que me gusta.

»Un sándwich de queso. Y un refresco de cereza. —En cuanto se marcha el camarero, digo—: Ni se te ocurra abrir la boca.

—Oh, no tenía intención de hacerlo.

Y entonces se hace el silencio y los dos hablamos a la vez:

—¿Has hablado con Margot últimamente? —pregunto.

Y él dice:

—¿Cómo te van las cosas con Kavinsky?

La sonrisa relajada de Josh desaparece y aparta la mirada.

—Sí, a veces chateamos. Creo... Creo que siente añoranza.

Le lanzo una mirada escéptica.

—Anoche hablé con ella y no parecía triste. Parecía la misma Margot de siempre. Nos habló de la Semana de la Uva Pasa. Hace que me entren ganas de ir a Saint Andrews.

—¿Qué es la Semana de la Uva Pasa?

—No estoy del todo segura. Suena como una mezcla entre beber mucho y hablar latín. Supongo que es algo escocés.

—¿Lo harías? ¿Te marcharías lejos?

—No, probablemente no. Ése es el estilo de Margot, no el mío. Aunque estaría bien ir de visita. Quizá mi padre me deje ir durante las vacaciones de primavera.

—Seguro que Margot estaría encantada. Supongo que nuestro viaje a París queda cancelado, ¿no? —Josh suelta una risita incómoda y se aclara la garganta—. Y bien, ¿cómo van las cosas con Kavinsky?

Antes de que pueda responder, llega el camarero con nuestra comida. Josh empuja el bol de sopa al centro de la mesa.

—¿Le das el primer sorbo? —pregunta, levantando el batido.

Asiento con impaciencia y me inclino hacia delante. Josh sujeta el vaso y yo le doy un buen sorbo.

—Ahhhh —digo, y vuelvo a sentarme.

—Ha sido un sorbo bastante grande. ¿Cómo es que nunca pides uno para ti?

—¿Por qué iba a pedirlo si tú siempre lo compartes conmigo?

Parto un pedacito de sándwich y lo baño en la sopa.

—¿Decías? —insiste Josh. Cuando le miro con cara de no saber de qué me habla, se explica—: Estabas hablando de Kavinsky.

Esperaba que el tema no surgiera. No estoy de humor para engañar a Josh.

—Las cosas van bien. —Y, como Josh sigue a la expectativa, añado—: Es muy dulce.

Josh lanza un bufido.

—No es como tú crees. La gente le juzga enseguida, pero es diferente.

Me sorprendo al darme cuenta de que estoy diciendo la verdad. Peter no es lo que parece. Es arrogante y a veces puede ser insoportable y siempre llega tarde, cierto, pero también tiene cosas buenas y sorprendentes.

—Es... No es como tú crees.

Josh tiene un gesto escéptico. Entonces moja medio sándwich en la sopa y dice:

—Eso ya lo has dicho.

—Porque es verdad.

Josh se encoge de hombros como si no me creyese, así que añado:

—Deberías ver cómo se comporta Kitty cuando está Peter. Está loca por él.

No me doy cuenta hasta que las palabras escapan de mis labios, pero lo he dicho para hacerle daño.

Josh arranca un pedazo de sándwich de queso.

—Bueno, espero que no se encariñe demasiado.

A pesar de que yo tuve la misma idea por razones distintas, me duele escucharlo.

De súbito, la típica sensación de comodidad entre Josh y Lara Jean se desvanece. Josh se repliega en sí mismo y se mantiene distante, y a mí todavía me escuecen sus comentarios sobre Peter, y me siento como si estuviese en una función, fingiendo que las cosas son como antes. ¿Cómo pueden serlo si Margot no está aquí? Margot es el vértice de nuestro triángulo.

—Eh. No lo decía en serio. Ha sido un comentario cruel —dice de repente, y agacha la cabeza—. Supongo... No sé, quizá esté celoso. No estoy acostumbrado a compartir a las chicas Song.

Me derrito por dentro. Ahora que ha dicho algo tan bonito, me siento generosa de nuevo. No digo lo que pienso, que es: «Quizá no estés acostumbrado a compartirnos, pero nosotras estamos más que acostumbradas a compartirte».

—Sabes que sigues siendo el favorito de Kitty —lo animo, y con ello le arranco una sonrisa.

—Bueno, le enseñé a escupir un gargajo. Nadie se olvida de quien le enseña este tipo de cosas —dice Josh, y le da un buen sorbo al batido—. Eh, hay una maratón de *El Señor de los Anillos* en el Bess este fin de semana. ¿Quieres ir?

—¡Son como... nueve horas!

—Sí, nueve horas súper geniales.

—Cierto. Quiero ir, pero tengo que hablarlo con Peter primero. Dijo algo de ir a ver una peli el fin de semana...

Josh me interrumpe antes de que pueda terminar la frase:

—No pasa nada. Puedo ir con Mike. O puede que me lleve a Kitty. Ya empieza a ser hora de que la introduzca al genio que es Tolkien.

Me quedo en silencio. ¿Nos considera intercambiables a Kitty y a mí? ¿Y a Margot y a mí?

Estamos compartiendo un gofre cuando Genevieve entra en la cafetería acompañada de un niño que supongo que debe de ser su hermano pequeño. No me refiero a su auténtico hermano pequeño: Gen es hija única. Gen es la directora del programa Hermano Mayor, que consiste en emparejar a un estudiante de instituto con otro de la escuela elemental para que le haga de tutor y lo saque a divertirse de vez en cuando.

Me hundo en mi asiento, pero Gen me ve de todos modos. Su mirada pasa de mí a Josh y me ofrece un pequeño saludo con la mano. No sé qué hacer, de modo que le devuelvo el saludo. Su sonrisa resulta inquietante. Creo que se debe a lo genuinamente contenta que parece estar.

Y si Genevieve está contenta, eso significa que me he metido en un lío.

Durante la cena, recibo un mensaje de Peter que dice:

Si vas a quedar con Sanderson, ¿podrías no hacerlo en público?

Lo leo y lo releo por debajo de la mesa. ¿Es posible que Peter esté un poquitín celoso? ¿O le preocupa lo que piense Genevieve?

—¿Qué estás mirando? —pregunta Kitty.

—Nada —respondo, y pongo el móvil boca abajo.

—Seguro que es un mensaje de Peter —le dice Kitty a papá.

—Peter me gusta —comenta papá mientras unta un trozo de pan con mantequilla.

—¿Ah, sí?

Papá asiente.

—Es un buen chico. Lo tienes embelesado.

—¿Embelesado? —repito yo.

—Suenas como un loro. ¿Qué significa? ¿Embelesado?

—Significa que le tiene embrujado. Cautivado.

—¿Y qué significa cautivado?

Papá ríe entre dientes y mete el trozo de pan en la boca abierta y perpleja de Kitty.

—Quiere decir que le gusta.

—Está claro que le gusta —asiente Kitty con la boca llena—. Te mira mucho, Lara Jean. Cuando no prestas atención. Te mira para asegurarse de que te lo estás pasando bien.

—¿Ah, sí? —Siento una especie de resplandor cálido en el pecho y noto el principio de una sonrisa.

—Me alegro de verte feliz. Antes me preocupaba que Margot adoptase tantas responsabilidades en casa y que tuviese que ayudar tanto. No quería que dejase de experimentar sus años de instituto. Pero ya conoces a Margot. Es muy decidida. Viéndote ahora, saliendo y conociendo a gente nueva... Eso me hace muy feliz. Muy, muy feliz —confiesa papá, mientras alarga la mano y me da un apretón en el hombro.

Siento un nudo en la garganta. Si al menos no fuese todo mentira...

—No llores, papá —ordena Kitty, y papá asiente y le da un abrazo.

—¿Me haces un favor, Kitty? —dice papá.

—¿Qué?

—¿Puedes tener esta edad para siempre?

Automáticamente, Kitty responde:

—Si me regalas un cachorro.

Papá suelta un rugido de risa, y Kitty también se desternilla.

A veces admiro a mi hermana pequeña. Sabe exactamente lo que quiere y está dispuesta a hacer todo lo necesario para conseguirlo. Es así de descarada.

Hablaré con papá para ayudarla en su causa. Entre las dos, conseguiremos desgastar sus defensas. Habrá un cachorro bajo el árbol de Navidad. Me apuesto lo que sea.

49

La noche siguiente, Peter y yo estudiamos en un Starbucks unas cuantas horas. Bueno, yo estudio y Peter no para de levantarse para hablar con gente de clase. De camino a casa, pregunta:

—¿Te has apuntado al viaje para esquiar?

—No. Se me da fatal.

Sólo la gente guay como Peter y sus amigos se va a esquiar. Podría intentar convencer a Chris de que me acompañase, pero lo más probable es que se riese en mi cara. Chris no asiste a excursiones escolares.

—No tienes por qué esquiar. Puedes hacer *snowboard*. Es lo que yo hago.

Le ofrezco una mirada escéptica.

—¿Me imaginas haciendo *snowboard*?

—Te enseñaré. Venga, será divertido. ¡Por favor, por favor, por favor, Lara Jean! Venga, sé una tía legal. Nos lo vamos a pasar bien, te lo prometo —dice, y me toma de la mano.

Su comportamiento me pilla por sorpresa. El viaje no será hasta las vacaciones de Navidad. Y eso significa que quiere seguir con esto, con lo nuestro, hasta entonces. No sé por qué, pero me siento aliviada.

—Si no quieres hacer *snowboard*, el albergue tiene una gran chimenea de piedra y butacas cómodas. Puedes sentarte a leer durante horas. Y preparan el mejor chocolate caliente. Te invitaré a uno.

Peter me aprieta la mano y siento una corriente eléctrica en el corazón.

—De acuerdo, iré. Pero más te vale que el chocolate sea tan bueno como dices.

—Te invitaré a todos los que quieras.

—Entonces será mejor que traigas un montón de billetes de un dólar —le replico, y Peter suelta un bufido—. ¿Qué?

—Nada.

Cuando llegamos a mi casa, me bajo del coche y Peter se marcha antes de que pueda acordarme de que he dejado el bolso en el suelo de su coche. Kitty y papá no están en casa. Están en la escuela de Kitty, en una reunión de padres y profesores.

Hurgo a ciegas bajo la plataforma del porche, palpando a oscuras en busca de las llaves de recambio que están escondidas debajo de la carretilla. Entonces recuerdo que las llaves de repuesto están en un cajón, en casa, porque no me acordé de ponerlas en su sitio la última vez que me las olvidé. No tengo ni llaves, ni móvil, ni ninguna manera de entrar en casa.

¡Josh! Josh tiene una llave extra. Riega las plantas de papá cuando nos vamos de vacaciones.

Encuentro una piedra en el suelo, cruzo el césped y me coloco debajo de la ventana de Josh. Lanzo la piedra, pero no acierto. Encuentro otra y golpea el cristal, prácticamente sin hacer ruido. Lo vuelvo a intentar con una piedra más grande. Esta vez sí.

Josh abre la ventana y saca la cabeza.

—Hola. ¿Ya se ha marchado Kavinsky?

Sorprendida, respondo:

—Sí. Me he olvidado el bolso en su coche. ¿Me puedes tirar la llave de repuesto?

Josh suspira como si le estuviese pidiendo un gran favor.

—Espera un momento —dice y desaparece.

Me quedo de pie esperándole debajo de la ventana, pero en lugar de sacar la cabeza otra vez, acaba saliendo por la puerta. Lleva una sudadera y pantalones de chándal. Es la sudadera favorita de Margot. Cuando empezaron a salir, Margot no dejaba de ponérsela.

Alargo la mano para que me dé las llaves y Josh las deja caer encima.

—Gracias, Joshy.

Me doy la vuelta para marcharme, pero Josh me frena:

—Espera. Estoy preocupado por ti.

—¿Qué? ¿Por qué?

Josh deja escapar un suspiro fatigoso y se coloca bien las gafas. Sólo se las pone de noche.

—Es lo de Kavinsky...

—Otra vez no, Josh...

—Es un mujeriego. No es lo bastante bueno para ti. Tú eres... inocente. Eres diferente del resto de las chicas. Él es el típico chico. No puedes confiar en él.

—Creo que le conozco mucho mejor que tú.

—Pero es que me preocupo por ti. Eres como mi hermana pequeña —prosigue Josh, y se aclara la garganta.

Quiero darle un puñetazo por decir eso.

—No, no lo soy —respondo.

Un ademán de incomodidad le aparece en la cara. Sé en lo que está pensando porque los dos lo estamos pensando.

Justo en ese momento, unos faros iluminan la calle. Es el coche de Peter. Ha regresado. Le devuelvo las llaves a Josh y corro a la entrada de mi casa. Miro hacia atrás y le grito:

—¡Gracias, Joshy!

Me acerco al coche por el lado del conductor. La ventanilla de Peter está bajada.

—Te has dejado el bolso —dice, echando un vistazo a la casa de Josh.

—Lo sé. Gracias por regresar —le respondo, casi sin aliento.

—¿Está ahí fuera?

—No sé. Lo estaba hace un momento.

—Entonces, por si acaso... —Peter saca la cabeza por la ventanilla y me besa en los labios, con la boca abierta y segura.

Estoy estupefacta.

Cuando arranca el coche, Peter está sonriendo.

—Buenas noches, Lara Jean.

Peter se adentra en la noche y yo sigo ahí de pie con los dedos en los labios. Peter Kavinsky acaba de besarme. Me ha besado y me ha gustado. Estoy casi segura de que me ha gustado. Estoy casi segura de que me gusta Peter.

A la mañana siguiente estoy en mi taquilla, guardando mis libros, cuando veo que Peter baja por el pasillo. El corazón me late tan fuerte que oigo su eco en mis oídos. Todavía no me ha visto. Meto la cabeza en la taquilla y me dedico a colocar mis libros en una pila.

—Hola —me saluda Peter, desde el otro lado de la puerta de la taquilla.

—Hola.

—Venía a tranquilizarte, Covey. No volveré a besarte, así que no te preocupes.

«Oh.»

De modo que eso es todo. No importa si me gusta o no porque yo no le gusto. Parece una tontería estar tan decepcionada por algo que sólo acabas de darte cuenta de que querías, ¿no?

«Que no se dé cuenta de que estás decepcionada.»

—No estaba preocupada —respondo, dándole la cara.

—Sí que lo estabas. Mírate: tienes toda la cara fruncida como una almeja.

Peter ríe y yo intento calmar mi expresión, parecer serena.

—No volverá a pasar. El beso fue para Sanderson.

—Bien.

—Bien —corrobora él, y me da la mano y cierra la puerta de mi taquilla y me acompaña a clase como si fuese un novio de verdad, como si estuviésemos enamorados de verdad.

¿Cómo voy a saber lo que es real y lo que no? Parece que soy la única que no conoce la diferencia.

50

Mi padre está entusiasmado cuando le pido que firme la hoja de permiso.

—Oh, Lara Jean, esto es maravilloso. ¿Te ha convencido Peter? ¡Te da miedo esquiar desde que tenías diez años y te abriste de piernas y no pudiste volver a levantarte!

—Sí, ya me acuerdo.

Las botas se me congelaron en los esquís y permanecí ahí abierta de piernas durante lo que parecieron días.

Papá firma el papel y añade:

—Eh, quizá podríamos ir todos a Wintergreen en Navidad. Peter también.

De modo que es de ahí de donde me viene. De mi padre. Vive en un mundo de fantasía. Papá me devuelve la hoja y dice alegremente:

—Puedes ponerte los pantalones de esquí de Margot. Y sus guantes.

No le digo que no voy a necesitarlos porque estaré sentada tan ricamente en el albergue, leyendo y sorbiendo chocolate caliente junto a la chimenea. También debería llevarme las cosas de hacer punto.

Cuando hablo esa misma noche con Margot por teléfono y le cuento que iré de viaje, se muestra sorprendida.

—Pero no te gusta esquiar.

—Probaré el *snowboard*.

—Ten cuidado —me advierte.

Pienso que se refiere a las pistas de esquí, pero cuando Chris se acerca por casa la noche siguiente para tomar un vestido prestado, descubro que no se trata de eso.

—Sabes que todo el mundo se enrolla durante el viaje de esquí, ¿no? Es como un picadero autorizado por la escuela.

—¿Qué?

—Allí fue donde perdí la virginidad en primero.

—Pensaba que la habías perdido en el bosque junto a tu casa.

—Ah, sí. Da igual, la cuestión es que me acosté con alguien durante el viaje de esquí.

—Hay carabinas. ¿Cómo van a practicar el sexo si hay carabinas? —digo, preocupada.

—Las carabinas se van temprano a la cama porque son viejas. La gente se escabulle. Además, hay un jacuzzi. ¿Sabías que hay un jacuzzi?

—No... Peter no lo ha mencionado.

Bueno, solucionado. No me llevaré el bañador. Tampoco es que puedan obligarte a entrar en el jacuzzi si no quieres.

—El año en que fui yo, la gente se bañaba desnuda.

Los ojos se me salen de las órbitas. ¡Se bañaban desnudos!

—¿La gente iba desnuda?

—Bueno, las chicas se quitaron las camisetas. Más vale que te prepares —me advierte Chris, y se mordisquea la uña—. El año pasado dicen que el señor Dunham se metió en el jacuzzi con los estudiantes y fue súper raro.

—Suena como el Salvaje Oeste —mascullo.

—Más bien como las Chicas Salvajes.

No es que me preocupe que Peter intente hacer algo conmigo. Sé que no lo hará porque no piensa en mí de esa manera. Pero ¿y la gente? ¿Lo esperará? ¿Tendré que colarme en su habitación por la noche para que la gente piense que estamos haciendo algo? No quiero meterme en un lío durante el viaje, pero Peter siempre se las arregla para convencerme de que haga cosas que no quiero hacer.

Agarro a Chris de la mano.

—¿Vas a venir? ¡Por favor, por favor!

—Sabes perfectamente que no voy a excursiones escolares —responde, negando con un gesto.

—¡Antes sí que lo hacías!

—Sí, en primero. Ahora ya no.

—¡Pero necesito que vayas! ¿Te acuerdas de cuando te encubrí el año pasado aquella vez en que fuiste a Coachella? ¡Me pasé todo el fin de semana escabulléndome por tu casa para que tu madre pensara que estabas ahí! ¡No te olvides de todas las cosas que he hecho por ti, Chris! ¡Te necesito! —imploro, desesperada.

Impasible, Chris aparta la mano y se dedica a examinarse el cutis en el espejo.

—Kavinsky no te presionará para que te acuestes con él si no quieres. Si no tienes en cuenta el hecho de que antes salía con el demonio encarnado, no es un completo idiota. De hecho, es bastante decente.

—¿A qué te refieres con decente? ¿Decente en el sentido de que no le importa el sexo?

Chris se toquetea un grano de la barbilla.

—Dios, no. Él y Gen estaban continuamente en celo. Gen toma la píldora desde antes que yo. Es una lástima que toda la familia piense que es un ángel. Es más falsa... Debería enviarle una carta anónima a la abuela... No lo haría. Porque no soy una rata, como ella. ¿Te acuerdas de cuando le dijo a nuestra abuela que yo iba a clase borracha? —Chris no se espera a que responda. Cuando empieza a despotricar sobre Genevieve, no hay quien la pare—. ¡Mi abuela quería utilizar el dinero que había ahorrado para pagarme la universidad para rehabilitación! ¡Convocaron una reunión familiar sobre mí! Me alegro de que le hayas robado a Kavinsky.

—No lo he robado. ¡Ya habían roto!

—Sí, claro. Tú sigue repitiéndotelo. Gen irá al viaje de esquí. Es la delegada de curso, así que prácticamente lo ha organizado ella. Así que ten cuidado. No salgas sola a esquiar —resopla Chris.

Se me escapa un grito ahogado.

—Chris, te lo suplico. Ven, por favor. —En un arrebato de inspiración, añado—: ¡Si vienes, Gen se pondrá hecha una furia! Lo ha organizado todo. Es su viaje. ¡No querrá verte ahí!

Chris frunce los labios formando una sonrisa.

—Sabes cómo manipularme. ¿Crees que este grano está listo para petar? —me pregunta, y levanta la barbilla.

51

El día de Acción de Gracias, papá limpia el pavo y luego se marcha a recoger a nuestra abuela, que vive a una hora de distancia en una residencia de ancianos junto con un montón de abuelas. La madre de papá, Nana, pasará Acción de Gracias con la familia de su novio. Eso me va de perlas, porque sé que no tendría nada positivo que decir sobre la comida.

Preparo un plato de judías verdes con piel de naranja y eneldo, en un esfuerzo por ser creativa. Declaro a Kitty mi catadora y toma un mordisco de judía verde y dice que sabe a naranja en vinagre.

—¿Por qué no podemos comer guiso de judías con los aros de cebolla fritos que vienen en una lata? —reflexiona Kitty. Está cortando plumas de diferentes colores para decorar los manteles individuales en forma de pavo.

—Porque estoy intentando ser creativa —le respondo, y vierto una lata de salsa en la cacerola.

—Bueno, pero ¿habrá guiso de brócoli? A la gente le gusta...

Kitty no lo dice del todo segura.

—¿Ves algo de brócoli en la cocina? No, las judías verdes son el plato de verdura.

—¿Y qué hay del puré de patatas? Habrá puré de patatas, ¿no?

Puré de patatas. Doy un salto y compruebo la despensa. Me he olvidado de comprar patatas. Compré la leche entera y la mantequilla, e incluso las cebolletas para decorar que Margot pone siempre, pero se me olvidaron las patatas.

—Llama a papá y dile que compre patatas doradas del Yukon de camino a casa —urjo a Kitty mientras cierro la puerta de la despensa.

—No me puedo creer que se te hayan olvidado las patatas.

Kitty sacude la cabeza con incredulidad.

—Concéntrate en los manteles individuales —le ordeno, taladrándola con la mirada.

—No, porque si no hubiese preguntado por el puré de patatas, la cena se habría echado a perder, así que deberías darme las gracias.

Kitty se levanta para llamar a papá y yo chillo desde la cocina:

—Por cierto, ¡estos pavos se parecen más a la mascota de la NBC que a un pavo de verdad!

Kitty ni se inmuta y yo pruebo las judías verdes. La verdad es que saben a naranja en vinagre.

Resulta que he cocinado el pavo del revés. Además, Kitty no deja de perseguirme hablando de la salmonela, porque vio un vídeo al respecto en clase de ciencias, así que acabo cocinando el ave más de la cuenta. El puré de patatas está bien, aunque hay partes duras porque tuve que hervir las patatas a toda prisa.

Estamos sentados en torno a la mesa del comedor, y la verdad es que los manteles individuales de Kitty le añaden un cierto no sé qué.

La abuela está devorando una pila de judías y le lanzo una mirada triunfante a Kitty.

«¿Ves como les gustan a alguien?»

Después de la muerte de mamá, hubo un momento en que la abuela se mudó a casa para ayudar a cuidar de nosotras. Incluso se habló de que se quedase. No creía que papá pudiese arreglárselas solo.

—Y bien, Danny, ¿estás saliendo con alguien? ¿Has tenido alguna cita últimamente? —empieza la abuela, y Kitty y yo intercambiamos miradas porque sabemos lo que viene a continuación.

Mi padre se sonroja.

—Hum... La verdad es que no. Estoy liado con el trabajo.

La abuela chasquea la lengua.

—No es bueno que un hombre esté solo, Danny.

—Mis chicas ya me hacen la suficiente compañía —responde papá, que intenta sonar jovial y relajado.

La abuela le lanza una mirada gélida.

—No me refería a eso.

Cuando estamos lavando los platos, la abuela me pregunta:

—Lara Jean, ¿a ti te importaría que tu padre tuviese novia?

Eso es algo sobre lo que Margot y yo hemos discutido largo y tendido durante todos estos años, a menudo a oscuras, a altas horas de la madrugada. Si papá tiene que salir con alguien, ¿con qué tipo de mujer nos gustaría verle? Alguien con sentido del humor, de buen corazón... Lo típico. Alguien que fuese firme con Kitty, pero que no la controlase tanto que acabase por aplastar todo lo que tiene de especial. Pero también alguien que no intentase ser nuestra madre. Es el aspecto en el que Margot se muestra más vehemente. Según ella, Kitty necesita una madre, pero nosotras ya somos lo bastante mayores como para no necesitarla.

Margot sería las más crítica de las tres. Es increíblemente leal a la memoria de mamá. No es que yo no lo sea, pero a lo largo de los años ha habido ocasiones en las que he pensado que estaría bien tener a alguien. Alguien mayor, una dama, que supiera ciertas cosas, como la forma correcta de aplicarse el colorete o cómo coquetear para librarte de una multa por velocidad. Cosas útiles de cara al futuro. Pero esa dama no ha aparecido. Papá ha tenido algunas citas, pero nunca ha tenido ninguna novia seria a la que traer a casa. En parte ha sido un alivio, pero ahora que me hago mayor, no dejo de pensar en cómo serán las cosas cuando no esté y sólo queden Kitty y papá y, al cabo de poco, sólo papá. No quiero que esté solo.

—No. No me importaría en absoluto —respondo.

La abuela me mira con aprobación.

—Buena chica —dice, y siento una calidez agradable en el pecho, como acostumbraba a sentirme después de una taza de té de Buenas Noches del que preparaba mamá cuando no podía dormirme. Mi padre me lo ha preparado varias veces, pero no sabe igual, y nunca he tenido el coraje de decírselo.

52

El festival de galletas de Navidad empieza el 1 de diciembre. Sacamos todos los antiguos libros y revistas de cocina de mamá, los extendemos por el suelo del salón y ponemos el álbum *Charlie Brown Christmas*. En casa no están permitidos los villancicos hasta el 1 de diciembre. No sé quién se inventó la norma, pero la cumplimos. Kitty tiene una lista de las galletas que sin duda vamos a preparar y de las galletas que quizá preparemos. Algunas son perennes. A papá le encantan las medialunas de nueces, así que son imprescindibles. Las galletas de azúcar porque su presencia está dada. Galletas de azúcar y canela para Kitty, galletas de melaza para Margot, y galletas de vaquera para mí. Las de arándanos y chocolate blanco son las favoritas de Josh. No obstante, este año creo que deberíamos ser un poco originales y preparar galletas distintas. No todas, pero al menos unas cuantas.

Peter está aquí; se pasó al terminar las clases para estudiar química, y varias horas después sigue aquí. Kitty y él están en el salón repasando los libros de cocina. Mi padre se encuentra en la cocina escuchando la radio y preparando los almuerzos de mañana.

—¡Otra vez sándwich de pavo no, por favor! —grito desde el salón.

Peter me da un toque en el pie y articula la palabra «malcriadas» señalándonos a Kitty y a mí y sacudiendo la cabeza con gesto desaprobador.

—Lo que tú digas. Tu madre te prepara la comida todos los días, así que cierra el pico —susurro.

—Eh, yo también estoy harto de comer sobras, pero ¿qué quieres que haga? ¿Que lo tire a la basura? —responde mi padre.

Kitty y yo intercambiamos miradas.

—Básicamente, sí —le digo.

Mi padre no soporta la idea de desperdiciar comida. Me pregunto si se dará cuenta, si me escabullo en la cocina esta noche y lo tiro a la basura. Seguro que sí.

—Si tuviésemos un perro, no quedarían sobras —añade Kitty en voz bien alta, y me guiña un ojo.

—¿Qué raza de perro quieres? —le pregunta Peter.

—No le des esperanzas —le digo, pero no me hace caso.

—Un akita. Tienen el pelaje rojo y la cola rizada. O un pastor alemán al que pueda amaestrar para que sea un perro lazarillo —responde Kitty de inmediato.

—Pero si no estás ciega... —objeta Peter.

—Pero podría estarlo algún día.

Peter sacude la cabeza con una sonrisa. Vuelve a darme un toque y, en tono de admiración, comenta:

—No se puede discutir con esta niña.

—Es básicamente inútil. ¿Qué te parece? ¿Galletas de chocolate blanco y naranja? —le pregunto a Kitty levantando una revista.

Kitty las añade a la lista de posibles.

—Eh, ¿y éstas? —Peter me coloca un libro de cocina en el regazo. Está abierto por la página de las galletas de pastel de fruta.

Finjo una arcada.

—¿Lo dices en serio? Es broma, ¿no? ¿Galletas de pastel de fruta? Es repugnante.

—Cuando se prepara bien, el pastel de fruta está muy rico. Mi tía abuela Trish preparaba pastel de fruta y le ponía helado encima y era increíble —se defiende Peter.

—Si le añades helado, todo está bueno —comenta Kitty.

—No se puede discutir con esta niña —digo, y Peter y yo intercambiamos sonrisas por encima de la cabeza de Kitty.

—Bien dicho, pero no es un pastel de fruta cualquiera. No es como una especie de hogaza húmeda con gominolas de neón. Tiene nueces y cerezas deshidratadas y arándanos y montones de cosas buenas. Creo que lo bautizó pastel de fruta de «Un recuerdo navideño».

—¡Me encanta esa historia! Es mi favorita. Es tan bonita, pero tan triste... —exclamo.

Peter pone cara de desconcierto y Kitty también, así que me explico:

—«Un recuerdo navideño» es un cuento de Truman Capote. Trata de un chico llamado Buddy y de su prima mayor, que cuidó de él cuando era pequeño. Ahorraban durante todo el año para comprar los ingredientes del pastel de fruta, y los enviaban como regalo a sus amigos, pero también a otra gente, como el presidente.

—¿Por qué es tan triste? —inquiere Kitty.

—Porque son mejores amigos y se quieren más que a nadie, pero al final se ven obligados a separarse porque la familia cree que no cuida bien de él. Y quizá tengan razón, pero quizá no importe, porque ella era su alma gemela. Al final, ella muere y Buddy ni siquiera tiene oportunidad de despedirse. Y es una historia real.

—Qué deprimente. Olvídate de las galletas de pastel de fruta —dice Peter.

Kitty tacha las galletas de su cuaderno.

Estoy hojeando una vieja revista de cosas del hogar cuando suena el timbre. Kitty se levanta de un salto y corre a la puerta.

—Mira quién es antes de abrir —le advierto. Siempre se olvida de mirar primero.

—¡Josh! —oigo que chilla.

Peter levanta la cabeza de repente.

—Ha venido a ver a Kitty —le digo.

—Sí, claro.

Josh entra en el salón con Kitty colgada del cuello como un mono.

—Hola —dice Josh, cuya mirada se desvía hacia Peter.

—¿Qué pasa, tío? Siéntate —lo saluda Peter, amable como él solo.

Le miro extrañada. Hace un momento estaba refunfuñando, y ahora está como unas pascuas. No entiendo a los chicos.

Josh levanta una bolsa de plástico.

—Vengo a devolverte el plato del guiso.

—¡¿Es Josh?! —grita mi padre desde la cocina—. Josh, ¿quieres un tentempié? ¿Un sándwich de pavo?

Estoy convencida de que dirá que no porque seguro que en su casa también se ha hartado de comer sobras de pavo, pero al final me sorprende con un:

—¡Claro!

Josh se zafa de Kitty y se deja caer en el sofá.

—¿Festival de galletas de Navidad? —me pregunta.

—Festival de galletas de Navidad —le confirmo.

—Vas a preparar mis preferidas, ¿verdad? —Josh me mira con ojos de cordero degollado, cosa que siempre me hace reír, porque es de lo más atípico.

—Mira que eres tonto... —le digo, sacudiendo la cabeza.

—¿Cuáles son tus favoritas? —le pregunta Peter—. Porque me parece que la lista está prácticamente cerrada.

—Estoy casi seguro de que ya están en la lista —dice Josh.

Mi mirada va de Josh a Peter. No tengo muy claro si están bromeando o no.

Peter alarga el brazo y le hace cosquillas en los pies a Kitty.

—Léenos la lista, Katherine.

Kitty ríe por lo bajo y se da la vuelta con su cuaderno. Después se pone de pie y en tono solemne, dice:

—Las galletas de M&M's son un sí, las galletas de capuchino son un quizá, las galletas de chocolate blanco y naranja son un quizá, las galletas de pastel de fruta son un para nada...

—Espera un momento, yo también formo parte de esta junta y habéis rechazado mis galletas de pastel de fruta sin pensarlo ni un momento —objeta Peter.

—¡Hace como cinco segundos has dicho que nos olvidásemos de las galletas de pastel de fruta! —me defiendo.

—Bueno, pues ahora quiero que las toméis en consideración.

—Lo siento, pero no tienes los votos necesarios. Kitty y yo votamos que no, así que son dos contra uno.

Papá saca la cabeza por la puerta del salón.

—Apuntadme como un sí para las galletas de pastel de

fruta —espeta antes de que su cabeza vuelva a desaparecer dentro la cocina.

—Gracias, doctor Covey —se jacta Peter. Tira de mí para que me acerque a él y añade—: ¿Ves? Sabía que tu padre estaba de mi lado.

—¡Eres un pelota! —digo riendo.

Y entonces me fijo en Josh y nos está mirando con expresión incómoda, como si se sintiera excluido. Esa expresión hace que me sienta culpable. Me aparto de Peter y me dedico a hojear otra vez los libros de cocina.

—La lista todavía es provisional. La junta de las galletas tomará en consideración tu sugerencia de galletas de chocolate blanco y arándanos —le aseguro.

—Se lo agradezco profundamente. La Navidad no es Navidad sin tus galletas de chocolate blanco y arándanos —dice Josh.

—Eh, Josh, tú también eres un pelota —exclama Kitty. Josh la levanta y le hace cosquillas hasta que le lloran los ojos de tanto reír.

Después de que Josh se marche y Kitty suba arriba a ver la tele, ordeno el salón y Peter se queda despatarrado en el sofá observándome. No dejo de pensar que está a punto de irse, pero no se mueve.

Sin venir a cuento, dice:

—¿Te acuerdas de Halloween, cuando tú ibas de Cho Chang y Sanderson de Harry Potter? Apuesto a que no fue ninguna casualidad. Me apuesto un millón de dólares a que convenció a Kitty para que averiguase de qué ibas a ir disfrazada y después corrió a la tienda y se compró el disfraz de Harry Potter. A este tío le gustas.

Me quedo de piedra.

—No le gusto. Quiere a mi hermana. Siempre la ha querido y siempre lo hará.

Peter no me hace ningún caso.

—Espérate y verás. En cuanto tú y yo rompamos, se sacará alguna cursilada de la manga, como declararte su amor con un radiocasete portátil. Te lo digo yo, que sé cómo piensan los chicos.

Tiro del cojín en el que apoya la espalda y lo coloco en el sillón reclinable.

—Mi hermana estará en casa para las vacaciones de Navidad. Te apuesto un millón de dólares a que vuelven a estar juntos.

Peter alarga la mano para que se la estreche y, cuando lo hago, tira de mí para que me siente junto a él en el sofá. Nuestras piernas se tocan. Tiene una expresión traviesa en la mirada y pienso que va a besarme y estoy asustada, pero también emocionada. Pero entonces oigo los pasos de Kitty que baja por la escalera y la magia se desvanece.

53

—¿Podemos montar el árbol este fin de semana? —pregunta Kitty durante el desayuno.

Papá levanta la vista de su bol de avena. ¡Avena! ¡Buf!

—No veo por qué no.

—Puede que Margot se enfade si lo hacemos sin ella —replico, sin entusiasmo. La verdad es que a mí también me apetece poner el árbol. Resulta reconfortante preparar las galletas del festival de galletas de Navidad con las luces centelleando y la música navideña y la casa oliendo a azúcar y a mantequilla.

—La familia de Brielle montó el árbol el día después de Acción de Gracias —dice Kitty.

—Pues hagámoslo. ¿Podemos, papá?

—Bueno, si la familia de Brielle lo hace... —concluye papá.

Conducimos a un vivero que está a una hora de distancia porque es donde tienen los árboles de Navidad más bonitos. Kitty insiste en ver todos y cada uno de los árboles para asegurarse de que compramos el mejor. Yo voto por un abeto rechoncho, pero Kitty cree que no es lo bastante alto. Al final nos quedamos con un abeto de Douglas y, durante todo el trayecto de vuelta, el aire huele a mañana de Navidad.

Josh sale corriendo de su casa cuando nos ve intentando meter el abeto en casa. Mi padre y él lo levantan y lo meten en casa. Josh lo mantiene derecho mientras mi padre atornilla el soporte del árbol. Tengo el presentimiento de que querrá quedarse y ayudar a decorarlo. No puedo dejar de pensar en lo que dijo Peter. Que podría gustarle a Josh.

—Un poco hacia la izquierda. No está lo bastante recto —dirige Kitty.

Bajo la caja con las luces y los adornos, y empiezo a ordenarlos. Mi favorito es una estrella de plastilina de color azul pintada a mano que hice en la guardería. Es mi favorita porque le falta un pedacito: le dije a Kitty que era una galleta y le dio un bocado como si fuese el mismísimo Monstruo de las Galletas. Después se puso a llorar y me metí en un lío, pero valió la pena.

—¿Qué luces colgamos este año, las de colores o las blancas? —pregunto.

—Las blancas. Tienen más clase —responde Kitty.

—Pero las luces de colores son más extravagantes. Son más nostálgicas —aduce Josh.

Pongo los ojos en blanco.

—¿Extravagantes, Josh?

Y Josh procede a argumentar a favor de las luces de colores y ambos discutimos hasta que papá tercia y dice que deberíamos colgar mitad y mitad. Por fin parece que las cosas han vuelto a la normalidad entre los dos, ahora que reñimos como en los viejos tiempos. Peter se equivocaba con Josh.

El árbol es tan alto que casi toca el techo. Nos quedamos sin luces, así que papá va a la tienda a comprar más. Josh se sube a Kitty a los hombros para que pueda colocar la estrella en la punta.

—Me alegro de que tengamos un árbol tan grande este año —sentencio con un suspiro de felicidad. Me dejo caer en el sofá y contemplo la punta. No hay nada más acogedor que un árbol de Navidad completamente iluminado.

Un rato después, papá tiene que marcharse al hospital y Kitty se va a casa de los vecinos porque están preparando *s'mores* en la chimenea, así que sólo quedamos Josh y yo ordenando la casa. Estoy guardando los ganchos de los adornos en diferentes bolsas herméticas y Josh está llenando una caja de cartón con los adornos que no hemos utilizado. Josh levanta la caja y choca con una rama del árbol y un adorno de cristal cae y se rompe.

Josh suelta un gruñido.

—Joooosh. Lo hice en clase de plástica.

—Lo siento.

—No pasa nada. Tampoco era mi mejor obra. Le puse demasiadas plumas.

Es una bola de cristal transparente con plumas y lentejuelas en el interior.

Voy a buscar la escoba y, cuando regreso, Josh dice:

—Actúas de manera diferente con Kavinsky, ¿lo sabías?

Levanto la vista de donde estoy barriendo.

—No, no lo sabía.

—No te comportas como tú misma. Actúas como... como todas las otras chicas. Tú no eres así, Lara Jean.

—Me comporto como siempre. ¿Y tú qué sabes, Josh? Casi no has estado con nosotros —respondo, irritada. Me agacho para recoger un trozo de cristal roto.

—Ten cuidado. Déjalo, ya lo hago yo —me apremia Josh, y se inclina a mi lado para recoger otro pedazo—. ¡Ay!

—¡Ten cuidado tú! —le replico, y me inclino para examinarle el dedo de cerca—. ¿Estás sangrando?

Josh sacude la cabeza a modo de negación.

—Estoy bien —dice, y luego añade—: ¿Sabes lo que no entiendo?

—¿Qué?

Josh me mira fijamente. Tiene las mejillas sonrosadas.

—¿Por qué no dijiste nada? Si durante todo ese tiempo sentiste algo por mí, ¿por qué no dijiste nada?

Se me agarrota todo el cuerpo. Eso no me lo esperaba. No estoy preparada. Trago saliva y digo:

—Estabas con Margot.

—No estuve siempre con Margot. Lo que escribiste... Yo te gustaba antes de que me gustase Margot. ¿Por qué no me lo dijiste?

—¿Y eso qué importa ahora?

—Importa, y mucho. Tendrías que habérmelo dicho. Al menos tendrías que haberme dado una oportunidad.

—¡No habría cambiado nada, Josh!

—¡Te estoy diciendo que sí! —exclama, y da un paso hacia mí.

Me levanto con brusquedad. ¿Por qué me dice todo esto justo cuando las cosas empezaban a volver a la normalidad?

—No te inventes cosas. Nunca has pensado en mí de esa manera, ni una sola vez, así que no intentes reescribir la historia sólo porque ahora estoy con alguien.

—No intentes decirme qué es lo que pienso. No me conoces tan bien, Lara Jean —espeta Josh.

—Sí que te conozco. Te conozco mejor que nadie. ¿Sabes por qué? Porque eres predecible. Todo lo que haces es más que predecible. El único motivo por el que me estás soltando todo este rollazo es que estás celoso. Y ni siquiera lo estás de mí. No te importa con quién esté. Estás celoso porque Peter ha ocupado tu lugar. Incluso Kitty le prefiere a él.

Su rostro se ensombrece. Me mira enfurecido y yo le devuelvo la mirada.

—¡Vale! ¡Estoy celoso! ¡¿Contenta?! —chilla Josh.

Y entonces inclina la cabeza con brusquedad y me besa. En los labios. Tiene los ojos cerrados. Los míos están completamente abiertos. Y entonces los míos también se cierran y, por un segundo, sólo un segundo, le devuelvo el beso. Me separo de él de un empujón.

—¿Eso lo habías predicho, Lara Jean? —dice con voz triunfante.

Abro y cierro la boca, pero no me salen las palabras. Suelto la escoba y corro escalera arriba tan rápido como puedo. Corro hasta mi habitación y cierro la puerta con pestillo. Josh acaba de besarme. En mi salón. Mi hermana regresará dentro de unas semanas. Y tengo un novio de mentira a quien acabo de engañar.

54

Después de la tercera clase, Lucas me está esperando.

Lleva una corbata delgada con una camiseta de cuello en uve y tiene una bolsa grande de Cheetos en la mano. Se mete un puñado de Cheetos en la boca y el polvo naranja se deposita flotando en su camiseta blanca. Las comisuras de los labios también están un poco naranja.

—Tengo que contarte una cosa —me dice, con la boca llena.

—No puedo creer que pensara que eras súper refinado —le contesto, riendo y soplando polvo de Cheetos de su camiseta—. ¿Qué tienes que contarme?

Le robo unos cuantos Cheetos de la bolsa, pero Lucas sigue titubeando, así que añado:

—Lucas, no soporto que la gente me diga que tiene algo que contarme y después no lo haga. Es como cuando dicen que se saben un chiste divertidísimo. Date prisa y cuéntamelo, y ya decidiré por mí misma si es divertidísimo o no.

Lucas se relame los labios.

—Bueno. Sabes que vivo en el mismo vecindario que Genevieve, ¿no? Anoche vi a Kavinsky saliendo de su casa.

—Oh.

Eso es lo único que digo. Solamente «oh».

—En otras circunstancias no le habría dado la menor importancia, pero hay una cosa más. —Lucas se limpia la boca con el dorso de la mano—. Genevieve y su nuevo novio rompieron durante el fin de semana. Sabes lo que significa eso, ¿verdad?

Asiento con un gesto, pero me siento embotada.

—Sí... ¡Espera! ¿Qué?

Lucas me lanza una mirada medio compasiva y medio impaciente.

—¡Que va a intentar recuperar a Peter, Lara Jean!

—Claro. —Y siento una punzada nada más decirlo—. Desde luego que lo hará.

—No se lo permitas —me advierte.

—No lo haré —respondo, pero las palabras salen de mi boca como gelatina, sin convicción alguna.

No me he dado cuenta hasta ahora, pero creo que he estado esperando este momento desde el principio. El momento en que Genevieve querría recuperar a Peter. El momento en que Peter comprendería que todo esto no ha sido más que una loca salida por la tangente, y que ha llegado la hora de regresar al lugar al que pertenece. A la persona a quien pertenece.

No tenía planeado contarle a Peter que Josh me había besado. De verdad que no. Pero entonces, mientras Lucas y yo caminamos juntos, le veo con Genevieve al final del pasillo. Lucas me lanza una mirada significativa que finjo no ver.

En clase de química le escribo una nota a Peter.

Tenías razón sobre Josh.

Le doy un golpecito en la espalda y le dejo la nota en la mano. Cuando la lee, se pone derecho y garabatea una respuesta.

Sé más específica.

Me besó.

Me avergüenza admitir que cuando Peter se pone rígido, me siento un poco justificada. Espero a que me responda, pero no lo hace. En cuanto suena el timbre, se vuelve y dice:

—¿Qué demonios...? ¿Cómo ocurrió?

—Vino a ayudarnos con el árbol.

—¿Y luego qué? ¿Te besó delante de Kitty?

—¡No! Estábamos solos en casa.

Peter parece enfadado y empiezo a arrepentirme de haberlo mencionado.

—¿En qué demonios está pensando, besando a mi novia? Es ridículo. Le voy a decir algo.

—Espera, ¿qué? ¡No!

—Tengo que hacerlo, Lara Jean. No puedo permitir que se salga con la suya.

Me levanto y empiezo a recoger mis cosas.

—Más te vale que no le digas nada, Peter. Lo digo en serio.

Peter me observa en silencio. Entonces pregunta:

—¿Le devolviste el beso?

—¿Eso qué importa?

Mi respuesta parece tomarle por sorpresa.

—¿Estás enfadada conmigo por algo?

—No. Pero lo estaré si le dices algo a Josh.

—Vale.

—Vale.

55

No he visto a Josh desde que me besó, pero esa noche, cuando llego a casa de estudiar en la biblioteca, está sentado en el porche con su parka azul. Esperándome. Las luces de la casa están encendidas; mi padre está en casa. La luz de la habitación de Kitty está encendida. Preferiría seguir evitando a Josh, pero se encuentra aquí, en mi casa.

—Hola, ¿puedo hablar contigo? —me pregunta.

Me siento a su lado y mantengo la mirada fija al frente, al otro lado de la calle. La señorita Rothschild también ha montado su árbol de Navidad. Siempre lo coloca junto a la ventana, al lado de la puerta, para que se pueda ver desde fuera.

—Tenemos que decidir lo que haremos antes de que llegue Margot. Yo tuve la culpa, así que debería decírselo yo.

Le lanzo una mirada de incredulidad.

—¿Contárselo? ¿Estás loco? No se lo vamos a contar a Margot porque no hay nada que contar.

Josh levanta la barbilla.

—No quiero esconderle ningún secreto.

—¡Pues habértelo pensado antes de darme un beso! Y que quede claro, si alguien iba a contárselo, iba a ser yo. Soy su hermana. Tú sólo eras su novio, y ahora, ni eso...

Josh tiene una expresión dolida en la cara.

—Nunca he sido sólo el novio de Margot. Todo esto también se me hace raro a mí. Es que... desde que recibí esa carta... Da igual —sentencia, en tono vacilante.

—Dilo de una vez.

—Desde que recibí esa carta, las cosas entre nosotros dos han ido de mal en peor. No es justo. Tuviste la oportunidad de decir todo lo que querías, y yo soy el que tiene que reconsiderar todos mis sentimientos por ti. Tengo que ponerlos en orden. Me pillaste completamente desprevenido, y luego vas y me dejas fuera de tu vida. Empiezas a salir con Kavinsky y dejas de ser mi amiga. Desde que recibí tu carta... No he podido dejar de pensar en ti —exhala Josh.

No sé lo que esperaba que dijese, pero no era esto. Definitivamente, no era esto.

—Josh...

—Sé que no quieres oírlo, pero déjame decir lo que tengo que decir, ¿vale?

Me limito a asentir.

—No soporto que estés con Kavinsky. No lo soporto. No te merece. Lo siento mucho, pero es la verdad. En mi opinión, no habrá nunca ningún chico digno de ti. Y mucho menos yo. —Josh baja la cabeza y luego la levanta de repente otra vez. Me mira y añade—: En una ocasión, creo que fue hace dos veranos. Volvíamos de casa de alguien. Creo que de Mike.

Hacía calor, estaba anocheciendo. Yo estaba enfadada porque el hermano mayor de Mike, Jimmy, había dicho que nos llevaría a casa, pero después se marchó a donde fuera y no regresó, así que tuvimos que caminar. Yo llevaba alpargatas y los pies me dolían una barbaridad. Josh no paraba de repetirme que mantuviese el ritmo.

En voz baja, dice:

—Estábamos tú y yo solos. Tú llevabas esa camisa de ante con flequillos de tirantes que te dejaba el ombligo al descubierto.

—Mi camisa estilo Pocahontas-Cher años setenta.

Cuánto me gustaba esa camisa.

—Estuve a punto de besarte ese día. Lo pensé. Fue un impulso extraño. Quería saber cómo sería.

Mi corazón se detiene.

—¿Y entonces?

—Y entonces, no sé. Supongo que me olvidé de ello.

Suelto un suspiro.

—Siento que recibieses la carta. No debiste verla. No la escribí para que la leyeras. Era sólo para mí.

—Quizá fue el destino. Quizá todo tenía que ocurrir así porque... porque estamos hechos el uno para el otro.

Digo lo primero que me viene a la mente.

—No lo fue —y comprendo que es verdad.

Justo en este momento comprendo que no lo quiero, que hace un tiempo que dejé de quererlo. Que quizá nunca lo quise. Porque está justo ahí, a mi alcance. Podría besarle. Podría ser mío. Pero no lo quiero. Quiero a otro. Se hace raro haber pasado tanto tiempo deseando algo, a alguien, y de repente, dejar de hacerlo.

Escondo los dedos en la manga de mi chaqueta.

—No se lo cuentes a Margot. Prométemelo, Josh.

Josh asiente a regañadientes.

—¿Has hablado con Margot últimamente? —le pregunto.

—Sí, llamó la otra noche. Dice que quiere que nos veamos cuando regrese a casa. Quiere ir a Washington a pasar el día. Visitar el Smithsonian, cenar en Chinatown.

—Genial. Eso es lo que haréis. —Le doy una palmadita en la rodilla y me apresuro a apartar la mano—. Josh, tenemos que actuar como antes. Como siempre. Si lo hacemos, todo saldrá bien.

«Todo saldrá bien.» Me lo repito otra vez. Todos volveremos a donde nos corresponde. Josh y Margot. Yo. Peter.

56

El día siguiente después de clase, voy a buscar a Peter a la sala de pesas. Está sentado en el *press* de banca. Creo que lo mejor será hablar aquí en vez de hacerlo en su coche. Echaré de menos montar en su coche. Empezaba a sentirme como en casa. Echaré de menos ser la novia ficticia de alguien. No la de alguien, sino la de Peter. Darrell, Gabe y los otros chicos del equipo de *lacrosse* han empezado a caerme muy bien. No son tan cretinos como todos se creen. Son buena gente.

Sólo estamos Peter y yo. Está levantando pesas en el *press* de banca. Sonríe cuando me ve.

—¿Has venido a vigilar para que no me haga daño? —Peter se incorpora y se seca el sudor de la cara con el cuello de su camiseta.

Siento una punzada dolorosa en el corazón.

—Vengo a cortar contigo. A cortar contigo de mentira, me refiero.

Peter me mira dos veces, como si no se lo creyese.

—Espera. ¿Qué?

—No hace falta que sigamos con esto. Ya has conseguido lo que querías, ¿no? Has guardado las apariencias, y yo también. Hablé con Josh, y todo ha vuelto a la normalidad. Y mi hermana regresará pronto a casa. Así que... misión cumplida.

—Sí, supongo. —Peter asiente con lentitud.

En el momento en que intento sonreír, se me rompe el corazón.

—Muy bien, pues. —Con un ademán ostentoso, saco el contrato de mi mochila—. Nulo y sin efecto legal. Por la presente, ambas partes han cumplido con sus obligaciones mutuas en perpetuidad.

Me dedico a recitar de un tirón la jerga de abogado.

—¿Lo llevas siempre encima?

—¡Pues claro! Kitty es una cotilla. No tardaría ni dos segundos en encontrarlo.

Alzo el trozo de papel, dispuesta a rasgarlo por la mitad, pero Peter me lo arrebata.

—¡Espera! ¿Qué pasa con el viaje de esquí?

—¿Qué le pasa?

—Vas a venir, ¿no?

No había pensado en ello. Sólo iba a ir por Peter. Ahora ya no puedo. No quiero ser testigo del reencuentro de Peter y Genevieve. No puedo. Quiero que vuelvan del viaje juntos, como por arte de magia, y todo esto habrá sido como un sueño.

—No voy a ir.

Peter pone los ojos como platos.

—¡Venga ya, Covey! No me dejes tirado. Ya nos hemos apuntado y hemos pagado el depósito y todo. Ven conmigo. Será nuestra traca de despedida.

Me dispongo a protestar, sin embargo Peter sacude la cabeza.

—Vas a ir, así que ya te puedes ir guardando el contrato.

Peter dobla el folio una vez más y lo guarda con mucho cuidado en mi mochila.

¿Por qué es tan difícil decirle que no? ¿Es esto lo que se siente cuando estás enamorada de alguien?

57

Se me ocurre durante el comunicado de la mañana, cuando anuncian que este fin de semana nuestro instituto albergará la próxima reunión de las Naciones Unidas en miniatura. John Ambrose McClaren fue el presidente de las Naciones Unidas en miniatura de nuestra antigua escuela. Me pregunto si formará parte del equipo de su instituto.

Se lo menciono a Peter durante el almuerzo, antes de que lleguen los otros chicos.

—¿Sabes si John McClaren sigue en las Naciones Unidas en miniatura?

—¿Cómo quieres que lo sepa? —responde Peter con una mirada recelosa.

—No sé. Me lo estaba preguntando.

—¿Por qué?

—Creo que este fin de semana iré a la reunión de las Naciones Unidas en miniatura. Tengo el presentimiento de que asistirá.

—¿En serio? —exclama Peter—. Y si está, ¿qué harás?

—Aún no lo he decidido. Puede que hable con él, o puede que no. Me gustaría saber qué ha sido de él.

—Podemos buscarle en internet ahora mismo y lo sabremos.

—No, eso sería hacer trampas. Quiero verle con mis propios ojos. Quiero que sea una sorpresa —le digo, negando con un gesto.

—Bueno, pues no te molestes en pedirme que te acompañe. No voy a malgastar todo un sábado en las Naciones Unidas en miniatura.

—No pensaba pedírtelo.

Peter pone cara de sentirse herido.

—¿Qué? ¿Por qué no?

—Tan sólo es algo que me gustaría hacer sola.

Peter suelta un silbido.

—Vaya. Y el cadáver aún no se ha enfriado.

—¿Eh?

—Eres una rompecorazones, Covey. Todavía no hemos roto y ya estás intentando hablar con otros chicos. Me sentiría herido si no estuviese tan impresionado.

Su comentario me arranca una sonrisa.

En octavo, besé a John McClaren en una fiesta. No fue un beso romántico. Casi no fue ni un beso. Estábamos jugando a girar la botella y, cuando le llegó el turno, aguanté la respiración y recé para que la botella me señalase a mí. ¡Y lo hizo! Estuvo a punto de aterrizar en Angie Powell, pero tuve la suerte de mi lado y me tocó a mí por medio centímetro. Intenté mantener el gesto inexpresivo y robótico para no sonreír. John y yo gateamos hasta el centro y nos dimos un pico muy rápido, y todo el mundo gruñó, y John estaba rojo como un tomate. Fue decepcionante; creo que esperaba algo más, un beso más potente. Un *O la la!* Una descarga eléctrica. Pero eso fue todo. Quizá tenga una segunda oportunidad. Quizá me ayude a olvidarme de Peter.

58

Cuando entro el sábado en el instituto, repaso en mi fuero interno lo que voy a decir. Quizá un simple «Hola, John, ¿cómo estás? Soy Lara Jean». No le he visto desde octavo. ¿Y si no me reconoce? ¿Y si no se acuerda de mí?

Repaso los tablones de anuncios de la entrada y encuentro el nombre de John bajo «Asamblea General». Representa a la República Popular China.

La Asamblea General se reúne en el auditorio. Cada delegado tiene su pupitre, y en el escenario hay un podio donde una chica vestida con un traje negro está haciendo un discurso sobre la no proliferación de armas nucleares. Pensaba sentarme detrás para observar, pero no hay donde sentarse, así que me quedo de pie de brazos cruzados y busco a John. Hay mucha gente, y todo el mundo está mirando hacia delante, así que resulta difícil distinguirle.

Un chico con un traje azul marino se vuelve, me mira y susurra:

—¿Eres un paje? —Lleva un folio doblado en las manos.

—Mmm...

No estoy segura de a qué se refiere, pero entonces veo

a una chica que va con prisas y les entrega notas a los participantes.

El chico me deja el papel en la mano y se da la vuelta una vez más para garabatear en su cuaderno. La nota va dirigida a Brasil, de parte de Francia. Así que supongo que ahora soy un paje.

Las mesas no están colocadas por orden alfabético, así que empiezo a deambular en busca de Brasil. Al final encuentro a Brasil, que es un chico con pajarita, pero otros chicos levantan las manos con notas para entregar. Antes de darme cuenta, yo también voy con prisas.

Veo a un chico por detrás con la mano levantada, así que me doy prisa por recogerla, y entonces gira la cabeza un poco. Oh Dios mío, es John Ambrose McClaren, delegado de la República Popular China, y está a unos pocos metros de distancia.

Tiene el pelo rubio con un corte sencillo. Y las mejillas sonrosadas, exactamente como recordaba. Conservan ese brillo saludable, como recién acabado de lavar, que le hace parecer tan joven. Lleva pantalones color piedra, una camisa azul celeste y un jersey de cuello redondo. Parece serio, concentrado, como si fuese un delegado de verdad y no de mentira.

A decir verdad, es justo como me lo imaginaba.

John tiene la mano extendida para entregarme el papel mientras toma notas con la cabeza inclinada. Cojo el papel y entonces levanta la cabeza y me mira dos veces.

—Hola —susurro. Los dos seguimos sujetando la nota.

—Hola —responde él. Parpadea y entonces suelta el papel y yo me apresuro a entregarlo. El corazón me late en los oídos. Oigo que susurra mi nombre, pero no disminuyo la velocidad.

Examino el papel. Tiene la letra pulcra y precisa. Le entrego la nota a Estados Unidos, hago caso omiso de Reino Unido, que está agitando una nota en mi dirección y salgo por la puerta del auditorio sumergiéndome en la luz de mediodía.

Acabo de ver a John McClaren. Después de todos estos años, por fin le he visto. Y me ha reconocido. Enseguida ha sabido quién era yo.

Durante el almuerzo, recibo un mensaje de Peter.

¿Has visto a McClaren?

Escribo que sí, pero borro el mensaje antes de enviarlo. En su lugar, escribo que no. No tengo claro el porqué. Creo que quizá prefiero guardármelo para mí y ser feliz sabiendo que John se acuerda de mí, y que con eso tengo suficiente.

59

Los tres vamos al aeropuerto a recoger a Margot. Kitty ha hecho un cartel en el que pone «BIENVENIDA A CASA, GOGO». No dejo de buscar a Margot con la mirada y cuando sale, casi no la reconozco por un momento: ¡qué corto tiene el pelo! ¡Lo lleva por los hombros! Cuando Margot nos ve, saluda con la mano y Kitty suelta el cartel y corre hacia ella. Entonces nos abrazamos todos y papá tiene lágrimas en los ojos.

—¿Qué te parece? —me dice Margot, y sé que se refiere a su pelo.

—Te hace parecer más madura —miento, y a Margot se le ilumina el rostro. La verdad es que parece más joven, pero sé que no le gustaría oírlo.

De camino a casa, Margot hace detenerse a papá en Clouds para comprar una hamburguesa, a pesar de que asegura no tener hambre.

—Cuánto lo echaba de menos —asegura, pero sólo toma unos cuantos bocados y Kitty se come el resto.

Estoy impaciente por enseñarle a Margot todas las galletas que hemos preparado, pero cuando entra en el comedor y le enseño todos los botes de galletas, frunce el ceño.

—¿Habéis hecho el festival de galletas de Navidad sin mí?

Me siento un poquitín culpable, pero, para ser sincera, pensaba que a Margot no le iba a importar. A ver, estaba en Escocia, haciendo cosas mucho más divertidas que hornear galletas, por Dios bendito.

—Bueno, sí. Tuvimos que hacerlo. Las clases acaban mañana. Si te hubiésemos esperado, no habríamos tenido tiempo. Pero hemos congelado la mitad de la masa, así que puedes ayudarnos a preparar el resto para los vecinos.

Abro la caja azul grande para que vea las galletas ordenadas en columnas. Estoy orgullosa de que todas tengan el mismo tamaño.

—Este año hemos preparado algunas galletas nuevas. Prueba la de chocolate blanco y naranja; está buenísima.

Margot rebusca por la caja y pone una mueca.

—¿No habéis hecho galletas de melaza?

—Este año no... Decidimos preparar las de chocolate blanco y naranja en su lugar. —Coge una y observo cómo la mordisquea—. Está rica, ¿verdad?

—Mmm —asiente Margot.

—Las escogió Kitty.

Margot echa un vistazo al salón.

—¿Cuándo colocasteis el árbol?

—Kitty estaba impaciente —respondo, y sé que parece una excusa, pero es la verdad. Intento no sonar a la defensiva cuando añado—: Es agradable disfrutar del árbol lo máximo posible.

—¿Cuándo lo pusisteis?

—Hace un par de semanas —respondo. ¿Por qué está de tan mal humor?

—Es mucho tiempo. Seguro que estará seco para el día de Navidad.

Margot se acerca al árbol y cambia de rama un adorno de madera en forma de búho.

—Lo he estado regando todos los días, y le puse Sprite, como dijo la abuela.

No sé por qué, pero esta conversación parece una pelea, y nosotras nunca nos peleamos.

Pero entonces Margot bosteza y dice:

—Llevo encima el *jet lag*. Creo que me voy a echar una siesta.

Cuando llevas mucho tiempo sin ver a alguien, al principio intentas guardar todas las cosas que quieres explicarle. Tratas de almacenarlo todo en tu mente. Pero es como sujetar un puñado de arena: los granos se deslizan de entre tus dedos, y al final sólo estás aferrando aire y gravilla. Por eso no puedes guardarlo todo.

Porque para cuando os volvéis a ver, sólo puedes ponerte al día de las cosas importantes, ya que es un incordio contar los pequeños detalles. Pero los pequeños detalles son los que conforman la existencia. Como hace un mes, cuando papá resbaló con una piel de plátano, una piel de plátano de verdad que Kitty había dejado caer en el suelo de la cocina. Kitty y yo nos partimos de risa. Tendría que haberle enviado un *e-mail* a Margot al momento; tendría que haberle tomado una foto a la piel de plátano. Ahora piensas algo así como «Tendrías que haber estado ahí» y «Oh, da igual, tampoco era tan gracioso».

¿Es así como la gente pierde el contacto? No creí que pudiese ocurrir entre hermanas. Quizá les pase a los demás, pero no a nosotras. Antes de que Margot se marchase, sabía lo que estaba pensando sin tener que preguntar. Ahora ya no. No sé cómo es la vista desde su ventana, ni si todavía se levanta muy temprano para tomar un buen desayuno, ni si ahora que está en la universidad prefiere salir hasta tarde y levantarse tarde. No sé si prefiere a los chicos escoceses antes que a los estadounidenses, ni si su compañera de habitación ronca. Lo único que sé es que le gustan sus clases y que ha visitado Londres una vez. Así que, básicamente, no sé nada.

Ni ella tampoco. Hay cosas importantes que no le he explicado, como que alguien envió mis cartas. La verdad sobre Peter y yo. La verdad sobre Josh y yo.

Me pregunto si Margot también la siente. La distancia entre las dos. Si siquiera la nota.

Papá prepara espaguetis a la boloñesa para la cena. Kitty se toma los suyos con un pepinillo gordo y un vaso de leche. Parece una combinación terrible, pero el caso es que luego tomo un bocado y resulta que los espaguetis y el pepinillo saben bien juntos. La leche, también.

Kitty se está sirviendo otra ración cuando pregunta:

—Lara Jean, ¿qué le vas a regalar a Peter por Navidad?

Miro de reojo a Margot, quien también me está mirando.

—No lo sé. Todavía no he pensado en ello.

—¿Puedo acompañarte a comprarlo?

—Desde luego..., si le compro algo.

—Tienes que hacerlo: es tu novio.

—Sigo sin poder creerme que estés saliendo con Peter Kavinsky —tercia Margot.

No lo dice en el buen sentido, como si fuese algo positivo.

—¿Puedes dejarlo?

—Lo siento, es que no me gusta.

—Bueno, no tiene que gustarte a ti sino a mí —le respondo, y Margot se encoge de hombros.

Papá se pone de pie y da una palmada.

—¡Tenemos tres tipos distintos de helado de postres! Nata y praliné, Chunky Monkey y fresa. Tus preferidos, Margot. Ayúdame a traer los boles, Kitty.

Los dos recogen los platos sucios y se van a la cocina.

Margot mira por la ventana, en dirección a casa de Josh.

—Josh quiere verme luego. Espero que comprenda por fin que hemos roto y no intente venir a casa todos los días mientras esté aquí. Necesita pasar página.

Qué comentario tan cruel. Es ella quien ha estado llamando a Josh, y no al revés.

—No ha estado languideciendo de amor, si eso es lo que piensas. Es perfectamente consciente de que habéis roto.

Margot me mira sorprendida.

—Bueno, espero que sea cierto.

60

—Creo que este año deberíamos celebrar una fiesta recital —comenta Margot desde el sofá.

Cuando mamá vivía, todas las Navidades celebrábamos lo que ella había bautizado como una fiesta recital. Preparaba montones de comida e invitaba a gente a casa una noche de diciembre, y Margot y yo llevábamos vestidos a conjunto y tocábamos villancicos con el piano durante toda la noche. Los invitados entraban y salían de la sala del piano y cantaban a coro. Yo odiaba los recitales de piano porque era la peor de la clase y Margot era la mejor. Resultaba humillante tener que interpretar el sencillo «Para Elisa» cuando el resto de los niños ya habían pasado a Liszt. Siempre detesté las fiestas recital hasta el punto de que le suplicaba a mamá una y otra vez que no me obligase a tocar.

La última Navidad, mamá nos compró vestidos rojos de terciopelo y yo tuve una rabieta y dije que no quería ponérmelo, aunque sí que quería y me encantaba. Pero no quería tocar el piano junto a Margot. Le chillé a mamá y corrí a mi habitación cerrando la puerta de un portazo y no quise salir. Mamá subió e intentó convencerme de que abriese la puerta, pero me negué y no regresó. Empezó a llegar gente y Margot comenzó a tocar el piano y yo me quedé arriba. Permanecí sentada en mi habitación, llorando y pensando en todas las salsas y los canapés que mamá y papá habían preparado, y en que no quedaría ninguno para mí, y mamá seguramente tampoco me querría allí debido a mi mal comportamiento.

Después de la muerte de mamá, no volvimos a celebrar ningún recital.

—¿Lo dices en serio? —le pregunto.

—¿Por qué no? Será divertido. Yo lo planearé todo, no tendrás que hacer nada —contesta Margot encogiéndose de hombros.

—Sabes que odio el piano.

—Pues no toques.

Kitty nos mira a Margot y a mí con gesto preocupado.

—Yo puedo hacer unos cuantos movimientos de taekwondo.

Margot alarga el brazo y se acurruca con Kitty.

—Buena idea. Yo tocaré el piano y tú harás taekwondo, y Lara Jean...

—Se quedará mirando —acabo por ella.

—Iba a decir que podías hacer de anfitriona, pero tú sabrás.

No le respondo.

Más tarde estamos viendo la tele. Kitty está dormida, hecha un ovillo en el sofá como si fuese un gato de verdad. Margot quiere despertarla y mandarla a la cama, pero le digo que la deje dormir y la tapo con una manta.

—¿Me ayudarás a convencer a papá de que le regale un cachorro por Navidad?

Margot suelta un gruñido.

—Los cachorros dan mucho trabajo. Tienes que sacarlos a hacer pis como un millón de veces al día. Y sueltan pelo como locos. No podrás volver a ponerte pantalones negros. Además, ¿quién lo sacará a pasear, le dará de comer y cuidará de él?

—Lo hará Kitty, y yo la ayudaré.

—Kitty no está preparada para asumir esa responsabilidad —y sus ojos dicen «Ni tú tampoco».

—Kitty ha madurado mucho desde que te fuiste. —«Y yo también»—. ¿Sabes que Kitty se prepara su propia comida? ¿Y que ayuda con la colada? Tampoco tengo que reñirla para que haga los deberes. Los hace por su cuenta.

—¿En serio? Entonces, estoy impresionada.

¿Por qué no puede decir: «Buen trabajo, Lara Jean»? Eso es lo único que pido. Que reconozca que he cumplido con mi responsabilidad de cuidar de la familia mientras ella no estaba. Pero no.

61

Son las seis y media de la mañana del día en que nos vamos de viaje de esquí. Papá me acompaña al instituto. Aún no ha salido el sol. Parece que cada día el sol tarda más y más en salir. Todavía dentro del coche, papá saca un gorro del bolsillo del abrigo. Es un gorro de lana de color rosa con una borla encima. Me lo pone en la cabeza y tira de él hasta que me cubre las orejas.

—Lo encontré en el armario del pasillo. Creo que era de tu madre. Esquiaba muy bien.

—Lo sé. Ya me acuerdo.

—Prométeme que saldrás a las pistas al menos una vez.

—Te lo prometo.

—Me alegro un montón de que vayas. Es bueno que hagas cosas nuevas.

Le ofrezco una sonrisa poco convincente. Si supiera las cosas que ocurren durante el viaje de esquí, no se alegraría tanto. Entonces veo a Peter y a sus amigos charlando delante del autocar.

—Gracias por traerme, papá. Nos vemos mañana por la noche.

Le doy un beso en la mejilla y cojo mi bolsa de deporte.

—Abróchate la cremallera —me dice antes de que cierre la puerta.

Me abrocho la cremallera y observo cómo se aleja en coche. Al otro lado del aparcamiento, Peter está hablando con Genevieve. Dice algo que le provoca una carcajada. Entonces me ve y hace ademán de que me acerque. Genevieve se marcha, sin dejar de mirar su portapapeles. Cuando llego, Peter coge mi bolsa y se la pone en el hombro.

—La meteré en el autocar.

—Hace un frío que pela —comento rechinando los dientes.

Peter me pone delante de él y me abraza.

—Yo te mantendré caliente.

Le lanzo una mirada que quiere decir «Qué cursi», pero tiene puesta la atención en otra parte. Está observando a Genevieve. Peter se acurruca en mi cuello, pero yo me escabullo de entre sus brazos.

—¿Qué te pasa? —pregunta.

—Nada.

La señora Davenport y el entrenador White están revisando nuestras bolsas, la señora Davenport las de las chicas y el entrenador White las de los chicos.

—¿Qué buscan? —pregunto a Peter.

—Alcohol.

Sacó el móvil y le envío un mensaje a Chris.

No traigas alcohol. ¡Están mirando las bolsas!

No hay respuesta.

¿Estás despierta?

¡Despierta!

Pero entonces el monovolumen de su madre entra en el aparcamiento y Chris sale del coche dando traspiés. Parece que se acabe de despertar.

¡Qué alivio! Peter puede hablar con Genevieve todo lo que quiera, yo compartiré asiento con Chris y nos comeremos las chuches que he traído. Tengo gominolas de fresa, guisantes con wasabi que le encantan a Chris y palitos de pan con chocolate.

—¿Chris también viene? —gruñe Peter.

No le hago ni caso, y saludo a Chris con la mano.

Genevieve está de pie junto al autocar con la carpeta en la mano cuando ve a Chris. Tiene el ceño completamente fruncido. Se encamina derecha hacia Chris y dice:

—No estás apuntada.

Me uno a ellas y susurro:

—En los comunicados de la semana pasada dijeron que había plazas libres.

—Sí, para las que tenías que apuntarte. Lo siento, Chrissy no puede venir si no se ha apuntado y no ha pagado el depósito —alega Genevieve, y sacude la cabeza.

Hago una mueca de fastidio. Chris no soporta que la llamen Chrissy. No le ha gustado nunca. Empezó a hacerse llamar Chris en cuanto entró en el instituto, y las únicas personas que la llaman así son Genevieve y su abuela.

Peter aparece a mi lado como salido de la nada.

—¿Qué pasa? —pregunta.

Cruzándose de brazos, Genevieve dice:

—Chrissy no se apuntó al viaje de esquí, así que lo siento, pero no puede venir.

Me está invadiendo el pánico, pero mientras tanto Chris mantiene una sonrisa de suficiencia y no dice nada.

Peter pone los ojos en blanco.

—Gen, deja que venga. ¿A quién narices le importa que no se haya apuntado?

Gen se ruboriza de la rabia.

—¡Yo no hago las reglas, Peter! ¿Debería venir gratis? ¿Te parece justo para los demás?

Chris se decide a hablar por fin.

—Oh, ya he hablado con Davenport y dice que le parece bien. —Chris le manda un beso a Genevieve y añade—: Mala suerte, Gen.

—Bueno, me da igual. —Genevieve se da la vuelta y corre en dirección a la señorita Davenport.

Chris la observa con una sonrisa de oreja a oreja. Le tiro de la manga del abrigo.

—¿Por qué no lo has dicho desde el principio? —susurro.

—Está claro: así es más divertido. El fin de semana va a ser muy interesante, Covey.

Y me pasa el brazo por encima del hombro.

—No has traído alcohol, ¿verdad? Están registrando las bolsas —susurro angustiada.

—No te preocupes. Está todo controlado.

Cuando le lanzo una mirada escéptica, dice:

—Botella de champú llena de tequila en el fondo de mi bolsa.

—¡Espero que la hayas lavado bien! ¡Podrías ponerte enferma!

Me imagino a Chris y compañía intentando tomar chupitos de tequila burbujeante y yendo al hospital a que les hagan un lavado de estómago.

—Oh, Lara Jean —suspira Chris, y me revuelve el pelo.

Entramos en fila en el autocar y Peter se desliza en un asiento en el centro, pero yo sigo adelante.

—Eh. ¿No te sientas conmigo? —dice, sorprendido.

—Me sentaré con Chris.

Intento seguir adelante, pero Peter me agarra del brazo.

—¡Lara Jean! ¿Estás de broma? Tienes que sentarte conmigo. —Echa un vistazo alrededor para comprobar si nos escuchan y añade—: Eres mi novia.

Me lo quito de encima.

—Vamos a romper pronto, ¿no? Así será más realista.

Cuando me siento junto a ella, Chris está sacudiendo la cabeza.

—¿Qué pasa? No iba a dejar que te sentaras sola. Si has venido ha sido por mí. —Abro la bolsa y le enseño las chuches—. Mira. Te he traído las que más te gustan. ¿Qué te apetece primero? ¿Las gominolas o los palitos?

—Pero si todavía no es ni de día —refunfuña—. Dame las gominolas.

Le abro la bolsa con una sonrisa.

—Cómete todas las que quieras.

Dejo de sonreír cuando veo a Genevieve subiendo al autocar y sentándose junto a Peter.

—Tú tienes la culpa —dice Chris.

—¡Pero si lo he hecho por ti! —Cosa que no es cierta. Creo que empiezo a estar cansada de todo esto. Esa zona difusa que separa el ser la novia de alguien del no serlo.

Chris se estira.

—Sé que crees en lo de las chicas primero, pero yo en tu lugar tendría mucho cuidado. Mi prima es una arpía.

Me meto una gominola en la boca y mastico. Me cuesta tragar. Observo a Genevieve susurrándole algo al oído. Chris se duerme enseguida, la cabeza apoyada en mi hombro.

El albergue es exactamente tal como lo describió Peter: hay una gran chimenea y alfombras de piel de oso y montones de recovecos. Fuera está nevando, unos copos diminutos como susurros. Chris está de buen humor, despertó a mitad de trayecto y empezó a coquetear con Charlie Blanchard. Va a llevarla a las pistas negras. Incluso hemos tenido suerte con la habitación, porque nos ha tocado una doble en lugar de una triple, puesto que el resto de las chicas prefirieron estar juntas en una triple.

Chris se fue a practicar *snowboard* con Charlie. Me invitó a acompañarlos, pero dije que no, gracias. Intenté hacer esquí junto a Margot mientras ella practicaba *snowboard* y acabamos bajando por las pistas en momentos distintos y teníamos que esperarnos la una a la otra.

Si Peter me invitase a acompañarle a practicar *snowboard*, creo que iría. Pero no lo hace y tengo hambre, así que voy al albergue a almorzar.

La señorita Davenport está mirando su móvil y comiendo un bol de sopa. La señorita Davenport es joven, pero aparenta ser mayor. Creo que es por el exceso de base de maquillaje y la severa raya del pelo. No está casada. Chris me dijo una vez que la vio discutiendo con un hombre delante de la Casa de los Gofres, de manera que debe de tener novio.

Cuando me ve sentada a solas, comiéndome un sándwich junto a la chimenea, hace ademán de que me acerque. Preferiría comer sola y leer, pero no tengo mucha elección.

—¿Tiene que quedarse en el albergue todo el fin de semana o también puede salir a esquiar? —le pregunto.

—Soy el punto de encuentro oficial —responde, y se limpia las comisuras de los labios—. El entrenador White se ocupa de las pistas.

—No parece justo.

—No me importa. La verdad es que me gusta pasar el rato en el albergue. Es tranquilo. Además, alguien tiene que estar aquí por si hay una emergencia. ¿Y tú qué, Lara Jean? ¿Por qué no estás en las pistas con los demás? —me pregunta, y se toma otra cucharada de sopa.

—No soy buena esquiadora —respondo, sintiéndome incómoda.

—¿Ah, no? Tengo entendido que a Kavinsky se le da muy bien el *snowboard*. Deberías pedirle que te enseñe. ¿No estáis saliendo?

A la señorita Davenport le encanta enterarse de los líos de los estudiantes. Ella lo llama mantenerse al día, pero no son más que cotilleos. Si le das oportunidad, te sacará todos los trapos sucios. Sé que Genevieve y ella se llevan bien.

Me viene a la mente la imagen de Genevieve y Peter sentados en el autocar con las cabezas juntas y me da un vuelco el corazón. Nuestro contrato aún no ha expirado. ¿Por qué iba a permitirle recuperar a Peter un minuto antes de tiempo?

—Sí, estamos juntos —le respondo, y me pongo de pie—. ¿Sabe qué? Creo que iré a las pistas.

62

Me he abrigado con el peto de esquí rosa de Margot, el gorro con borla y mi parka, y me siento como un dulce de Pascua, una nube de fresa. Mientras intento ponerme los esquís, pasan un grupo de chicas del instituto llevando unos pantalones de esquí estilo pantalones de yoga que son una monada. No sabía ni que existieran.

Siempre pienso que esquiar podría acabar gustándome, pero después voy a esquiar y me acuerdo de que, sí, lo detesto. Los otros están en las pistas negras y yo sigo en la verde; o sea, la zona de principiantes. Freno en cuña durante toda la bajada, y los niños me adelantan a toda velocidad. Pierdo la concentración porque me aterroriza la posibilidad de que choquen conmigo. Pasan zumbando de un lado al otro como si fuesen esquiadores olímpicos. Algunos ni siquiera utilizan palos de esquí. Son como Kitty, que es capaz de descender por las pistas negras. A mi padre y a ella les encanta. A Margot también, aunque ahora prefiere el *snowboard*.

He estado buscando a Peter con la mirada, pero todavía no le he visto, y empiezo a sentirme un poco desanimada.

Estoy planteándome la posibilidad de probar con la pista intermedia, para ver qué pasa, cuando veo a Peter y a sus amigos. Están llevando sus tablas de *snowboard* a cuestas. Y Genevieve no está a la vista.

—¡Peter! —grito, sintiéndome aliviada.

Vuelve la cabeza y creo que me ha visto, pero sigue andando.

Vaya.

Me ha visto, sé que me ha visto.

Después de cenar, Chris vuelve a las pistas para hacer *snowboard*. Dice que está enganchada al subidón de adrenalina. Me dirijo a la habitación cuando me encuentro con Peter de nuevo, esta vez en bañador y una sudadera. Le acompañan Gabe y Darrell. Llevan toallas colgadas del cuello.

—Hola, Larguirucha —dice Gabe dándome con la toalla—. ¿Dónde has estado todo el día?

—Por ahí. —Miro a Peter, pero me evita la mirada—. Os he visto en las pistas.

—Entonces ¿por qué no nos has llamado? Quería presumir de saltos contigo —se lamenta Darrell.

—Bueno, he llamado a Peter, pero supongo que no me ha oído —respondo en tono coqueto.

Peter por fin me mira a los ojos.

—No. No te había oído.

Su voz es tan fría e indiferente, tan poco característica de Peter que mi sonrisa se desvanece.

Gabe y Darrell intercambian miradas, como si dijeran: «Oooh», y Gabe le insta a Peter:

—Vamos tirando al jacuzzi —y se marchan trotando.

Peter y yo nos quedamos de pie en el vestíbulo. Ninguno de los dos dice nada.

—¿Estás enfadado conmigo o algo? —pregunto al fin.

—¿Por qué iba a estarlo?

Y nos sumimos en el silencio una vez más.

—Fuiste tú quien me convenció de que viniese a esquiar. Lo menos que puedes hacer es hablar conmigo.

—¡Lo menos que podías hacer tú era sentarte conmigo en el autocar! —exclama Peter.

Me quedo boquiabierta.

—¿De verdad estás tan enfadado porque no me senté contigo en el autocar?

Peter suelta un suspiro de impaciencia.

—Cuando sales con alguien, hay cosas que... se hacen, ¿vale? Como sentarse juntos durante un viaje. Es de esperar.

—No veo por qué es tan importante —respondo. ¿Cómo puede estar tan enfadado por una tontería como ésta?

—Olvídalo.

Se da la vuelta para marcharse, pero le agarro de la manga de la sudadera. No quiero pelearme con él. Quiero que lo pasemos bien como siempre que estamos juntos. Quiero que, al menos, siga siendo mi amigo. Sobre todo ahora que estamos a punto de terminar.

—Venga, no te enfades. No me di cuenta de que fuese tan importante. Me sentaré contigo a la vuelta, ¿vale?

—Pero ¿entiendes por qué estaba enfadado?

Asiento con un gesto.

—Muy bien, pero que sepas que te has perdido unos donuts de chocolate y café.

Me quedo boquiabierta.

—¿Cómo los has conseguido? ¡Pensaba que la tienda no abría tan temprano!

—Salí anoche ex profeso para comprarlos para el viaje. Para los dos.

Oh. Me siento conmovida.

—Bueno, ¿queda alguno?

—No. Me los he comido todos.

Parece tan satisfecho de sí mismo que alargo el brazo y le doy una palmada en el pecho.

—Zampabollos.

Pero lo digo con afecto.

Peter me coge de la mano y dice:

—¿Quieres saber algo curioso?

—¿Qué?

—Creo que empezabas a gustarme.

Me quedo completamente paralizada. Entonces aparto la mano y empiezo a recogerme el pelo en una cola, pero me acuerdo de que no tengo ninguna goma del pelo. El corazón me late a mil por hora, y de repente me cuesta pensar.

—Deja de bromear.

—No es ninguna broma. ¿Por qué crees que te besé en casa de McClaren en séptimo? Por eso te seguí la corriente con todo esto. Siempre me has parecido guapa.

Las mejillas me arden.

—En un sentido poco convencional.

Peter sonríe con su sonrisa perfecta.

—¿Y? Supongo que debe de gustarme lo poco convencional.

Entonces inclina la cabeza hacia mí y le suelto:

—Pero ¿no estás enamorado de Genevieve?

Peter arruga el ceño.

—¿Por qué mencionas siempre a Gen? Estoy intentando hablar de nosotros, y tú sólo quieres hablar de ella. Sí, Gen y yo hemos tenido nuestra historia. Siempre será importante para mí. Pero ahora... me gustas tú —dice, y se encoge de hombros.

No para de entrar y salir gente del albergue; un chico de clase pasa y le da una palmada en el hombro a Peter.

—¿Qué hay?

Cuando se marcha, Peter me pregunta:

—¿Qué dices? —Me está mirando, a la expectativa. Espera que le diga que sí.

Quiero decir sí, pero no quiero estar con un chico cuyo corazón le pertenece a otra. Por una vez, me gustaría ser la primera opción de alguien.

—Puede que creas que te gusto, pero no es verdad. Si te gustase, no sentirías nada por ella.

Peter niega con un gesto.

—Lo que haya entre Gen y yo no tiene nada que ver contigo y conmigo.

—¿Cómo puede ser cierto cuando, desde el principio, la razón de todo esto fue Genevieve?

—Eso no es justo. Cuando empezamos, te gustaba Sanderson —objeta Peter.

—Ya no. Pero tú sigues queriendo a Genevieve.

Frustrado, Peter se aparta de mí y se pasa las manos por el pelo.

—Dios, ¿desde cuándo eres una experta en el amor? Te han gustado cinco tíos en toda tu vida. Uno era gay, el otro vive en Indiana o Montana o donde sea, McClaren se mudó antes de que pudiese pasar algo, y uno estaba saliendo con tu hermana. Y luego estoy yo. Mmm, ¿qué tenemos todos en común? ¿Cuál es el denominador común?

Siento que toda la sangre se me sube a la cabeza.

—Eso no es justo.

Peter se inclina hacia delante y dice:

—Sólo te gustan los chicos con los que no tienes nada que hacer. Porque tienes miedo. ¿Qué es lo que te asusta?

Retrocedo hasta topar con la pared.

—No tengo miedo de nada.

—Eso no te lo crees ni tú. Prefieres crear una fantasía de alguien en tu cabeza que estar con la persona real.

Le miro enfurecida.

—Estás enfadado porque no me desmayé de felicidad cuando el gran Peter Kavinsky dijo que le gustaba. Tienes un ego enorme.

Sus ojos echan chispas.

—Vaya, siento no haberme presentado en tu casa con un ramo de flores para declararte mi amor eterno, Lara Jean, pero ¿sabes?, el mundo real no es así. Madura un poco.

Ya es suficiente. No tengo por qué escuchar esto. Me doy la vuelta y me marcho. Miro hacia atrás y le espeto:

—Disfruta del jacuzzi.

—Siempre lo hago —responde.

Estoy temblando.

¿Es cierto? ¿Cabe la posibilidad de que tenga razón?

Una vez en mi habitación, me pongo el camisón de franela y unos calcetines gruesos. Ni siquiera me lavo la cara. Apago las luces y me meto directamente en la cama, pero no puedo dormir. Cada vez que cierro los ojos, veo la cara de Peter.

¿Cómo se atreve a decirme que madure? ¿Y qué sabrá él? ¡Ni que Peter fuese el colmo de la madurez!

Pero... ¿tendrá razón? ¿Sólo me gustan los chicos a los que no puedo tener? Siempre he sabido que Peter estaba fuera de mi alcance. Siempre he sabido que no me pertenecía. Pero esta noche me ha dicho que le gustaba. Me ha dicho lo que yo soñaba que dijese. ¿Por qué no le he contestado que él también me gustaba cuando he tenido la oportunidad? Porque es verdad. Me gusta. Claro que me gusta. ¿Qué chica no se enamoraría de Peter Kavinsky, el chico más apuesto de entre todos los Chicos Apuestos? Ahora que le conozco, sé que es mucho más que eso.

No quiero seguir estando asustada. Quiero ser valiente. Quiero... empezar a vivir mi vida. Quiero enamorarme y que un chico se enamore de mí.

Antes de que pueda arrepentirme, me pongo el abrigo, guardo la llave de la habitación en el bolsillo y me dirijo al jacuzzi.

63

El jacuzzi está detrás del albergue principal, escondido entre los árboles, sobre una plataforma de madera. De camino al jacuzzi, me encuentro con chicos con el pelo mojado que se dirigen a sus habitaciones antes del toque de queda. El toque de queda es a las once, y ya son menos cuarto. No falta mucho tiempo. Espero que Peter siga ahí fuera. No quiero perder el coraje. Así que me apresuro y entonces le veo, solo en el jacuzzi, con la cabeza echada hacia atrás y los ojos cerrados.

—Hola —le saludo, y mi voz resuena en el bosque.

Peter abre los ojos de golpe.

—¡Lara Jean! ¿Qué haces aquí?

—He venido a verte.

Mi aliento forma nubes blancas. Empiezo a quitarme las botas y los calcetines. Me tiemblan las manos, y no es por el frío. Estoy nerviosa.

—¿Qué haces? —Peter me está mirando como si estuviese loca.

—¡Voy a entrar!

Temblando, me desabrocho el abrigo y lo dejo en el

banco. El agua echa vapor. Hundo los pies en el agua y me siento en el borde del jacuzzi. Es más caliente que un baño, pero resulta agradable. Peter me sigue mirando con recelo. El corazón me late a lo loco y me cuesta mirarle a los ojos. Nunca en mi vida había estado tan asustada.

—Lo que mencionaste antes... Me pillaste desprevenida y no supe qué decir. Pero... bueno, tú también me gustas.

Sueno tan incierta y balbuceante que desearía poder empezar de cero y decirlo con fluidez y seguridad. Vuelvo a intentarlo, esta vez con la voz más alta.

—Me gustas, Peter.

Peter parpadea y, de repente, parece mucho más joven.

—No entiendo a las chicas. Cuando llego a la conclusión de que por fin os comprendo, entonces... entonces...

—¿Entonces...? —Contengo la respiración. Espero a que hable. Estoy muy nerviosa. No paro de tragar saliva, y el ruido que hago me resulta insoportable. Incluso mi respiración suena ruidosa. Y mi pulso.

Me mira tan fijo que tiene las pupilas dilatadas.

—Entonces... no sé.

Creo que dejo de respirar cuando le oigo decir «no sé». ¿Lo he echado todo a perder? No puede haber terminado ahora que acabo de encontrar el valor. No puedo dejarlo pasar. El corazón me late a un millón de trillones de latidos por minuto a medida que me acerco a él. Inclino la cabeza y aprieto mis labios contra los suyos, y siento su estremecimiento de sorpresa. Y entonces me está besando, y la boca abierta y los labios suaves. Y al principio estoy nerviosa, y entonces me pone la mano en la nuca y me acaricia el pelo en un gesto tranquilizador, y ya no estoy tan nerviosa. Es una suerte que esté sentada porque me tiemblan las rodillas.

Tira de mí hasta que me sumerjo en el agua. Tengo el camisón empapado, pero no me importa. Nada me importa. No sabía que un beso pudiese ser algo tan maravilloso.

Tengo los brazos a los lados para que los chorros del jacuzzi no me levanten la falda. Peter me está sujetando la cara, besándome.

—¿Estás bien? —susurra. Su voz suena distinta: quebrada e insistente, y también vulnerable. No suena como el Peter que conozco; no suena seguro ni aburrido ni divertido. Tal como me está mirando, sé que haría cualquier cosa que le pidiese, y es un sentimiento extraño y poderoso.

Le rodeo el cuello con los brazos. Me gusta el olor del cloro en su piel. Huele a piscina y a verano y a vacaciones. No es como en las películas. Es mejor porque es real.

—Vuelve a tocarme el pelo —le digo, y las comisuras de sus labios se levantan.

Me inclino y le beso. Empieza a pasar los dedos por mi pelo y es tan agradable que soy incapaz de pensar. Es mejor que cuando me lavan el pelo en la peluquería. Bajo las manos por su espalda y por su columna, y se estremece y me abraza más fuerte. La espalda de un chico es muy diferente de la de una chica: más musculosa, más sólida.

Entre besos, Peter dice:

—Ha pasado el toque de queda. Deberíamos volver.

—No quiero.

Lo único que deseo es quedarme y estar aquí, con Peter, en este momento.

—Yo tampoco, pero no quiero que te metas en un lío —dice Peter. Parece tan preocupado que resulta enternecedor.

Le acaricio suavemente la mejilla con el dorso de la

mano. Es tan fina... Podría contemplarle durante horas. Su rostro es tan hermoso...

Entonces me pongo de pie y estoy tiritando. Empiezo a escurrir el agua de mi camisón y Peter sale del jacuzzi de un salto para coger su toalla y la envuelve en torno a mis hombros. Después me da la mano y salgo. Me castañetean los dientes. Empieza a secarme los brazos y las piernas con la toalla. Me siento y me pongo los calcetines y las botas. Después me pone el abrigo y sube la cremallera.

Entonces volvemos corriendo al albergue. Antes de que él se vaya al lado de los chicos y yo al de las chicas, le beso una vez más y me siento como si estuviese volando.

64

Cuando veo a Peter delante del autocar a la mañana siguiente, está con todos sus amigos de *lacrosse* y al principio me invade la timidez y el nerviosismo, pero entonces me ve y su rostro se ilumina con una sonrisa.

—Ven aquí, Covey —me urge, así que voy con él y se cuelga mi bolsa al hombro. Al oído, me susurra—: Te sientas conmigo, ¿no?

Asiento con un gesto.

Cuando entramos en el autocar, alguien silba. Parece que nos están mirando y, al principio, creo que son imaginaciones mías, pero entonces veo a Genevieve mirándome fijamente y susurrándole algo a Emily Nussbaum. Un escalofrío me recorre la espalda.

—Genevieve no para de mirarme —le susurro a Peter.

—Es porque eres adorablemente poco convencional —me explica, y apoya la cabeza en mi hombro y me besa en la mejilla, y me olvido por completo de Genevieve.

Peter y yo nos sentamos en medio del autocar con Gabe y los chicos de *lacrosse*. Le hago un gesto a Chris para que se siente con nosotros, pero está congeniando con Charlie

Blanchard. No he tenido oportunidad de contarle lo de anoche. Cuando llegué a la habitación ya estaba dormida, y esta mañana las dos hemos dormido hasta tarde y no he tenido tiempo. Se lo contaré luego. Por ahora es agradable saber que sólo Peter y yo compartimos el secreto.

Mientras bajamos de la montaña, comparto mis palitos de pan con los chicos y jugamos una ronda intensa de Uno, que también he traído yo.

Después de una hora de viaje, nos detenemos en una estación de servicio para desayunar. Yo tomo un bollo de canela, y Peter y yo nos damos la mano por debajo la mesa.

Voy al servicio y ahí está Genevieve, aplicándose brillo de labios. Entro en uno de los cubículos para hacer pis, con la esperanza de que cuando salga ya se haya marchado. Pero sigue ahí. Me lavo las manos deprisa y entonces dice:

—¿Sabes que cuando éramos pequeñas deseaba ser tú? —Me quedo de piedra. Genevieve cierra con un golpe su espejito de maquillaje—. Deseaba que tu padre fuera mi padre, y que Margot y Kitty fuesen mis hermanas. Me encantaba ir a tu casa. Rezaba para que me invitases a pasar la noche. Detestaba quedarme en casa con mi padre.

—No lo sabía. A mí me encantaba ir a tu casa porque tu madre era muy buena conmigo —balbuceo.

—Le gustabas mucho —añade Genevieve.

Reúno todo mi coraje y pregunto:

—Entonces ¿por qué dejaste de ser mi amiga?

Genevieve entorna los ojos.

—¿De verdad no lo sabes?

—No.

—Besaste a Peter en mi casa en séptimo. Sabías que me

gustaba, y le besaste de todos modos. —Retrocedo, pero Genevieve continúa—. Siempre supe que tu personalidad de niña buena era falsa. No me sorprende que mi prima y tú seáis amigas del alma. Al menos Chris admite que es una zorra y no interpreta ningún papel.

Todo mi cuerpo se pone rígido.

—¿De qué me estás hablando?

Genevieve suelta una carcajada, y resulta escalofriante de lo feliz que suena. Entonces sé que ya estoy muerta. Me preparo para el próximo comentario cruel que saldrá de su boca, pero no estoy lista para lo que viene a continuación.

—Estoy hablando de que Peter y tú tuvisteis sexo anoche en el jacuzzi.

Mi mente se queda completamente en blanco. Es posible que pierda el conocimiento durante un segundo. Siento que me voy a los lados. Que alguien traiga deprisa las sales, que estoy a punto de desmayarme.

La cabeza me da vueltas.

—¿Quién te ha dicho eso? —pregunto con voz ahogada—. ¿Quién lo dice?

Genevieve inclina la cabeza a un lado.

—Todo el mundo.

—Pero... pero no lo...

—Lo siento, pero me parece completamente repugnante. A ver, sexo en un jacuzzi, un jacuzzi público, es... —Genevieve se estremece—. Vete a saber qué tipo de cosas estarán flotando por ahí. Las familias usan ese jacuzzi, Lara Jean. Podría haber una familia ahí en este mismo instante.

Se me empiezan a escapar las lágrimas.

—Tan sólo nos besamos. No sé por qué la gente dice esas cosas.

—Hum, ¿tal vez porque Peter les ha contado que lo hicisteis?

Me quedo helada. No es cierto. No puede ser cierto.

—Todos los chicos le consideran un dios porque consiguió que la dulce Lara Jean se le entregase en un jacuzzi. Para que quede claro, la única razón por la que Peter comenzó a salir contigo fue para ponerme celosa. Su ego no soportaba el hecho de que le plantase por un chico mayor. Te estaba utilizando. Si ha obtenido sexo gratis de toda esta historia, mejor para él. Pero siempre viene corriendo cuando le llamo. Porque me quiere. —Lo que sea que ve en mi cara debe de satisfacerla porque sonríe—. Ahora que Blake y yo hemos terminado... Bueno, supongo que ya veremos, ¿no crees?

Permanezco muda y entumecida mientras se coloca bien el pelo delante del espejo.

—Pero no te preocupes. Ahora que eres una zorra, estoy segura de que habrá montones de chicos dispuestos a salir contigo. Por una noche.

Salgo huyendo. Salgo corriendo del servicio hasta el autocar y rompo a llorar.

65

La gente empieza a regresar al autocar. Siento sus ojos sobre mí y mantengo la cara vuelta hacia la ventana. Paso el dedo por el borde del cristal velado. La ventana está tan fría que dejo una huella.

Chris se sienta a mi lado. En voz baja, dice:

—Hum, acabo de oír una locura.

—¿Qué te han dicho exactamente? ¿Que anoche Peter y yo tuvimos sexo en el jacuzzi? —le pregunto en tono sombrío.

—¡Oh Dios mío! ¡Sí! ¿Estás bien?

Siento una opresión en el pecho. Si respiro profundamente, romperé a llorar otra vez, lo sé.

Cierro los ojos.

—No nos acostamos. ¿Quién te lo ha contado?

—Charlie.

Peter está bajando por el pasillo. Se detiene en nuestro asiento.

—Eh, ¿por qué no has vuelto a la mesa? ¿Estás bien? —Peter se cierne sobre nosotras con una expresión preocupada.

—La gente dice que tuvimos sexo en el jacuzzi —susurro.

—La gente debería preocuparse de sus propios asuntos —gruñe Peter. No suena en absoluto sorprendido.

—¿Ya lo sabías?

—Algunos de los chicos me lo han preguntado esta mañana.

—Pero... ¿de dónde han sacado la idea? —Me están entrando ganas de vomitar.

Peter se encoge de hombros.

—No lo sé, puede que nos viese alguien. ¿Qué importa? No es verdad.

Aprieto los labios con fuerza. No puedo llorar ahora mismo, porque si empiezo no podré parar. Lloraré durante todo el trayecto a casa, y todo el mundo me verá, y eso no puedo permitirlo. Fijo la mirada en algún punto situado por encima del hombro de Peter.

—No lo pillo. ¿Por qué estás enfadada conmigo? —Peter sigue estando confundido.

Se está empezando a agolpar la gente detrás de Peter. Quieren llegar a sus asientos.

—Hay gente esperando.

—Chris, ¿me devuelves mi asiento, por favor? —pregunta Peter.

Chris me mira y yo sacudo la cabeza.

—Ahora es mi asiento, Kavinsky.

—Venga, Lara Jean —me conmina Peter tocándome el hombro. Me aparto de un tirón, y Peter se queda boquiabierto. La gente nos está mirando, susurrando y riendo con disimulo. Peter mira hacia atrás, con la cara completamente roja. Al final sigue pasillo adelante.

—¿Estás bien? —pregunta Chris.

Siento que los ojos se me llenan de lágrimas.

—No. La verdad es que no.

Chris suspira.

—Esto es injusto para las chicas. Los chicos lo tienen fácil. Seguro que le estaban felicitando y dándole palmaditas en la espalda por ser todo un semental.

—¿Crees que se lo ha contado él a todo el mundo?

—¿Quién sabe?

Una lágrima se desliza por mi mejilla, y Chris la seca con la manga de su jersey.

—Puede que no haya sido él. Pero no importa, Lara Jean, porque incluso si no los animó a hablar, dudo mucho que los disuadiera, ¿sabes lo que digo?

Niego con un gesto, así que Chris prosigue en tono amargo:

—Lo que digo es que seguro que lo negó, pero con una sonrisa de oreja a oreja. Los chicos como Peter son así. Les gusta hacerse los machotes, les gusta que el resto de los chicos los admiren. Les importa más su reputación que la tuya. Pero lo hecho, hecho está. Tienes que mantener la cabeza alta y actuar como si no te importase una mierda.

Asiento, pero se me escapan más lágrimas.

—Hazme caso. No merece la pena. Deja que Gen se lo quede. —Chris me revuelve el pelo—. ¿Qué más puedes hacer, chica?

Genevieve sube la última. Me incorporo deprisa, me seco los labios y me mentalizo. Pero no va directamente a su asiento. Se detiene en el de Bethy Morgan y le susurra algo al oído. Bethy suelta un grito ahogado, se vuelve y me mira directamente.

Oh Dios mío.

Chris y yo observamos a Genevieve yendo de un asiento al otro.

—Puta —musita Chris.

Las lágrimas me arden en los ojos.

—Voy a dormir un poco.

Apoyo la cabeza en el hombro de Chris y lloro. Chris
me estrecha los hombros con fuerza.

66

Margot y Kitty me recogen en el instituto. Me preguntan cómo ha ido el viaje, y si me quedé todo el tiempo en la pista de principiantes. Intento mostrarme animada; incluso me invento una historia sobre cómo bajé por la pista azul. En voz baja, Margot me pregunta:

—¿Va todo bien?

Me siento flaquear. Margot siempre sabe cuándo estoy diciendo una mentira.

—Sí. Estoy cansada. Chris y yo nos quedamos hablando hasta tarde.

—Échate una siesta cuando lleguemos a casa —me aconseja.

Me suena el móvil. Es un mensaje de Peter.

¿Podemos hablar?

Apago el móvil.

—Creo que me pasaré las vacaciones de Navidad durmiendo —respondo.

Gracias a Dios y al niño Jesús por las vacaciones de Navidad. Al menos tendré diez días antes de regresar a clase y de enfrentarme a todo el mundo. O quizá no regrese nunca más. Quizá pueda convencer a papá para que me deje estudiar desde casa.

Cuando papá y Kitty se van a la cama, Margot y yo envolvemos regalos en el salón. A la mitad, Margot decide que deberíamos celebrar la fiesta recital el día después de Navidad. Tenía la esperanza de que hubiese olvidado la fantástica idea de la fiesta, pero la memoria de Margot siempre ha sido infalible.

—Será una fiesta post Navidad y pre Año Nuevo —dice, haciendo un lazo en uno de los regalos de papá para Kitty.

—Es muy justo de tiempo. No vendrá nadie —respondo, cortando con mucho cuidado un trozo de papel de envolver estampado con mecedoras en forma de caballito. Lo estoy haciendo con sumo cuidado: quiero guardar un poco para el fondo de página del libro de recortes de Margot, que ya está casi terminado.

—¡Sí que vendrán! Hace años que no la celebramos. Antes venía un montón de gente. —Margot se levanta y empieza a sacar libros de cocina de mamá y a colocarlos en una pila encima de la mesilla del café—. No seas como el Grinch. Creo que deberíamos recuperar la tradición para Kitty.

Corto un trozo de lazo verde. Puede que esta fiesta me ayude a distraerme.

—Busca el plato de pollo mediterráneo que preparaba mamá. Con la salsa de yogur y miel.

—¡Sí! ¿Y te acuerdas de la salsa de caviar? A la gente le

encantaba la salsa de caviar. También tenemos que prepararla. ¿Qué hacemos, pajitas de queso o bombas de queso?

—Bombas de queso.

Margot está tan entusiasmada con la fiesta que incluso en mi estado actual de autocompasión no se lo puedo reprochar.

Saca un boli y un papel de la cocina, y empieza a anotar cosas.

—Hemos dicho el pollo, la salsa de caviar, las bombas de queso, ponche... Podemos preparar galletas o *brownies*. Invitaremos a todos los vecinos: a Josh y a sus padres, a los Shah y a la señora Rothschild. ¿A qué amigos quieres invitar? ¿A Chris?

Sacudo la cabeza.

—Chris va a visitar a su familia a Boca Ratón.

—¿Y qué me dices de Peter? Podría traer a su madre, y ¿no tiene un hermano pequeño?

Se nota que se está esforzando.

—Deja fuera a Peter.

Se le arruga la frente y levanta la vista de la lista.

—¿Ocurrió algo durante el viaje?

—No. No pasó nada —me apresuro a responder.

—Pues entonces ¿por qué no? Me gustaría conocerle mejor, Lara Jean.

—Creo que también se va de viaje.

Se nota que Margot no me cree, pero no insiste.

Envía las invitaciones por correo electrónico esa misma noche, y al momento recibe cinco confirmaciones. En los comentarios, la tía D. (que no es nuestra tía de verdad, sino una de las mejores amigas de mamá) escribe: «Margot, ¡estoy impaciente por oírte cantar con tu padre *Baby, It's Cold Outside*!». Otra tradición de la fiesta recital. Margot y papá cantan *Baby, It's Cold Outside*, y a mí siempre me toca cantar *Santa Baby*. Lo hacía tumbada sobre el piano con los zapatos de tacón de mamá y la estola de zorro de la abuela. Este año no pienso hacerlo. Ni loca.

Al día siguiente, cuando Margot intenta convencerme de que la acompañe a ella y a Kitty a entregarles las cestas de galletas a los vecinos, me disculpo y digo que estoy cansada. Subo a mi habitación para hacer los últimos retoques en el álbum de recortes de Margot y escucho las canciones lentas de *Dirty Dancing* y no paro de comprobar el móvil para ver si Peter me ha enviado otro mensaje. Peter no me ha enviado nada, pero Josh sí.

Me he enterado de lo que pasó. ¿Estás bien?

¿Hasta Josh lo sabe? No va ni a nuestra clase. ¿Lo sabe todo el instituto?
Respondo:

No es verdad.

Y él escribe:

No hace falta que lo digas. No lo he creído ni por un momento.

Hace que me entren ganas de llorar.

Margot y él se han visto una vez desde que regresó, pero no han hecho el viaje a Washington que mencionó Josh. Quizá sea mejor que arranque la página de Joshy y Margot del álbum de recortes.

Me quedo despierta hasta tarde por si Peter vuelve a

escribir. Me digo a mí misma que, si Peter llama o escribe esta noche, sabré que también piensa en mí y le perdonaré. Pero no escribe ni llama.

Hacia las tres de la madrugada tiro a la basura las notas de Peter. Borro su foto de mi móvil; borro su número de teléfono. Pienso que si le borro lo suficiente, será como si nada de esto hubiese ocurrido, y no me dolerá tanto el corazón.

67

La mañana de Navidad, Kitty nos despierta a todos cuando todavía está oscuro, una de las tradiciones de Kitty, y papá prepara gofres, una de las tradiciones de papá. Sólo comemos gofres por Navidad porque todos estamos de acuerdo en que es un fastidio cargar con la gofrera y tener que limpiarla y volver a guardarla en lo alto del armario. De paso, esto hace que comer gofres sea algo especial.

Abrimos los regalos por turnos para que dure más. Yo le regalo una bufanda a Margot y el álbum de recortes, que le encanta. Lee atentamente todas las páginas, soltando exclamaciones sobre mis manualidades, maravillándose ante mi elección de fuentes y de retales de papel. Abrazándoselo al pecho, concluye:

—Es el regalo perfecto —y siento que toda la tensión y los malos sentimientos se evaporan. El regalo de Margot para mí es un jersey de lana de cachemira de color rosa pálido que ha comprado en Escocia. Me lo pruebo por encima del camisón y es suave y suntuoso.

El regalo de Margot para Kitty es un kit de pintura con

ceras pastel, acuarelas y rotuladores. Kitty rompe a chillar como un cochinillo. A cambio, Kitty le regala calcetines con monos estampados. Yo le regalo a Kitty una nueva cesta para su bici y la granja de hormigas que me pidió hace meses, y Kitty me da un libro sobre cómo hacer punto.

—Para que puedas mejorar —dice.

Las tres hemos colaborado en el regalo de papá, un grueso jersey escandinavo que hace que parezca un pescador noruego. Le va un poco grande, pero papá insiste en que le gusta así. Le regala a Margot un nuevo *e-reader*; a Kitty, un casco con su nombre (Katherine, no Kitty), y a mí, un vale de regalo para Linden & White.

—Quería comprarte el relicario que tanto te gusta, pero ya no estaba. Aunque seguro que encuentras algo igual de bonito.

Me levanto de un salto y me lanzo a sus brazos. Podría ponerme a llorar.

Santa Claus, también conocido como papá, suele traer regalos tontos como sacos de carbón, pistolas de agua con tinta que desaparece, y también cosas prácticas como calcetines de deporte, tinta para la impresora y mi marca favorita de bolis. Supongo que Santa también compra en Costco.

Cuando terminamos de abrir los regalos, se nota que Kitty está decepcionada de que no haya ningún cachorro, pero no dice nada. Le doy un abrazo y le susurro al oído:

—Siempre te quedará tu cumpleaños, el mes que viene —y Kitty se limita a asentir.

Papá va a la cocina a comprobar si la gofrera está caliente y entonces suena el timbre.

—Kitty, ¿puedes abrir tú? —dice desde la cocina.

Kitty va a abrir y, al cabo de unos segundos, oímos un

chillido agudo. Margot y yo vamos corriendo a la puerta, y encima de la alfombrilla de la entrada hay una cesta con un cachorro de color caramelo con un lazo en torno al cuello. Las tres nos ponemos a saltar y a chillar.

Kitty coge en brazos al cachorro y corre con él al salón, donde la está esperando papá, con una sonrisa de oreja a oreja.

—¡Papá, papá, papá! ¡Gracias, gracias, gracias! —grita Kitty.

Según papá, recogió al cachorro de la perrera hace dos noches, y nuestra vecina, la señora Rothschild, lo ha estado escondiendo en su casa. Es un chico, por cierto. Lo descubrimos enseguida porque hace pis por todo el suelo de la cocina. Es una mezcla de wheaten terrier, y Kitty declara que es mucho mejor que un akita o un pastor alemán.

—Siempre he querido un perro con flequillo —comento, y me lo abrazo a la mejilla.

—¿Cómo lo llamaremos? —pregunta Margot. Todos miramos a Kitty, quien se mordisquea el labio inferior con expresión pensativa.

—No sé —dice.

—¿Qué tal *Sandy*? —sugiero.

—Poco original —se burla Kitty.

—¿Qué tal *François*? Podemos llamarlo *Frankie* —respondo.

—No, gracias —dice Kitty. Ladeando la cabeza, aventura—: ¿Qué tal *Jamie*?

—*Jamie* —repite papá—. Me gusta.

Margot asiente.

—Suena bien.

—¿Cuál es su nombre completo? —pregunto, depositándolo en el suelo.

Kitty responde de inmediato:

—*Jamie Fox-Pickle*, pero sólo lo llamaremos así cuando se porte mal. —Kitty da una palmada y dice con voz de arrullo—. ¡Ven aquí, *Jamie*!

Y *Jamie* acude corriendo, meneando la cola como loco.

Nunca la había visto tan feliz ni tan paciente. Dedica todo el día de Navidad a enseñarle trucos y a pasearlo. Los ojos le hacen chiribitas. Me hace desear volver a ser pequeña para que todo pueda solucionarse con un cachorro.

Sólo compruebo el móvil una vez para ver si Peter ha llamado. No lo ha hecho.

68

La mañana de la fiesta, bajo la escalera a las diez pasadas, y los demás ya llevan horas trabajando. Margot es el chef y papá es su pinche de cocina. Le tiene cortando cebollas y apio y lavando ollas.

—Lara Jean, necesito que limpies el baño de abajo y que friegues y ordenes el salón. Kitty, tú te ocupas de la decoración.

—¿Podemos desayunar primero? —pregunto yo.

—Sí, pero daos prisa —contesta mientras amasa las galletas.

—Yo ni siquiera quería celebrar la fiesta y ahora me tiene limpiando el lavabo. ¿Cómo es que te ha tocado el trabajo bueno? —le susurro a Kitty.

—Porque soy la pequeña —contesta, y se sube al banco de la barra del desayuno.

Margot se vuelve y dice:

—¡Había que limpiar el baño de todos modos! Además, valdrá la pena. Hace mucho que no celebramos una fiesta recital. Papá, necesito que vayas pronto a la tienda. Necesitamos crema agria y una bolsa grande de hielo.

—A sus órdenes, mi capitán —se cuadra papá.

El único de nosotros al que no pone a trabajar es a *Jamie Fox-Pickle*, que está echándose una siesta bajo el árbol de Navidad.

Llevo una pajarita de cuadros escoceses con una blusa blanca y una falda tartán. Leí en un blog de moda que mezclar estampados de cuadros se lleva mucho. Voy a la habitación de Kitty para suplicarle que me trence el pelo, pero cuando me ve, arruga los labios y dice:

—Eso no es muy atractivo.

Frunzo el ceño.

—¿Perdona? ¡No intentaba parecer atractiva! Intentaba parecer festiva.

—Bueno... pareces una camarera escocesa, o puede que un barman en un bar de Brooklyn.

—¿Tú qué sabes de los bármanes de Brooklyn, Katherine? —replico.

Me lanza una mirada fulminante.

—¿Es que no ves la HBO, tonta?

Mmm. Parece que tendremos que poner algunas restricciones paternas en la tele.

Kitty va a mi armario y saca mi vestido rojo de punto con la falda de vuelo.

—Ponte éste. Es navideño, pero no te hace parecer un elfo.

—Vale, pero me pondré un broche de bastón de caramelo.

—Vale, ponte el broche. Pero déjate el pelo suelto. Sin trenzas. —Le ofrezco mi mejor cara de pena, pero Kitty sacude la cabeza—. Te rizaré las puntas para darle un poco de cuerpo, pero nada de trenzas.

Enchufo el rizador y me siento en el suelo con *Jamie* en el regazo, y Kitty se sienta en la cama y me divide el pelo en secciones. Enrolla el pelo en el rizador como una verdadera profesional.

—¿Va a venir Josh a la fiesta? —me pregunta.

—No estoy segura.

—¿Y Peter?

—No viene.

—¿Por qué no?

—No puede.

Margot está al piano tocando *Blue Christmas* y nuestro antiguo profesor de piano, el señor Choi, está sentado a su lado cantando. Al otro lado de la habitación, papá les está enseñando nuestro nuevo cactus a los Shah del final de la calle, y Kitty y Josh y algunos de los niños están intentando enseñar a *Jamie* a sentarse. Yo estoy sorbiendo un ginger ale de arándano y hablando con la tía D. de su divorcio cuando entra Peter Kavinsky con un jersey de color verde, una camisa de vestir por debajo y con un bote en las manos. Casi me atraganto con el ponche.

Kitty lo divisa a la vez que yo.

—¡Has venido! —chilla.

Kitty salta en sus brazos, y Peter deja el bote de galletas en el suelo y la levanta en brazos. Cuando la suelta, le conduce de la mano a la mesa del bufet donde me dedico a reordenar la bandeja de galletas.

—Mira lo que ha traído Peter —dice Kitty dándole un empujoncito.

Peter me entrega el bote de galletas.

—Toma. Galletas de pastel de fruta preparadas por mi madre.

—¿Qué haces aquí? —susurro en tono acusador.

—La enana me ha invitado. —Señala con la cabeza a Kitty, quien, casualmente, ha vuelto corriendo a su cachorro. Josh está de pie con el ceño fruncido—. Tenemos que hablar.

Así que ahora quiere hablar. Demasiado tarde.

—No tenemos nada de que hablar.

Peter me coge del codo y yo intento desembarazarme de él, pero no me suelta. Me conduce hasta la cocina.

—Quiero que te inventes una excusa para Kitty y te vayas. Y puedes llevarte tus galletas.

—Dime primero por qué estás tan cabreada conmigo.

—¡Porque sí! ¡Todo el mundo dice que lo hicimos en el jacuzzi y que soy una zorra y a ti te da igual!

—¡Les dije que no era verdad!

—¿De verdad? ¿Les dijiste que sólo nos habíamos besado y que eso es lo único que hemos hecho?

Peter titubea, así que continúo:

—¿O dijiste: «Tíos, no lo hicimos en el jacuzzi», guiño, guiño, sonrisa autosuficiente?

Peter me taladra con la mirada.

—Confía un poco en mí, Covey.

—Eres un montón de escoria, Kavinsky.

Me vuelvo de golpe. Ahí está Josh, en el umbral, lanzándole una mirada asesina a Peter.

—Tú tienes la culpa de que estén diciendo toda esta mierda sobre Lara Jean. —Josh sacude la cabeza, asqueado—. Lara Jean nunca haría algo así.

—Baja la voz —susurro, y miro a un lado y a otro para comprobar que no nos oye nadie. No me puedo creer que esto esté pasando justo ahora. En la fiesta recital, con todas las personas a quienes conozco en la habitación de al lado.

A Peter le tiembla la mandíbula.

—Josh, ésta es una conversación privada entre mi novia y yo. ¿Por qué no vas a jugar al World of Warcraft o algo así? O puede que echen una maratón de *El Señor de los Anillos* en la tele.

—Que te den, Kavinsky —dice Josh. Se me escapa un jadeo entrecortado—. Lara Jean, de esto es de lo que he estado intentando protegerte. No es digno de ti. Sólo conseguirá hundirte.

A mi lado, Peter se pone rígido.

—¡Supéralo de una vez! Ya no le gustas. Se ha acabado. Pasa página.

—No tienes ni idea de lo que hablas —dice Josh.

—Lo que tú digas, tío. Me dijo que intentaste besarla. Si lo vuelves a intentar, te partiré la cara.

—Adelante —dice Josh, y deja escapar una carcajada.

Me invade el pánico cuando Peter camina con determinación hacia Josh. Peter echa atrás el brazo.

—¡Basta ya!

Entonces la veo. Margot, de pie detrás de Josh, la mano en la boca. La música de piano se ha detenido. El mundo ha dejado de girar porque Margot lo ha escuchado todo.

—No es cierto, ¿a que no? Por favor, dime que no es cierto.

Abro y cierro la boca. No me hace falta decir nada porque ya lo sabe. Margot me conoce muy bien.

—¿Cómo has podido? —pregunta, y le tiembla la voz. El sufrimiento que veo en su mirada hace que desee estar muerta. Nunca la había visto así.

—Margot —empieza Josh, pero Margot sacude la cabeza y retrocede.

—Fuera —le ordena, y se le está quebrando la voz. Entonces me mira—. Eres mi *hermana*. La persona en la que más confío.

—Gogo, espera.

Pero ya se ha ido. Oigo sus pasos escalera arriba, y cómo se cierra la puerta sin dar ningún portazo.

Entonces rompo a llorar.

—Lo siento mucho —se disculpa Josh—. Todo esto es por mi culpa.

Y se marcha por la puerta de atrás.

Peter se dispone a abrazarme, pero le detengo.

—¿Te importaría... te importaría irte?

Su expresión denota sorpresa y angustia al mismo tiempo.

—Sí, ya me voy —se resigna, y sale de la cocina.

Voy al baño que está al lado de la cocina y me siento en el retrete a llorar. Alguien llama a la puerta. Dejo de llorar y digo:

—Un momento.

Suena la voz jovial de la señora Shah:

—¡Lo siento, cariño! —y la oigo alejarse taconeando.

Me pongo de pie y me mojo la cara con agua fría. Tengo los ojos rojos e hinchados. Mojo una toalla y me humedezco un poco la cara. Mi madre acostumbraba a hacerlo cuando me encontraba mal. Me ponía un trapo frío como el hielo en la frente y lo cambiaba por uno nuevo cuando ya no estaba frío. Ojalá mi madre estuviese aquí.

Cuando regreso a la fiesta, el señor Choi está sentado al piano, tocando *Have Yourself a Merry Little Christmas*, y la señora Rothschild tiene a mi padre arrinconado en el sofá. Está bebiendo champán y tiene una expresión medio azorada en la cara. En cuanto me ve, papá salta del sofá y se me acerca.

—Gracias a Dios. ¿Dónde está Gogo? Todavía no hemos interpretado nuestro número.

—No se encuentra bien.

—Iré a ver cómo está.

—Creo que prefiere estar sola.

Papá arruga el ceño.

—¿Se ha peleado con Josh? He visto que se acaba de marchar.

Trago saliva.

—Puede ser. Iré a hablar con ella.

Me da una palmadita en el hombro.

—Eres una buena hermana, cariño.

—Gracias, papá —respondo con una sonrisa forzada.

Subo hasta la habitación de Margot. La puerta está cerrada con pestillo. Desde fuera pregunto:

—¿Puedo entrar?

Sin respuesta.

—Por favor, Margot. Por favor, déjame que te lo explique...

Nada de nada.

Me siento delante de la puerta y empiezo a llorar. Mi hermana mayor sabe cómo hacerme daño mejor que nadie. Su silencio, que me haga el vacío, es el peor castigo que podría ocurrírsele.

69

Antes de que mamá muriese, Margot y yo éramos enemigas. Nos peleábamos a todas horas porque yo siempre rompía sus cosas, sus juegos, sus juguetes.

Margot tenía una muñeca que le encantaba que se llamaba Rochelle. Rochelle tenía una sedosa melena cobriza y llevaba gafas como Margot. Mamá y papá se la habían regalado el día en que cumplió siete años. Rochelle era la única muñeca de Margot. La adoraba. Yo le suplicaba que me dejase sostenerla, aunque sólo fuese un segundo, pero Margot siempre decía que no. En una ocasión, estaba resfriada, así que me quedé en casa en vez de ir a la escuela. Me colé en la habitación de Margot y cogí a Rochelle. Me pasé toda la tarde jugando con ella. Fingía que la muñeca y yo éramos amigas íntimas. Se me ocurrió que Rochelle no era muy guapa, y que sería más hermosa con un poco de pintalabios. Si la ponía más guapa, le estaría haciendo un favor a Margot. Saqué uno de los pintalabios del cajón del baño de mamá y se lo apliqué a Rochelle. Enseguida comprendí que había cometido un error. Había pintado por encima de la línea de sus labios, así que parecía un payaso en vez de una dama sofisticada. Intenté limpiar el pintalabios con pasta de dientes, pero sólo sirvió para que pareciese que tenía una enfermedad en los labios. Me escondí bajó las mantas hasta que Margot llegó a casa. Cuando descubrió en qué estado se encontraba Rochelle, oí a Margot soltar un chillido.

Después de la muerte de mamá, tuvimos que reorganizarnos. Todos teníamos papeles nuevos. Margot y yo ya no estábamos enfrentadas porque las dos comprendíamos que teníamos que cuidar de Kitty.

—Cuidad de vuestra hermana —decía siempre mamá. Cuando estaba viva, lo hacíamos a regañadientes. Después de perderla, lo hicimos porque lo deseábamos.

Pasan los días, y nada. Evita mirarme, y sólo me dirige la palabra cuando es estrictamente necesario. Kitty nos observa con gesto preocupado. Papá está desconcertado y nos pregunta qué ha ocurrido, pero no insiste en obtener respuesta.

Se ha levantado un muro entre las dos, y siento cómo se aleja más y más de mí. Se supone que las hermanas se pelean y después se reconcilian porque son hermanas, y una hermana siempre encuentra el camino de regreso a la otra. Pero lo que más me aterroriza es la perspectiva de que quizá no lo consigamos.

70

La nieve está cayendo en montones que parecen de algodón. El jardín está empezando a parecer un campo de algodón. Espero que nieve todo el día y toda la noche. Espero que haya una tormenta de nieve.

Llaman a la puerta de mi habitación.

Levanto la cabeza de la almohada.

—Adelante.

Mi padre entra y se sienta al escritorio.

—Tenemos que hablar —dice, rascándose la barbilla como hace siempre que se siente incómodo.

Me da un vuelco el estómago. Me incorporo y me abrazo las rodillas.

—¿Margot te lo ha contado?

Mi padre se aclara la garganta. No puedo ni mirarle.

—Sí. Esto resulta muy embarazoso. No tuve que hacer nada de esto con Margot, así que... —Papá vuelve a aclararse la garganta—. Cabría esperar que se me diese mejor, teniendo en cuenta que soy un profesional de la salud. Sólo te diré que creo que eres demasiado joven para tener relaciones sexuales, Lara Jean. No creo que estés preparada. ¿Cabe la posibilidad de que Peter te presionara?

Siento que toda la sangre me sube a la cara.

—Papá, no nos acostamos.

Mi padre asiente, pero no me cree.

—Soy tu padre, así que, como es lógico, preferiría que esperases hasta que tuvieras cincuenta años. —Carraspea una vez más—. Quiero que tomes precauciones. Pediré cita con el doctor Hudecz el lunes.

Empiezo a llorar.

—¡No necesito ninguna cita porque no hice nada! ¡No tuve relaciones sexuales! Ni en el jacuzzi ni en ningún lado. Alguien se lo inventó. Tienes que creerme.

Mi padre tiene una expresión angustiada.

—Lara Jean, sé que no es fácil hablar de esto con tu padre, en vez de hacerlo con tu madre. Desearía que tu madre estuviese aquí para guiarnos.

—Yo también, porque ella me creería.

Lloro sin parar. Bastante tengo con que los desconocidos tengan mala opinión de mí, pero nunca me habría imaginado que mi padre y mi hermana se lo hubiesen creído.

—Lo siento —se disculpa mi padre, y me abraza—. Lo siento. Te creo. Si me dices que no has tenido relaciones sexuales es que no las has tenido. No quiero que crezcas demasiado deprisa, ¿sabes? Cuando te miro, me pareces tan joven como Kitty. Eres mi niñita, Lara Jean.

Me hundo en sus brazos. No hay lugar más seguro.

—Esto es un desastre. Tú ya no confías en mí, Peter y yo hemos roto, y Margot me odia.

—Confío en ti. Claro que confío en ti. Y desde luego que te reconciliarás con Margot, igual que haces siempre. Estaba preocupada por ti, y por eso acudió a mí.

No lo estaba. Lo hizo por despecho. Ella tiene la culpa de que papá pensase eso de mí, aunque fuese sólo por un segundo.

Papá me levanta la barbilla y me seca las lágrimas de la cara.

—Peter debe de gustarte mucho, ¿verdad?

—No. Quizá. No lo sé —sollozo.

Papá me coloca un mechón de pelo detrás de la oreja.

—Todo se arreglará.

Existe un tipo específico de pelea que sólo puedes tener con tu hermana. Es el tipo de pelea durante la que dices cosas que no puedes retirar. Las dices porque no puedes evitarlo, porque estás tan enfadada que la furia te mana de los ojos y de la garganta; estás tan enfadada que no ves ni por dónde vas. Sólo ves sangre.

En cuanto papá se marcha y oigo que entra en su habitación para irse a dormir, irrumpo en la habitación de Margot sin llamar. Margot está en su escritorio con su portátil. Levanta la vista sorprendida.

Secándome los ojos, digo:

—Puedes enfadarte conmigo cuanto quieras, pero no tienes ningún derecho a hablar con papá a mis espaldas.

—No lo hice para vengarme —responde, con la voz tensa como la cuerda de un piano—. Lo hice porque es evidente que no tienes ni idea de lo que estás haciendo y, si no tienes cuidado, acabarás convertida en una estadística adolescente. —Con frialdad, como si hablase con un desconocido, prosigue—: Has cambiado, Lara Jean. Para serte sincera, ya ni te conozco.

—¡No, definitivamente no me conoces si crees por un

solo segundo que me acostaría con alguien en un viaje escolar! ¿En un jacuzzi, a plena vista de cualquiera que pasase por casualidad? ¡No me conoces en absoluto! —Y entonces juego el as que me he estado guardando en la manga—. El hecho de que te hayas acostado con Josh no significa que yo me vaya a acostar con Peter.

Margot se queda sin aliento.

—Baja la voz.

Me alegro de haberle hecho tanto daño como ella me ha hecho a mí.

—Ahora que papá está decepcionado conmigo, ya no podrá estarlo contigo, ¿verdad? —digo en voz bien alta.

Me doy la vuelta para regresar a mi habitación, pero Margot me sigue de cerca.

—¡Vuelve aquí! —chilla.

—¡No! —Intento cerrarle la puerta en la cara, pero la detiene con el pie—. ¡Fuera!

Apoyo todo mi peso en la puerta, pero Margot es más fuerte que yo. Abre la puerta a la fuerza, y la cierra detrás de ella.

Avanza hacia mí y yo me limito a retroceder. Sus ojos tienen un brillo peligroso. Ahora es ella la que tiene la superioridad moral, y siento que empiezo a encogerme, a achicarme.

—¿Cómo sabes que Josh y yo nos acostamos, Lara Jean? ¿Te lo contó él mientras os veíais a mis espaldas?

—¡No nos veíamos a tus espaldas! No ocurrió así.

—Entonces ¿cómo ocurrió? —me apremia Margot.

Se me escapa un sollozo.

—A mí me gustó primero. Me gustó todo el verano de antes de noveno. Pensé... pensé que yo también le gustaba. Pero un día dijiste que estabais saliendo, de modo que me lo callé. Le escribí una carta de despedida.

—¿De verdad esperas que me compadezca de ti?

La expresión de Margot se retuerce en una mueca de desdén.

—No. Estoy intentando contarte lo que ocurrió. Dejó de gustarme, te lo juro. No volví a pensar en él de esa manera, pero entonces, después de que te marchases, me di cuenta de que en el fondo seguía sintiendo algo por él. Y entonces alguien envió mi carta y Josh lo descubrió, así que empecé a fingir que salía con Peter...

Margot sacude la cabeza.

—Basta ya, no quiero oírlo. No sé ni de qué estás hablando.

—Josh y yo sólo nos besamos una vez. Una vez. Y fue un error terrible... ¡y ni siquiera quería hacerlo! Es a ti a la que quiere, no a mí.

—¿Cómo voy a creerme nada de lo que digas de ahora en adelante?

—Porque es la verdad. No tienes ni idea del poder que ejerces sobre mí. De lo mucho que me importa tu opinión. Lo mucho que te admiro —me sincero, temblando.

El gesto de Margot se contrae. Está conteniendo las lágrimas.

—¿Sabes lo que me decía siempre mamá? «Cuida de tus hermanas.» Y eso es lo que hice. Siempre intenté anteponeros a Kitty y a ti. ¿Tienes idea de lo duro que ha sido estar tan lejos de vosotros? ¿Y de lo sola que me sentía? Lo único que quería era regresar a casa, pero no podía, porque tengo que ser fuerte. Tengo que... Tengo que ser un buen ejemplo. No puedo ser débil. Tengo que enseñaros a ser fuertes. Porque... porque mamá no está aquí para hacerlo —zanja Margot con respiración entrecortada.

Me brotan lágrimas de los ojos.

—Lo sé. No tienes que decírmelo, Gogo. Sé lo mucho que haces por nosotras.

—Pero entonces me marché y parecía que ya no me necesitabais tanto como creía. —Se le quiebra la voz—. Os iba bien sin mí.

—¡Sólo porque tú me enseñaste todo lo que sé!

Margot se desmorona.

—Lo siento. Lo siento mucho —solloza.

—Te necesitaba, Lara Jean.

Margot da un paso adelante y yo otro, y caemos en brazos la una de la otra, llorando, y el alivio que siento es inconmensurable. Somos hermanas, y eso no lo cambiará nada de lo que ella o yo podamos decir o hacer.

Papá llama a la puerta.

—¿Chicas? ¿Todo bien ahí dentro?

Intercambiamos miradas y decimos a la vez:

—Estamos bien, papá.

71

Es Nochevieja. Siempre la celebramos en casa. Preparamos palomitas de maíz, bebemos sidra espumosa y, a medianoche, salimos al jardín y encendemos bengalas.

Unos amigos de Margot celebran una fiesta en la montaña y dijo que no iría, que prefería quedarse con nosotras,
pero Kitty y yo la obligamos a asistir. Espero que Josh vaya
también, y que hablen, y que pase lo que tenga que pasar.
Es Nochevieja. La noche en la que todo vuelve a comenzar.

Enviamos a papá a una fiesta que celebra alguien del
hospital. Kitty planchó su camisa favorita y yo escogí la
corbata, y lo empujamos por la puerta. Creo que la abuela
tiene razón: no es bueno estar solo.

—¿Por qué sigues estando triste? —me pregunta Kitty
mientras sirvo las palomitas en un bol. Estamos en la cocina. Ella se sienta en un banco a la barra del desayuno con
las piernas colgando. El cachorro está hecho un ovillo
como si fuera un ciempiés debajo del banco, y mira a Kitty
con ojos esperanzados.

»Margot y tú os habéis reconciliado. ¿Por qué estás
triste?

Estoy a punto de negar que estoy triste, pero al final me limito a suspirar y reconozco:

—No lo sé.

Kitty toma un puñado de palomitas y suelta unas cuantas en el suelo. *Jamie* las devora.

—¿Cómo es que no lo sabes?

—Porque a veces estás triste y no sabes por qué.

Kitty ladea la cabeza.

—¿Síndrome premenstrual?

Cuento los días que han pasado desde mi última regla.

—No. No es síndrome premenstrual. El hecho de que una chica esté triste no significa que tenga el síndrome premenstrual.

—Entonces ¿por qué? —insiste.

—¡No lo sé! Quizá echo de menos a alguien.

—¿Echas de menos a Peter? ¿O a Josh?

—A Peter —concluyo, después de vacilar un poco. A pesar de todo, a Peter.

—Pues llámale.

—No puedo.

—¿Por qué no?

No sé cómo responder. Todo esto es muy embarazoso, y quiero ser alguien a quien pueda admirar. Pero está esperando, con el ceño fruncido, y sé que debo contarle la verdad.

—Kitty, todo fue de mentira. Nunca estuvimos juntos. Nunca le gusté.

—¿Qué quieres decir con que fue de mentira?

—Empezó con las cartas. ¿Te acuerdas de la sombrerera que desapareció? Dentro tenía cartas, cartas que les escribí a los chicos que me gustaban. Se suponía que eran privadas, no pensaba enviarlas, pero alguien lo hizo y se montó un lío. Josh recibió una, y Peter recibió otra, y me sentía tan humillada... Peter y yo decidimos fingir que salíamos juntos para que yo pudiese guardar las apariencias ante Josh y Peter pudiese poner celosa a su exnovia, y al final todo se salió de madre.

Kitty se está mordisqueando el labio, nerviosa.

—Lara Jean... Si te digo algo, ¿me prometes que no te enfadarás?

—¿Qué es? Dímelo y ya está.

—Promételo primero.

—Vale, te prometo que no me enfadaré. —Siento un cosquilleo por la columna.

—Las cartas las envié yo —dice Kitty a toda prisa.

—¡¿Qué?! —chillo.

—¡Me has prometido que no te ibas a enfadar!

—¡¿Qué?! —chillo otra vez, pero no tan alto—. Kitty, ¿cómo pudiste hacerme esto a mí?

Kitty deja caer la cabeza.

—Porque estaba enfadada contigo. Te estabas burlando de mí porque me gustaba Josh; dijiste que iba a bautizar a mi perro con su nombre. Estaba muy enfadada contigo. Así que mientras dormías... me colé en tu habitación y te robé la sombrerera y leí todas las cartas y las envié. Me arrepentí enseguida, pero ya era demasiado tarde.

—¿Cómo sabías lo de las cartas?

Kitty entorna los ojos.

—Porque a veces husmeo entre tus cosas cuando no estás en casa.

Estoy a punto de chillarle un poco más, pero entonces me acuerdo de que leí la carta de Josh a Margot y me muerdo la lengua. Con toda la calma de la que soy capaz, digo:

—¿Eres consciente de los problemas que has provoca-do? ¿Cómo puedes ser tan rencorosa?

—Lo siento —musita Kitty. En la comisura de los ojos se le forman unas lágrimas regordetas, y una de ellas cae con un plaf, como si fuera una gota de lluvia.

Quiero abrazarla y consolarla, pero sigo enfadada.

—Está bien —digo, con un tono de voz que suena a exactamente lo contrario. Nada de esto habría ocurrido si no hubiera enviado esas cartas.

Kitty se levanta de un salto y corre escalera arriba. Lo más seguro es que haya subido a su habitación, a llorar en privado. Sé lo que debería hacer. Debería ir a consolarla, perdonarla de verdad. Ahora me toca a mí dar buen ejem-plo. La buena hermana mayor.

Estoy a punto de subir cuando regresa corriendo a la cocina. Con mi sombrerera en las manos.

72

Cuando sólo estábamos Margot y yo, mi madre acostumbraba a comprarnos dos ejemplares de cada cosa, una azul para Margot y otra rosa para mí. La misma colcha, el mismo peluche o la misma cesta de Pascua, pero en dos colores distintos. Todo tenía que ser equitativo: teníamos la misma cantidad exacta de palitos de zanahoria o de patatas fritas o de canicas o de gomas de borrar con forma de magdalena. Excepto por el hecho de que yo siempre perdía mis gomas o devoraba mis palitos de zanahoria demasiado rápido, y le acababa pidiendo uno a Margot. A veces, mamá obligaba a Margot a compartir los suyos. Incluso por aquel entonces, yo comprendía que era injusto, que Margot no tenía por qué recibir una penalización por tomarse su tiempo para comer o por no perder sus gomas. Cuando nació Kitty, mamá intentó seguir haciéndolo con azul, rosa y amarillo, pero era mucho más difícil encontrar el mismo objeto en tres colores diferentes. Además, nos llevábamos tantos años con Kitty que ya no queríamos el mismo tipo de juguetes que ella.

Es posible que la sombrerera fuese el único regalo que

mamá me hizo sólo a mí. No tuve que compartirlo: era mío y sólo mío.

Cuando lo abrí, esperaba encontrar un sombrero, quizá uno de paja con el ala flexible, o puede que una gorra, pero estaba vacío.

—Es para tus objetos especiales. Aquí puedes guardar tus cosas favoritas, las más valiosas y las más secretas —me dijo.

—¿Como qué?

—Todo lo que quepa. Todo lo que quieras que sea tuyo y nada más que tuyo.

La barbilla puntiaguda de Kitty tiembla cuando dice:

—Lo siento mucho, Lara Jean.

Cuando la veo, con la barbilla temblando, ya no puedo seguir enfadada. No puedo, ni siquiera un poco. Así que me acerco a ella y la abrazo con fuerza.

—No pasa nada —la disculpo, y Kitty se hunde en mis brazos del alivio—. Puedes quedarte con la caja. Guarda todos tus secretos dentro.

Kitty niega con un gesto.

—No, es tuya. No la quiero. He guardado una cosa dentro para ti —dice, y me entrega la caja.

La abro y está llena de notas. Notas y más notas. Las notas de Peter. Las notas de Peter que tiré a la basura.

—Las encontré mientras vaciaba la papelera. Sólo he leído un par. Y las guardé porque sabía que eran importantes.

Acaricio una que Peter dobló en forma de avión.

—Kitty... Sabes que Peter y yo no volveremos a estar juntos, ¿verdad?

Kitty coge el bol de palomitas y me urge:

—Léelas.

Entonces se dirige al salón y enciende la tele.

Cierro la sombrerera y me la llevo arriba. En mi habitación, me siento en el suelo y las extiendo en torno a mí.

Muchas de las notas dicen cosas como *Nos vemos en tu taquilla después de clase* y *¿Me prestas tus apuntes de química de ayer?* Encuentro la de la telaraña de Halloween y me arranca una sonrisa. Otra dice *¿Hoy puedes ir en autobús? Quiero sorprender a Kitty recogiéndola en la escuela para que pueda presumir de coche y de mí delante de sus amigos. Gracias por acompañarme a la venta este fin de semana. Conseguiste que el día fuese divertido. Te debo una. ¡No te olvides de traerme un yogur!* Si preparas las estúpidas galletas de chocolate blanco y arándanos de Josh y no las mías de pastel de fruta, habremos terminado. Me río en voz alta. Y entonces, la que leo y releo una y otra vez. *Hoy estás guapa. Me gustas vestida de azul.*

Nunca había recibido una carta de amor. Pero al leer sus notas de esta manera, una después de otra, siento que he recibido una. Es como... Es como si sólo hubiese existido Peter. Como si todos los que vinieron antes que él me hubiesen preparado para esto. Creo que ahora comprendo la diferencia entre querer a alguien de lejos y querer a alguien de cerca. Cuando los ves de cerca, ves su verdadero yo, pero también consigues ver tu verdadero tú. Y Peter lo ve. Me ve y yo le veo a él.

El amor da miedo: cambia; puede desaparecer. Eso es parte del riesgo. No quiero seguir estando asustada. Quiero ser valiente, como Margot. Al fin y al cabo, casi es Año Nuevo.

Casi a medianoche, reúno a Kitty, al cachorro y las bengalas. Nos ponemos los abrigos y obligo a Kitty a ponerse un gorro.

—¿Le ponemos un gorro a *Jamie*? —me pregunta.

—No lo necesita. Ya tiene un abrigo de pieles —le explico.

Hay docenas de estrellas; parecen gemas lejanas. Somos afortunadas de vivir cerca de las montañas. Te sientes más cerca de las estrellas. Del cielo.

Enciendo bengalas para las dos, y Kitty empieza a bailar en círculos dibujando un anillo de fuego con la suya. Intenta convencer a *Jamie* para que salte a través del círculo, pero *Jamie* no está por la labor. Sólo quiere hacer pis por el jardín. Es una suerte que tengamos una valla porque, de lo contrario, seguro que se haría pis por todo el vecindario.

Las luces de la habitación de Josh están encendidas. Le veo en la ventana justo cuando la abre y grita:

—¡Las chicas Song!

—¡¿Quieres encender una bengala?! —brama Kitty.

—Quizá el año que viene —responde Josh. Le miro y agito mi bengala, y él sonríe y compartimos un momento perfecto. De un modo u otro, Josh seguirá en nuestras vidas. Y estoy segura, de repente estoy tan segura de que todo es como debería ser, de que no debo temer el adiós, porque el adiós no tiene que ser para siempre.

Cuando estoy en mi habitación con mi camisón de franela, saco mi pluma especial y el papel de carta grueso y empiezo a escribir. No es una carta de despedida. Es una simple carta de amor.

Querido Peter...

Agradecimientos

A todos mis amores literarios:

A Zareen Jaffery, la más hermosa de todas. Creo que tú y yo estábamos destinadas.

A Justin Chanda, por ponerle un anillo.

A todos los de S&S y, en especial, a Paul Crichton, Lydia Finn, Sooji Kim, Chrissy Noh, Lucille Retino, Nicole Russo, Anne Zafian, por darme los mayores empujones. Y, hola, Katy Hershberger, estamos a punto de conocernos muy bien.

A Lucy Cummins, pongo flores y corazones de chocolate a tus pies por toda la belleza que incorporas a cada libro.

A Adele Griffin, Julie Farkas y Bennett Madison —lectores, escritores y amigos—, sonetos para todos vosotros. Vuestro talento me asombra y es un honor ser vuestra amiga.

A Siobhan Vivian, la más querida. Si existen las almas gemelas literarias, tú eres la mía.

Y a Emily van Beek, por todo, siempre.

Con todo mi amor,

Jenny

Otros títulos de la autora
que te pueden interesar

TRILOGÍA VERANO